Wolfgang Weniger
Flüchtige Besucher

Wolfgang Weniger wurde 1946 in Hannover geboren. Er studierte in den 1970er-Jahren in Hamburg Politik und Philosophie und arbeitete danach freiberuflich. Seit 1980 lebt er in Hildesheim. Schreiben ist für ihn die situationsbedingte Aneignung von zufälligen Ereignissen, wobei Selbsterlebtes gelegentlich durch Fantasie ergänzt wird. Einen Sinn des Schreibens sieht er in der Darstellung eines metaphysischen Realismus.

WOLFGANG WENIGER

Flüchtige Besucher

Eine Erzählung

© 2016 Wolfgang Weniger
Satz und Layout: Buch&media GmbH, München
Umschlaggestaltung: Wolfgang Weniger
Herstellung u. Verlag: BoD – Books on Demand
Printed in Germany
ISBN 978-3-7412-0698-6

*„Der Ursprung all unserer Ängste und Schwächen
ist ein Mangel an Liebe."*

Federico Fellini

Vorbemerkung

Das Bedürfnis, jemandem etwas mitzuteilen, begründet nicht von vornherein die eigene Wichtigkeit. Und wennschon, die Grenzen der Zumutbarkeit regeln sich allein durch die Verkaufszahlen eines Buches. Aber jeder Autor hat seine Gemeinde, auch wenn sie im ungünstigsten Fall nur aus ihm selbst bestehen sollte.

Wird schon gutgehen. Was für den einen zu wenig trivial, ist für den anderen zu wenig sinnvoll. Hat man sich schließlich als Autor zur Genugtuung des willigen Lesers für eine aussagefähige Variante entschieden, dann fangen auch sogleich die ersten Unannehmlichkeiten einer selbst auferlegten Suche nach dem einzigen, dem richtigen Wort für eine bestimmte Darlegung an, und da diese bekanntlich eine Sache der Beharrlichkeit ist, wünscht man sich an manchen Tagen, ein anderer zu sein.

Ich bin gereizt, empfindlich für jede ungenau geäußerte Bemerkung und ungerecht gegen zufällig anwesende Leute. Zuletzt bin ich deprimiert. Der Grund liegt darin, nicht zu wissen, wie ich es besser machen könnte. Die Beschäftigung mit der Mittelmäßigkeit ist ernüchternd, wenn man keine Lösung hat und die Ursachen dafür wahrscheinlich in den Voraussetzungen des gegenwärtig geführten Lebens liegen. Wenn man das weiß, findet man zwar noch immer keine Lösung, vielleicht aber eine Erklärung.

In so einer trüben Stimmung ist mir für gewöhnlich irgendeine stille Ecke recht. Ich besinne mich und erinnere mich nach einer Weile an Paul Scarron, meinen unsichtbaren Begleiter, und werde allmählich wieder zuversichtlicher.

Dankend erinnere ich mich seiner bleibenden Worte: „Diejenigen, welche lesen können, werden in diesem Geschriebenen von selbst merken, dass die größten Gebrechen darin nicht meiner Schuld beigemessen werden dürfen, und diejenigen, welche nicht lesen können, werden gar nichts merken."

Es war ungeschickt von mir, wie ich mich umdrehte, mit der Kaffeetasse in der Hand. Direkt hinter mir stand Lisa und ich hatte weder sie noch sonst jemanden so dicht hinter mir erwartet.

Ein dunkler Fleck des heißen Kaffees wurde auf ihrer Bluse sichtbar und Arno lachte.

„Mann! Himmel noch mal." Lisas plötzlicher Schreck hatte uns erschreckt und ein Gespräch unterbrochen, in dem es um gar nichts ging.

„Entschuldige, hab ich dich verbrüht? Ist es schlimm?"

„Arschloch."

„Mal langsam, mach jetzt keine Geschichten, es war bestimmt keine Absicht."

„Ja doch, ich meine Arno."

In dem kleinen Café war es an diesem späten Nachmittag eng und verraucht und schwül. Wir standen in der Nähe des Eingangs, an einem von den vier seitlich an der Wand befestigten Stehtischen.

Ich kannte Arno, er lachte nicht aus Häme, es lag an der ungewollten Ungeschicklichkeit, an der Situation, die jetzt komisch wirkte, denn in Lisas leichtem Unmut lag kein Grund zur Ernsthaftigkeit.

Wir wollten ja gleichmütig bleiben, versuchten den Atem anzuhalten, aber dann war da dieser innere, haltlose Zwang und so genügte ein kurzer Blick an Lisa vorbei und zu Arno hin und schon platzte es aus uns heraus, laut und unsensibel. Schließlich hielt ich die eine Hand vor meine Augen und Arno nahm seine Nickelbrille ab, wischte mit seinem Hemdärmel oberflächlich über die verschmierten Brillengläser und gab danach wortlos und mit schiefer Kopfhaltung zu verstehen, dass Lisas Missgeschick für ihn erledigt war.

„Auf meine Kosten? Jungs, ihr seid albern."

Lisa schien sich beruhigt zu haben und prüfte nun den dunkelbraunen Fleck auf ihrer weißen Bluse genauer. Aber je länger sie verärgert prüfte, desto größer wurde ihre Enttäuschung und die gerade entstandenen Wangengrübchen verschwanden wieder. Lisa hatte ein hübsches Gesicht, ein wirklich hübsches Gesicht, aber der Ärger stand ihr nicht. „Die ist hin, habt ihr wirklich gut gemacht."

„Ihr?" Arnos schiefe Kopfstellung wechselte in eine gerade Haltung.

„Egal, ich geh jetzt nach Hause und werde mich umziehen. Ihr bezahlt den Kaffee für mich?"

„Na klar. Ich komme bald nach", sagte ich und sah Lisa hinterher.

„Levis Gesicht möchte ich sehen." Arnos Überlegung war vorurteilsfrei, nur eine sachliche Feststellung, ohne ein missverständliches Lächeln.

„Levi ist auf Reisen und Lisa ist allein. Sie verträgt das nun mal nicht."

„Na denn, lauf ihr schnell nach. Ich muss auch los, bin verabredet mit einem möglichen Käufer für mein letztes Bild. Der Kerl hat Geld über, und es wäre unklug, ihn warten zu lassen."

Arno war Kunstmaler, ein arbeitsbesessener Künstler, der seine Gemälde erfolgreich verkaufen konnte. Er wohnte in der Milchstraße, in einer der zwei Wohnungen, die beide seinem Freund gehörten. Dieser Freund, ein Schulfreund, hatte das Haus geerbt. Dessen Familie musste reich sein, aber Arno nannte keine Namen, hielt sich zurück und erzählte nicht viel.

Es war keine sofortige, sondern eher eine allmähliche Entscheidung für die räumliche Nähe zwischen ihm und seinem Freund gewesen. Der wahrscheinliche Grund für diese Nähe lag in einem Ereignis aus den letzten Tagen der gemeinsamen Schulzeit. Es war reiner Leichtsinn, damals, die Sauferei während der Abschlussfeier, mit der Sicherheit einer grade erworbenen Hochschulreife.

Später die dicken Zigarren zwischen den bleichen Lippen, und noch etwas später die überdrehte Angeberei über Sex und Weiber. Irgendwer kam irgendwann auf die Idee, sich in die Autos zu setzen. Die Tour mit mehreren vollbeladenen Autos ins Milieu endete entsetzlich.

Zwei Wagen kollidierten während der wilden Fahrt und es gab vier Tote. Vier Tote eines Jahrgangs.

Die Zeitungen hatten sich der Sache dankend angenommen und für einen Tag ihre Seiten damit gefüllt.

Ich trank meinen Kaffee aus und zahlte. Vom *Café Neumann* bis zu Lisas Wohnung war es nicht weit. Sie wohnte in der Grindelallee. Ich musste warten, bis Lisa mir die Tür öffnete.

Sie hatte inzwischen ihre Jeans gegen einen kurzen Rock und die Bluse gegen einen weiten, anthrazitfarbenen Pullover getauscht und die Ärmel nach oben geschoben.

Immer wieder musste ich auf ihre schlanken, sonnengebräunten Beine sehen.

„Ich räume auf, deine Sachen liegen hier und da", sagte sie.

Lisa hatte eine helle, kleine Zweizimmerwohnung mit den Fenstern zur Straßenseite hin. Mit wenig Geld, aber mit Ideen und einem sicheren Stilgefühl hatte sie diese kleine Wohnung eingerichtet und man sah und fühlte Lisas Sauberkeit.

Ich suchte einen Aschenbecher und setzte mich dann in einen Sessel, den Lisa mit einer Husse abgedeckt hatte.

„Stimmt's?", fragte Lisa, „Arno hatte Verlangen nach häuslicher Gefälligkeit?"

„Nein, heute war er dem Geld hinterher. Ich weiß, du magst Hedy nicht. Aber sie ist nun mal seine Jugendliebe und er liebt sie mit all ihren Schwächen."

„Doch, doch, sicher mag ich Hedy, wenn du willst. Mein lieber Freund, sie ist mir völlig egal."

„Jedenfalls ist sie ihm eine willkommene Hilfe, sie ist seine Inspiration, er malt sie als Akt."

„Dieses hingebungsvolle Muttertier, diese scheinheilige Gotteslohnpuppe als Akt?"

„Hedy ist sicherlich exzentrisch, exzentrisch durch ihre ungewollte Kinderlosigkeit", sagte ich und küsste Lisas innere Handfläche.

„Oh, das ist mir so gleichgültig." Lisa stand vor mir und sah mich an, nervös und etwas besorgt.

„Levi wird bald hier sein."

„Er wird bald hier sein? Das wundert mich, er braucht doch sonst viel länger."

„Sei bitte still."

Levi reiste dann und wann nicht allein und Lisa wusste das. Von seinem Vater hatte Levi ein heruntergekommenes Antiquariat übernommen, konnte es aber durch gedankliches Geschick und kaufmännische Begabung im letzten Moment vor der Pleite bewahren und dann sogar schrittweise wieder nach vorne bringen. Später kam dann die Buchhandlung dazu. Allerdings waren die Zeiten schwieriger geworden, Levi musste ständig neue Ideen entwickeln und umsetzen, um nicht alles wieder zu verlieren. Seine Verbindungen waren verzweigt und die Reisen daher eine von Lisa akzeptierte Notwendigkeit.

Lisa setzte sich auf meinen Schoß. Ich spürte ihre Wärme, eine angenehme Wärme, zögerte einen Augenblick, begriff ihre gesuchte Nähe als Angebot und schob langsam meine Hand unter ihren Rock.

Lisa war neugierig, aber nicht willig. „Meine Güte, ich bin ja so unruhig." Lisa stand abrupt auf und zog an ihrem Rock. „Es ist schwierig genug für mich, und Levi hat dieses feine Gespür für kommende Komplikationen. Ich bin abhängig von ihm, und nicht von dir."

Ich zündete mir eine Zigarette an, atmete tief ein und blies den Rauch in Richtung des offenen Fensters. „Die Psyche der Frauen wird uns wohl noch lange weitgehend verwehrt bleiben."

„Psyche oder Denkweise?", fragte Lisa.

„Vermutlich beides."

„Ach was, ihr seid bequem und hormonbeherrscht, und glaubt

ja nicht, dass euch eure Beiträge zur menschlichen Entwicklung retten werden."

„Lisa, du bist ganz schön nervös."

„Bin ich nicht. Möchtest du eine Kleinigkeit essen? Schinken mit Ei?"

„Nein danke, setz dich doch bitte wieder", sagte ich, aber Lisa schüttelte ihren Kopf und öffnete den Kleiderschrank.

„Ich brauche neue Schuhe, Ballerinas und leichte Schuhe mit hohen Absätzen."

„Ich könnte dich begleiten, wenn du willst."

„Von wegen, Inga kommt mit." Lisa wurde nachdenklich. „Was liebst du eigentlich an mir?"

Ich stand vom Sessel auf, stellte mich hinter Lisa, umarmte sie, und wie von selbst waren auf einmal meine Hände unter ihrem Pullover und dann streichelte ich mit der einen Hand ihren runden, kleinen Busen und legte die andere Hand auf ihren flachen Mädchenbauch.

„Bitte hör auf", sagte Lisa.

Wir zuckten zusammen, als es klingelte, und wir mochten zuerst nicht glauben, dass es geklingelt hatte, aber dann machte sich Lisa los von mir, lief zum Fenster und sah auf die befahrene Straße hinunter.

„Es ist Levi. Nimm schnell deine Sachen, geh eine Treppe höher und verhalte dich ruhig."

Kurz darauf kam Levi die Treppe hoch. Er trug schwere Koffer und war außer Atem.

„Schön, dass du hier bist", sagte Lisa und zog die Tür hinter sich zu.

Ich wartete, bis sich ihre Schritte entfernten und ihre Stimmen leiser wurden. Mit meiner kleinen Tasche schlich ich an Lisas Wohnung vorbei, ging die Treppen hinunter und auf die Straße, sah zu Lisas Fenster hoch und ging dann zu meinem Auto. Einen Augenblick blieb ich still sitzen, dann fuhr ich in den Eppendorfer Weg, zu meiner Wohnung. Im Vorbeifahren sah ich, dass die Tür vom *Pö* noch verschlossen war.

In meinem Postkasten lagen einige Briefe und eine Ansichtskarte aus Italien. Ich erkannte Ingas Handschrift.

In der Wohnung öffnete ich sämtliche Fenster, atmete tief durch, ging zum Schreibtisch und las im weißen Schein der Lampe Lisas Ansichtskarte und die Briefe.

Inga ging es gut.

In einem der Briefe lag ein Verrechnungsscheck von einem Privatmann. Meine Bezahlung für eine simpel geschriebene Geschichte.

Nachdem ich die Fenster wieder geschlossen hatte, nahm ich Rotwein aus der Küche mit zur Fensterbank und verteilte Kissen, füllte mein Glas und lehnte mich zurück.

Lisa hatte sich gefreut, als Levi kam.

Ich griff nach dem Glas und nippte, dann trank ich das ganze Glas leer. Der Rotwein wärmte meinen Magen und machte ein bisschen müde. Ich sah aus dem Fenster, beobachtete vorübergehende Leute und erkannte hin und wieder, wie der nahe Abend die Menschen in ihrer Beweglichkeit veränderte.

Hinter den Blättern der Linde vor meinem Fenster sang eine

Amsel. Sie spreizte nacheinander ihre schwarzen Flügel, richtete kurz die Kopffedern auf und flog davon. Ohne ihren Gesang war es sonderbar still, und nur die ständigen Geräusche der Straße dauerten an.

In letzter Zeit trank ich auch alleine und nicht nur, wenn ich mit anderen zusammen war und alle tranken.

Draußen wurde es ruhiger, fast menschenleer, vereinzelte Schritte auf dem Pflaster hallten hoch und manchmal das übertriebene Lachen von Leuten, die aus der Kneipe kamen und umständlich weitergingen.

Ich verdünnte den Rotwein nicht mehr mit Wasser, trank noch ein Glas und wurde müde.

Mit den Kissen in der Hand ging ich hinüber und sank aufs Bett, das mit der Kopfseite inmitten eines Bücherregals stand, hart gepolstert war und in dem Lisa, Inga und ich zusammen Platz genug hatten, als es einmal spät geworden war. Ich schlief sofort ein.

Am nächsten Morgen regnete es und es war kühl geworden. Im Bett war es warm und ich verspürte kein sofortiges Verlangen nach dem Badezimmer. Ich langte über meinen Kopf nach oben ins Regal, tastete nach der Karte und las nochmals Ingas kurze Sätze, die kein verstecktes Wort der Zuneigung für mich enthielten.

Nachdem ich geduscht hatte, kochte ich mir Kaffee, aß ein mit Butter bestrichenes Croissant und nahm den heißen Kaffee mit in das vordere Zimmer, setzte mich an die Schreibmaschine und begann mit der Arbeit.

Meine Geschichten hatten immer eine einfache Handlung und die darin vorkommenden Figuren unterschieden sich nur durch Namen und Gewohnheiten. Ich war jedes Mal erstaunt, dass ich mir damit Essen und Trinken verdienen konnte.

Die Leute, die mir Geld dafür gaben, lasen gern ihren Namen, und dafür, dass ihr Name in einem Buch stand, waren sie bereit, einiges hinzublättern. Ich hörte zu und merkte mir, was ihnen wichtig war. Das, was für sie Bedeutung hatte, und ihren Namen fügte ich dann in die vorbereitete Geschichte ein. Es bedeutete ihnen wirklich eine ganze Menge.

In Levis Buchhandlung lagen Aufmacher von mir. Aufmacher in Form eines Steckbriefs für an sich bedeutungslose, lächerliche Geschichten. Wenn jemand interessiert war, vermittelte Lisa. Sie tat das mit geschäftsmäßiger Umsicht, und dank ihrer Hilfe wurde die Nachfrage in letzter Zeit größer. Ich kam über die Runden und lag in der Nacht nicht mehr wach.

Es war fast Mittag, als Thomas anrief. Er hielt sich zurück mit Worten, wenn er telefonierte, ein Spleen von ihm, ein Spleen, den er konsequent beibehielt.

„Wir haben etwas zu besprechen."

„Schön, aber was denn nur?"

„Du könntest mir Arbeit abnehmen."

„Fein. Ein Wort mehr von dir wäre jetzt hilfreich."

„Hör zu. Die Protestbewegung wird journalistisch mal wieder aktuell, zehn Jahre nach dem Schahbesuch und dem Tod eines Studenten in Berlin."

„Berlin also. Berlin bot schon immer Voraussetzungen für Tragik und Verschleierung."

„Siehst du. Nun, die Redaktion wünscht kurzfristig ein Resümee fürs Feuilleton. Willst du?"

„Und ob ich will."

„Schreibst du eigentlich noch immer an diesen absurden Geschichten?"

„Ich würde dir gern eine andere Antwort geben."

„Armer Irrer. Na, wenigstens benutzt du keine elaborierten Stilmittel."

„Manchmal ist meine sprachliche Ausdrucksfähigkeit schon differenziert."

„Lass gut sein. Wir treffen uns in einer Stunde bei Levi, im Buchladen."

„Wieso dort?"

„Weil ich mit ihm gesprochen habe. Er ist einverstanden und freut sich auf unsere Anwesenheit."

„Wenn das man kein Missverständnis ist."

Thomas hatte aufgelegt. Er hatte nicht mehr gehört, was ich zum Schluss sagte.

Drei Bücher hatte Thomas bislang geschrieben. Diese Bücher hatten ihn zwar nicht reich gemacht, aber er konnte gut davon leben. Thomas schrieb über die Dinge, in denen er sich zu Hause wusste. Er schrieb schlicht, erzählerisch und mit dem Können, seine Zuneigung zur geschriebenen Sprache auf eine solche Weise zu vermitteln, dass die Fantasie des Lesers seiner geschriebenen Normalität zu folgen vermochte.

Wir kannten uns jetzt einige Jahre und ich hatte festgestellt, dass er nicht zu jenen Menschen gehörte, die sich durch Erfolg entfremden ließen. Thomas blieb, wie er war, und ich profitierte davon, denn seine guten Verbindungen zur Zeitung beruhigten mich gelegentlich bei der Feststellung meines Saldos.

Thomas und ich wussten, was wir voneinander zu halten hatten, wir kamen uns nicht in die Quere und versicherten uns unserer Verlässlichkeit. Dennoch behielt ich eine instinktive Distanziertheit, die ich allerdings für mich nicht plausibel erklären konnte.

Eine ziemlich lange Zeit war er unglücklich gewesen, unglücklich durch seine Widersprüchlichkeit. Im Grunde war er ein Einzelgänger, der in seiner Wohnung mitunter ein wunderliches Leben führte. Schreiben konnte er nur, wenn er allein war und in Ruhe gelassen wurde, aber dann wieder, in den stillen Zeiten des Nichtstuns, fühlte er doch, wie gefährlich die Einsamkeit sein konnte.

Und dann kam eines Tages Dido, aus heiterem Himmel, und brachte sein Leben in Unordnung. Dido war ihrem Mann davongelaufen, stand mit leichtem Täschchen in der Hand vor der Tür, unerschütterlich und selbstsicher, und blieb einfach da. Und Thomas war zuerst blind vor Liebe, und auch ein wenig zu gutmütig. Er bemerkte zunächst gar nichts, bemerkte keine Anzeichen einer Veränderung, er riss nur eines Tages die Augen auf, als aus einer Aktrice der Nacht eine dominierende Frau am Tage geworden war.

„Diese kleinen Gefälligkeiten, die sie ständig verlangt ... Ich bitte sie, erkläre ihr, dass ihre Störungen den Tod meiner

Einfälle bedeuten, aber sie versteht es nicht und ich muss sie schließlich anknurren wie ein Hund, und vor lauter Wut verflüchtigt sich der letzte Rest meiner Ideen. Aber später, wenn ich genug geschrien habe, tut es mir leid, und dann begreife ich langsam, dass ich ihre Nähe brauche, dass ich ohne dieses verdammte Weib unfähig bin und keine weitere Zeile mehr schreiben kann."

Als Thomas mir davon erzählte, drehte ich ihm den Rücken zu. Er sollte in meinem Gesicht dieses Grinsen nicht sehen, dieses spöttische Grinsen, das ich an mir selbst nicht mochte.

Levi hatte seine Buchhandlung im Mittelweg, mit dem Auto von meiner Wohnung aus eine Sache von Minuten. Als ich die Tür öffnete, sah ich Lisa. Sie sprach mit Kunden, winkte kurz und deutete mit der Hand hinter sich.

Ich ging weiter und betrat das Clubzimmer. Levis Büro. Ein Büro, das eigentlich nach Levis Vorstellungen englisch aussehen sollte. Irgendwann wurde diese Absicht vergessen und sank dadurch zu einer Ansammlung unterschiedlicher Einrichtungsgegenstände herab. Und dennoch, es war ganz und gar nicht so, dass man sich in Levis Büro nicht wohlfühlte.

Ein dunkler, massiver Holzschrank aus dem 19. Jahrhundert verdeckte fast eine gesamte Wand. In diesem Bollwerk aus Holz befanden sich Levis sämtliche Aktenordner, unwichtige Gebrauchsgegenstände fürs Büro sowie der größte Teil seiner Hosen, Hemden und Unterwäsche, und selbstverständlich jede Menge unterschiedlicher Getränke und Gläser.

Levi saß an seinem Empire-Schreibtisch und telefonierte. Von der Seite sah ich seine anliegenden, zurückgekämmten Haare, sein dunkles, schmales Gesicht, glatt rasiert, und hörte seine verärgerte, aber routiniert kontrollierte Stimme.

Ich tippte im Vorbeigehen auf seine Schulter und ging zu Etna und Thomas hinüber. Beide saßen in den schweren, dunkelbraunen Ledersesseln. Auf dem niedrigen, schwarzgebeizten Rundtisch standen Kaffeetassen und eine halbvolle Kognakflasche.

„Da ist er ja", sagte Etna und Thomas zog an meinem Ärmel, als ich mich neben ihn gestellt hatte. „Setz dich bitte dorthin, aufs Sofa."

„Du wolltest mich doch ins Kino einladen." Etna war abweisend.

„Ich hab's nicht vergessen."

Etna sah mich mit ihren dunklen Augen an. Sie glaubte mir nicht und sie hatte recht, ich hatte sie vergessen.

Etna war schlank und langbeinig, sie hatte brünettes Haar und einen bräunlichen Teint. Meistens war sie übernervös.

„Deine Haare werden immer kürzer und deine Möpse dafür größer."

„Was geht dich das an."

„Hört schon auf." Thomas schob mir den Merkzettel hin. Wie meistens waren seine Notizen sauber und gut lesbar. Ich las flüchtig die Hinweise zur Frist und unten am Zettelrand die Andeutung, ungeklärte Hintergründe im Zusammenhang mit dem Berlin-Besuch des Schahs besser unberücksichtigt zu lassen. Ich begriff nicht gleich, stellte meine Fragen an Thomas jedoch zurück, faltete den Zettel und steckte ihn in meine Jackentasche.

Etna hatte mich während des Lesens aufmerksam beobachtet.

„Wäre Frankfurt für dich eigentlich vorteilhafter gewesen?", fragte ich. „Zur Frankfurter Schule als höchste Form der reinen Vernunft?"

Etna reagierte nicht, wertete die Frage offensichtlich als nichtssagende Bemerkung, die keiner Antwort bedurfte.

„Hör zu, Etna, ich brauche aktuelle Einblicke für meinen Schreibkram und dazu hätte ich gern deine Unterstützung. Ich werde mich auch demnächst revanchieren. Erstens, wie ist es denn heute so, das Verhältnis zu euren Professoren?"

„Das Verhältnis zu meinem Professor ist sehr gut, wir duzen uns." Etna sah mich zuerst verwundert an, dann wurde sie etwas nachdenklich. „Und die Talare sind auch passé. Rollkragenpullover und Jeans sind jetzt modern, und mein Professor hat manchmal reineweg gar nichts an. Was sagst du nun?"

„Etna, bitte etwas mehr Verständnis. Gibt es sie denn noch, die wütenden, die revolutionären Gedanken von 68?"

„Ich weiß nicht, was damals war. 1968 kannte ich nur meinen Schulweg und tapsige Berührungen junger Dussel und die Professoren mit dem Gehabe von Duodezfürsten sind mittlerweile verstorben."

„Wie Theodor Wiesengrund?", fragte Thomas.

„Irrtum, er war keineswegs herrschaftssüchtig, er war einzigartig."

„Bei euch Soziologen ist doch jeder Mensch einzigartig."

„Thomas, das sind doch wohl eher die Psychologen, die diese Meinung haben. Aber es stimmt doch?"

„Mag ja sein, aber sie dürften es nicht jedem sagen, dass er einzigartig ist, es verträgt nicht ein jeder."

„Also, Adorno war kein Duodezfürst, dieses überhebliche Gehabe war ihm fremd. Und er hat auch nicht die studentische Revolution verraten, er war nur anderer Meinung als die damaligen Agitatoren, und nun Schluss, ich hätte gern etwas zu trinken."

„Moment bitte, ich wollte dich doch nur ein bisschen hochnehmen." Thomas sah Etna an und hob beschwichtigend seine Hände.

„Etna und der nackte Irrtum. So macht man Karriere." Ich schob ihr die Tasse hin.

„Mein nackter Professor ist kein Irrtum. Pfui Deibel, was ist das für eine lauwarme Plörre?" Etna schob ihre Tasse zurück.

„Besondere Boni gab's hier eigentlich nie für ihn." Levi hatte sein Telefongespräch inzwischen beendet und uns zugehört. „1934 nicht und 1968 auch nicht. Entweder Tschingderassabum oder *zu Tode adornieren*, ihr konntet produktive und geniale Köpfe seit eh und je nachdrücklich zur Abreise animieren."

„Dein ‚ihr' beinhaltet eine konservativ kollektive Beleidigung", sagte Thomas. Er war pikiert, aber Levi lachte nur.

Er ging zu dem englischen, mit Büchern und Broschüren beladenen Esstisch hinüber, nahm sich zwei Taschenbücher, hob einen der viktorianischen Dielenstühle hoch und kam mit kurzen Schritten wieder zurück.

„Wenn du die gebrauchen kannst", sagte er, gab mir die zwei Bücher und setzte sich neben mich, auf seinen abgestellten, harten Dielenstuhl.

Etna sah flüchtig auf die Titel der Bücher, erinnerte sich an etwas und begann, in ihrer Tasche zu kramen. „Oh, Thomas, für dich habe ich doch auch etwas, natürlich, hier ist sie, die amtliche Bestätigung, die Dido benötigt, falls sie sich scheiden lassen will. Und Friedrich lässt auch herzlichst grüßen und ist so dankbar, dass er eine Last weniger zu tragen hat."

Etna fächelte mit dem Blatt, beugte sich zu Thomas hinüber und fächelte weiter, kam dicht an sein Gesicht heran und war dennoch überrascht, als Thomas zugriff, schnell und sicher.

Zuerst las er flüchtig, aber dann nahm er sich die Zeit und blickte lange auf die Urkunde. Ich stand auf und sah ihm über die Schulter. Geboren 1944 in Hamburg, irgendwo im zerstörten Hamburg, aber wo genau, konnte ich nicht lesen. Dido war jetzt also vierunddreißig, und nun wusste ich, dass sie zwei Jahre älter als ich war.

„Ist Dido eigentlich immer noch so frigide?"

„Dido ist vielleicht so frigide wie Friedrich wahrscheinlich pervers ist. Etna, du bist bösartig, lass mich in Ruhe, ja?"

„Stimmt's also doch."

„Lass ihn in Ruhe, Etna." Levi lächelte amüsiert. „Weißt du denn nicht, dass sein Unbehagen die Folge eines zurückliegenden Streits zwischen Dido und Friedrich ist?"

„Ihr könnt mich beide mal. Meint ihr, ich merke das nicht?"

„Aber Thomas, überlege ganz einfach als dritte Person. Der eine empfindet Liebe als Übermaß an Zuwendung, während der andere hofft und in der Einsamkeit leidet, und alles endet zwangsläufig irgendwann in gemeinen Verleumdungen."

Das Telefon klingelte und Levi stand von seinem Stuhl auf.

„Wie so oft, bei zerrütteten Paaren. Thomas, freu dich doch." Er ging zum Schreibtisch, nahm den Hörer ab und meldete sich, ohne seinen Namen zu nennen.

Wir drei saßen nur da, schwiegen, gaben vor, mit uns selbst beschäftigt zu sein, und horchten doch mitunter in Levis Richtung.

Er sprach wenig, machte eine flüchtige Notiz und legte den Hörer auf. „Meine lieben Freunde, ich muss noch mal weg. Bleibt meinetwegen hier, so lange wie es euch gefällt. Wo die Getränke sind, wisst ihr ja." Er nahm sein Jackett und zog die Tür hinter sich zu. Und wir standen nach einer Weile auf, denn wir sahen keinen Sinn darin, ohne Levi länger in seinem Büro zu bleiben, obwohl genug Kognak im Schrank stand.

„Bessert euch." Etna klopfte Thomas versöhnlich auf die Schulter, mir aber zeigte sie ihre Freundlichkeit, eine aufgesetzte Freundlichkeit, wie sie nur bei Menschen üblich ist, wenn sie sich flüchtig begegnen.

Es regnete inzwischen stärker, als ich zurück zu meiner Wohnung fuhr. Es war spät am Nachmittag und die Leute wollten schnell nach Hause. Einige von ihnen fuhren riskant.

Meine Wohnung war kalt und still, und schon als ich die Tür öffnete, fühlte ich mich fremd in den Räumen, die mir eigentlich vertraut waren. Ein sonderbares Gefühl. Ich nahm mir eine Wolldecke und setzte mich in die Fensterbank, sah auf die Straße hinunter, auf geöffnete Regenschirme und nasse Hosenbeine. Es war kühl im Hamburger Sommer.

Ich mochte kein Buch lesen und mochte nicht telefonieren.

Ich schloss meine Augen und statt der nassen Hamburger Straßen sah ich weiß getünchte flache Häuser, helle Sandstrände, flirrende Luft in der Hitze und ein ruhiges blaues Meer, welches die Farbe des Lapislazuli hatte.

Und dann dachte ich an die Frau, die mal meine Frau war. Ich sah ihre leuchtenden Augen, dachte an das hübsche Schwedenmädchen, an die Frau, die es gut mit mir gemeint hatte, und ich wünschte mir, dass sie jetzt hier wäre und bei mir.

Arno und ich warteten im *Cosinus* auf Etna. Wir wollten in einen Film, über den man redete.

Als Etna kam, hatten wir noch ein wenig Zeit, beobachteten Gäste und machten uns lustig, aber dann tranken wir unsere Gläser aus, zahlten und gingen die paar Meter zum *Abaton*. Kurz vor dem Kino hörten wir laute Stimmen und Schmährufe, und als wir um die Hausecke bogen, sahen wir erhobene Arme und wildes Gefuchtel, auf der Treppe vor dem Kinoeingang standen Gestalten in grünen Parkas und ließen niemanden durch.

„SDS-Aktivisten", sagte Etna.

Bei dem Lärm verstand ich nichts und blickte Etna fragend an.

„Sozialistischer Studentenbund, ich kenne einige von ihnen aus dem Hörsaal, sie sind alle aus bürgerlichem Hause und fordern für sich das politische Mandat."

„Und, bekommen sie's?"

„Offiziell niemals, sagt Friedrich. Es wäre vom Verständnis her widersinnig."

Ich nahm meine Hand von Etnas Arm und sah wieder zum Eingang hin. Der Wortführer stand ganz oben auf der Treppe und beobachtete alles, seine Blicke flogen unstet über die Leute hinweg, die unten vor der Treppe warteten und murrten.

Er war unruhig, pulte mit vier Fingern in seinem rötlichen Bart, der aussah, als wäre er von Motten zerfressen, und ab und zu leckte seine Zunge über trockene, spröde Lippen. Es sah nach Unschlüssigkeit aus, aber dann nahm er die Hand aus seinem Bart, hob das Megafon vom Boden auf und hielt es vor seinen Mund: „*Der Nachtportier* ist soeben verstorben. Leute, geht nach Hause. Der Film ist faschistische Scheiße und wird deshalb boykottiert. Geht nach Hause."

„Wer bestimmt das?"

„Wir bestimmen das, und nicht ihr und die Bourgeoisie nicht und die unbelehrbaren Dummköpfe von gestern schon gar nicht!"

„Ihr seid wohl die ganz guten Menschen und wir haben kein Recht auf eigene Meinung?"

„Stimmt. Einen Scheißdreck habt ihr."

Arno stand direkt neben mir, hatte ein hochrotes Gesicht und verlor seine besonnene Art. Er hob den rechten Arm und drohte dann mit der Faust. „Ihr seid wie die Faschisten, ihr seid hoffnungslos vertrottelte Linksfaschisten."

„Mal langsam, werd man nicht großkotzig."

„Großkotzig? Steckt euch lieber den *Panzerkreuzer Potemkin* in euren verquerten Arsch."

„Warte, wir kriegen dich, egal, wo du bist, wir finden dich und machen dich fertig."

„Kommt, lasst uns verschwinden", sagte ich, „der Kerl ist dicht vorm Durchdrehen."

Wir ließen die Ansammlung von Menschen hinter uns, gingen wieder zurück ins *Cosinus*, gingen schneller als sonst und waren nicht dazu aufgelegt, den Vorfall durch oberflächliche Worte zu verharmlosen. Wir waren verärgert über die Macht einer Minderheit, und enttäuscht von einer Mehrheit, die schwach war.

Als wir die Tür öffneten, sahen wir Levi an der Theke sitzen. Er blickte uns entgegen und verzog leicht seine Mundwinkel.

„Soso, Kino schon aus?"

„Levi, Freundchen, die Meinungsbildung lag nicht in unserer Hand", sagte Arno und atmete prüfend durch die Nase. Aus dem Nebenraum roch es nach Marihuana.

„Was ist los mit diesen linken Studenten, sind sie jetzt vollends verrückt geworden?", fragte ich Etna, nachdem ich etwas ruhiger geworden war, aber die Situation von vorhin gedanklich noch nicht für erledigt hielt.

„Ach nein, unglaubwürdig vielleicht durch den übertriebenen Zwang, alles und jeden zu kritisieren. Aber verrückt?" Etna lächelte belustigt. „Jedenfalls sorgen sie dafür, dass die Seminare nicht vor leeren Stühlen stattfinden. Ein Professor ohne Studenten ist bekanntlich nur die Hälfte wert, wie Friedrich für gewöhnlich feststellt. Außerdem traut er sich die rhetorische Auseinandersetzung mit ihnen durchaus zu."

„Und sonst, kommen ihm keine Bedenken?"

„Doch. Der Weg bereitet ihm Sorgen. Der Weg durch die Institutionen. Es wird sehr bald fragwürdige Richterentscheidungen geben, und eine scheinbare Liberalisierung wird zu Missverständnissen führen und eine Demokratisierung im positiven

Sinn verhindern. Diese Entwicklung befürchtet Friedrich, aber so lehrt er nicht, weil die Zeit etwas anderes verlangt."

„Ungerechtigkeit wird also zur Normalität und die wenigsten stören sich dran?"

„So wird's sein. Friedrich ist geschult und weiß von der erforderlichen Genauigkeit, wenn Phänomene unterschiedlich betrachtet werden müssen. Einseitigkeit ist die Krankheit der Einfältigen, sagt er."

„Gilt das auch im Großen, gilt das auch für Nordkorea?"

„Also wirklich, manchmal denke ich, du hast sie nicht alle."

„Etna, ich bewundere euch Studenten, ich bewundere tatsächlich eure Vorgehensweisen, eure orchideenhafte Trennung des Einerseits und des Andererseits."

„Wirklich? Und wie sieht's mit deinen Bestrebungen zur Meinungsbildung aus?"

„Mit meiner? Also, analysieren kann ich schon mal nicht, aber manchmal glaube ich an Zufälle und manchmal wähle ich den direkten Weg wie dieser Boxer da. Fragte doch einmal ein Sportreporter einen erfolgreichen Boxer nach seiner Vorgehensweise zum nächsten Kampf: ‚Welche Taktik haben Sie, um Ihren Gegner zu besiegen?' ‚Taktik?' Der Boxer überlegte kurz. ‚Mit meiner starken, schnellen Rechten werde ich ihn einfach umhauen.'"

„Wenn es doch so einfach wäre", sagte Etna.

„Das Herausfinden von gut oder böse ist müßig, Etna. Gleichmacherei ist bequemer, und scheinbar plausible Erklärungen für gewisse Umstände wird es weiterhin geben."

„Du riskierst grade unsere Freundschaft."

„Weshalb? Schade, dass du mir nicht glaubst und Friedrich hörig bist."

„Du bist mir einer, ach, bei dir weiß man auch nie."

„Bestell ihm schöne Grüße von mir und sag ihm, dass ich der redlichen Toleranz der Sechzigerjahre nachweine."

„Grüße von dir? Woher wusstest du, dass ich gehen wollte?"

„Ich hab's dir angesehen."

„Also, mein Lieber ..." Etna beugte sich leicht nach vorn, spitzte ihre Lippen zum Schein, wandte sich an Arno und Levi, flüsterte „ciao" in unsere Ohren, schlenderte zum Ausgang und auf die Straße und war verschwunden. Ich nahm mein Glas in die Hand, hörte, wie Arno über eine Bemerkung Levis lachte, aber mir war nicht nach Lachen zumute und sah an Levi vorbei, nach vorn und sah die drei Kerle hereinkommen. Breitbeinig blieben sie stehen und suchten nach nur einem Gesicht. Einer von ihnen reckte sich hoch und als er Arno erkannte, machte er große Schritte und stand augenblicks vor ihm, hielt seine Fäuste dicht vor der Brust und trat sofort zu.

Arno taumelte, ging samt Glas zu Boden und setzte sich in die Bierlache. Jemand kam und schob mit der Fußspitze die Glasscherben weg. Levi und ich griffen Arno unter die Arme, zogen ihn hoch und durch unseren kurzen, prüfenden Blick sahen wir, wie die Schmerzen sein Gesicht verändert hatten. Er sah erschreckend bleich aus und atmete flach. Zitternd löste er den Gürtel, schob seine Hände unter die Hose und spreizte seine Finger. Der Tritt hatte seine Hoden verfehlt, nicht aber die andere empfindliche Stelle, ein einziges Blutgefäß.

„Verflucht noch mal, wo ist das Arschloch?" Arno hatte starke

Schmerzen, aber Schwäche zeigen, vor uns und vor denen, die zugesehen hatten, als Verlierer dastehen, das mochte er nicht.

Ich blickte mich um. „Sie sind weg", sagte ich. „Man gut, diese Figuren waren bezahlte Schläger."

Arno stöhnte und suchte nach Halt.

„Wohin?", fragte ich.

„Nach Eppendorf."

Levi und ich nahmen Arno in unsere Mitte, stützten ihn und brachten ihn zu Levis Wagen.

Wir fuhren zur Eppendorfer Klinik und warteten im Flur auf einen Arzt und darauf, dass es weiterging. Arno hielt noch immer seine Finger gespreizt, hielt die Hose weit ab. Mit dem Rücken an der Wand, krummbeinig, die weitab gehaltene Hose, das leidende Gesicht und auf einmal wie achtzigjährig, das alles war unbeabsichtigt komisch.

Der Stationsarzt kam und als er Arno sah, verzog er die Mundwinkel, prüfte nach Augenschein und griente.

„Was haben Sie mit mir vor, wo bringen Sie mich hin?", fragte Arno.

„Zum Einschläfern", sagte der Arzt und nahm ihn mit.

Es war spät geworden, als wir in der Milchstraße ankamen. Wir stellten Arno vorsichtig an den Rahmen der Eingangstür, klopften ihm auf die Schulter und machten ihm Mut, klingelten, warteten ab, bis wir Schritte hörten, gingen zum Auto und fuhren davon.

„Ihr seid mir ja schöne Freunde, Arno mir so zurückzubringen."
Hedy war ärgerlich.

„Wie geht's ihm?"

„Er ist oben und malt schon wieder."

Als Arno mich bemerkte, trat er von der Staffelei zurück, legte Farbpalette und Pinsel aus der Hand.

„Schnappes?"

„Schnappes, na klar."

„Wollte nur sehen, ob deine Hose wieder passt, so ohne Verband, meine ich."

„Alles wieder verheilt", sagte Arno. „Noch einen?"

Ich nickte.

„Wieso starrst du wie gebannt auf meine schönen Reitstiefel?"

„Weil du sie in der Wohnung trägst. Du hast doch kein Pferd?"

„Pferd? Ich brauche kein Pferd. Die trage ich statt dieser hinderlichen Stützstrümpfe, das hilft mir, wenn ich lange stehe, und gibt mir außerdem eine männlich sportliche Note."

„Arno hoch zu Ross, als Herrenreiter im vollen Galopp mit Zügeln um den Hals und mit wehendem Haar, ach, gäbe das ein Bild."

„Unsinn. Hm, einen könnten wir noch."

„Mein lieber Onkel Otto, du verträgst aber nen Stiebel."

„Hedy mag mich in dem Zustand weniger, ich wäre dann immer so obszön, sagt sie."

„Was malst du da eigentlich?"

„Bismarck von hinten."

„Junge, Junge."

„Wenn meine Kunst zur Geldanlage wird", sagte Arno nachdenklich, „dann weiß ich, dass ich schon lange tot bin."

„Was, wie bitte?"

„Einen noch?"

Ich stieß gegen einen Stuhl. „Arno, dein Atelier dreht sich."

„Psst, mach keinen Lärm. Is auch egal, wir müssen hier weg. Ich und du und ich, wir drei gehen jetzt auf direktem Wege in die Kurke."

„Ihr seid aber dick besoffen." Hedy stand hinter uns.

„Das sind wir, und du darfst nicht mit uns streiten", sagte Arno.

„In die Kurke, hatta sesacht, dein Arno, auf direktem Wege."

„In *Die Gurke*? Nichts da."

Hedy öffnete die Fenster. „Das wäre der direkte Weg, die senkrechte Luftlinie vom Dach bis zur Straße. Also, ihr geht nirgends mehr hin. Wenn ihr euch nur sehen könntet, ihr Saufschweine. Kein Wort mehr, ihr geht jetzt schlafen."

Morgens wachte ich im Atelier auf dem Sofa auf. Hedy stand vor mir und schüttelte heftig meine Schulter. „Aufstehen!" Hedy hatte kleine, böse Augen. Sie zog mir die Wolldecke weg und tippte mit dem Zeigefinger an meine Stirn. „Immer, wenn du kommst, läuft hier irgendwas verdammt schief. Wenn du doch bloß schon weg wärst."

Arno schlief noch fest, als ich ging.

„Seit gestern mag ich dich noch weniger", hatte Hedy zu mir gesagt.

Im Buchladen standen noch einige Kunden vor den Bücherregalen. Lisa versuchte abzuschließen, hob die Schultern und zeigte bedauernd auf ihre Uhr. Bildungsbeflissene können hartnäckig sein. Endlich hörten sie auf, zu suchen und zu lesen und zu fragen, und gingen nach draußen.

Wenig später saßen wir in Lisas Wagen und fuhren durch den abendlich dichten Verkehr. Lisa fuhr sicher und schnell, aber ohne leichtsinnige Überholversuche. Sie hielt in einer Nebenstraße und wir gingen ein paar Schritte.

Im *Cosinus* fanden wir einen freien Tisch, seitlich am Fenster zur Straße hin und etwas weg von der Theke.

„Was möchtest du trinken?", sagte Lisa, „ich lade dich ein."

„Na, na." Ich winkte dem Mädchen hinter der Theke. „Zwei Gin."

„Es wird schwieriger, Bücher zu verkaufen", sagte Lisa. „Das Fernsehen bestimmt das Leben und bringt alles durcheinander."

„Könnte nicht der Teufel helfen?" Ich streichelte Lisas Hand, ihren Arm mit den kaum sichtbaren hellen Härchen.

„Aber nein. Vielleicht aber andere Themen. Es liest sich alles so abgegrast."

„Wenn du meinst."

„Schreib du doch mal eine erotische Geschichte."

„Noch so was abgegrast Lächerliches?"

„Nein, natürlich anders. Du schreibst, wie man spricht, und setzt noch einen drauf."

„So etwas wie in den Filmen mit der unumgänglichen, stoßimitierten Körpertechnik?"

„Nein, so doch nicht, das stimuliert kein bisschen."

„Lisa, das alles liegt mir nicht. Unterstützung für wenig Fantasiebegabte ist bald genauso langweilig wie fremde Darbietungen, die man gar nicht sehen will."

„Noch nicht mal für das liebe Geld?"

„Lisa, das ist lächerlich, ich kann nicht und ich will auch nicht."

Zufällig sah ich zum Eingang und misstraute für einen Moment meinen Augen. Aber ich hatte mich nicht getäuscht.

Im Eingang stand Inga und dicht neben ihr stand Ottomar. Sie hatten uns erkannt und Inga winkte.

„Tut es sehr weh?", fragte Lisa.

Als sie herüberkamen, stand ich vom Stuhl auf und Inga umarmte uns. „Seit zwei Tagen sind wir wieder zurück, es war himmlisch."

„Ihr hättet ja mal anrufen können", sagte ich und legte meinen Arm um Ingas Taille.

„Wir dachten, wir treffen euch früh genug." Ottomar beugte sich zu Lisa hinunter und küsste zweimal ihre Wangen, dann kam er zu mir und gab mir die Hand.

„Was trinkt ihr?" Ottomar winkte.

„Vier Gin bitte."

Ottomar machte einen seriösen Eindruck und täuschte damit seine Mitmenschen. Er hatte angegraute, kurze Haare und war schlank, etwas schlanker als ich, und sein Kopf schien etwas zu groß für seine schmalen Schultern. Ich wusste von seiner Vorliebe für Orientzigaretten und von seiner leichten Herzschwäche.

„Was ist passiert?" Ich hatte gesehen, dass er humpelte.

„Ein kleiner Stein vom Fels bei den Serpentinen der Via Krupp", sagte Ottomar.

„Ist dieser Teil der Straße denn nicht mehr gesperrt?"

„Doch."

„Und, gibt es kein Drahtgeflecht mehr zur Sicherung der Felswand?"

„Doch, ja."

„Dass man aber auch das Schild gestohlen hat, das Schild, auf dem groß ‚Attenzione' stand."

„Ach weißt du", sagte Ottomar, „die alte Geschichte: Mit Alkohol im Blut siehst du die Welt weit weniger bedrohlich und Warnschilder sind dir dann auch egal."

„Der Grund seiner Trinkerei war eine typische Ersatzhandlung. Ich hatte mich ihm an diesem Tage verweigert", sagte Inga mit betont träger Stimme und lächelte hinreißend.

„Ich glaube eher, dass es an der Hitze lag." Ottomar rieb sein Bein.

„Die Sprache muss doch mit der Hitze zu tun haben. Ihr glaubt gar nicht, wie schön italienisch klingt, wenn es langsam gesprochen wird."

„Ottomar weiß viel über Italien", sagte Inga, „und viel über Capri, und was er alles über die römischen Kaiser weiß, von Tiberius, wie er seine Feinde vom Felsen und in den Tod stieß."

„Timberius", sagte ich, „die Einheimischen nannten ihn Timberius und er ließ stoßen."

„Wenn auch, ich habe viel von Ottomar gelernt."

„Hat er dir auch gesagt, dass man vorher das Trinkgeld geben sollte, wenn man den besten Tisch haben will, und nicht erst zur Abreise?"

„Hat er nicht, das wusste ich selbst."

„Kinder, ihr solltet mal weniger streiten."

„Wir streiten? Er macht mich nur nervös."

„Selbstverständlich streitet ihr."

„Lass die beiden ruhig streiten, Ottomar, und erzähl mir inzwischen, was ihr Schönes erlebt habt", sagte Lisa. „Ich war doch noch nie auf Capri."

„Du warst noch nie auf Capri? Dann nehme ich dich im nächsten Sommer mit und zeige dir das bunte Leben der Piazzetta, die bis auf den letzten Platz besetzten Straßencafés, die Via Emanuele mit den luxuriösen Geschäften, und auf den Anhöhen die hochgewachsenen, kräftigen Palmen zwischen den weißen Natursteinterrassen, und dann in den engen Gassen die ungeschickten Touristen, die dir nicht aus dem Weg gehen wollen."

„Und wie war eure Unterkunft, hattet ihr ein komfortables Hotel?"

„Nun, ja, es war wirklich ganz passabel. Man weiß ja, wie es ist, wenn man ein Hotel betritt, beeindruckt vom neuen Drumherum, und erst am nächsten Tag dies und das mit anderen Augen sieht. Doch, wir konnten zufrieden sein", sagte Ottomar. „Unser Hotel lag etwas abseits, inmitten von Bougainvilleen und Pergolen, die dicht mit Wein berankt waren. Erfreulicherweise lag unser Zimmer auf der Südseite und wir konnten auf das Meer sehen, auf das wunderbar blaue Tyrrhenische Meer."

„Schön kühl war unser Zimmer, und sauber. Alles gepflegt

und sauber", sagte Inga und suchte Lisas Blick. „Auch das kleine Bad und sogar die Schränke von innen."

„Hört mal, die Sauberkeit der Schränke war ihr wichtiger als unten der Pool vor unserem Fenster."

„Den Pool kannte ich, ich war schon mal dort."

„Davon hast du mir nie etwas gesagt."

„Weil es unwichtig für dich war, nur deshalb und aus keinem anderen Grund."

„Bislang habe ich immer wieder selbst entschieden, was für mich wichtig ist."

„Ottomar, mein Guter, denk an dein schwaches Herz."

„Inga hat recht. Besser, du erzählst mir weiter von eurer Reise."

„Verdammt noch mal, meinem Herzen geht's gut, heute wie damals, obwohl es damals sehr heiß war. Ich sah gern aus unserem Fenster und auf den Pool. Die Kellner servierten kühle Getränke aus der Bar und stellten sie neben den Liegestühlen auf niedrige Beistelltische. In den Liegestühlen rekelten sich die schönsten Frauen, und einige von ihnen saßen am Beckenrand mit abgestützten Armen, sprachen kurze Sätze und kräuselten das klare Wasser des Pools mit ihren sonnengebräunten, pediküren Füßen."

„Und über der Bar", sagte Inga, „und teilweise über dem Foyer, lag der große, helle Speisesaal mit naturfarbenen Markisen und immer dann, wenn die Kellner die Glasschiebetüren öffneten, wehten die Schwaden von Pesto Genovese zu uns herüber."

„Ob gutes Essen oder Kleidung, die Italiener halten, was die Franzosen versprechen."

„Wisst ihr, Lisa war schon mal länger in Frankreich."

„Nein, Inga, war ich nicht, und auch nicht in Italien."
„Siehst du."
„Aber ich darf eine Meinung haben."
„Ach Lisa, ich stand doch nur eben noch in Gedanken auf unserer Loggia und habe den entfernten Lichtern der vorüberfahrenden Fähren hinterhergesehen."
„Ist schon in Ordnung."
Ich hörte noch, wie Lisa die Entschuldigung billigte und dachte im selben Moment zurück.

Mir wurde wieder bewusst, was sich mein Gedächtnis teilweise bewahrt hatte, und so wurde lebendig, wie ich die Fenster schloss, die Jalousien wegen der Sonnenstrahlen hinunterließ und Inga auf der Loggia stehen sah. Sie stand mit dem Rücken zu mir, an die Brüstung gelehnt, und hielt ihren Kopf etwas geneigt.
„Zu viel Schönheit macht mich melancholisch", hatte Inga gesagt, als ich an sie herantrat und meine Hände auf ihre Schulter legte.
Sie trug ein leichtes, weißes Unterhemd mit ganz schmalen Trägern und ein geradegeschnittenes, kurzes Satinhöschen, das ihre hintere weibliche Rundung nicht ganz bedeckte und ihre schönen Beine noch fraulicher machte.
„Ich würde gern schwimmen."
„Gleich, warte einen Moment, gleich", sagte ich, umschlang Ingas warmen Körper und küsste ihre Schulter, ihre samtweiche Haut, nahm sie in den Arm und hielt sie fest, atmete den Duft

ihres Haares, den Duft ihrer Haut, atmete Ingas anmutigen Duft, den ich immer und immer wieder erkennen würde.

„Es ist großartig hier", sagte ich, „aber die Zeit vergeht zu schnell und das bringt mich ganz durcheinander, weil ich an nasskaltes Wetter und an Hamburg im Winter denken muss."

„Dann denk doch einfach an die Wärme des Sommers und an Capri, und es ist wieder so, wie es jetzt ist", hatte Inga gesagt und ich erinnerte mich genau, wie ihre blauen Augen leuchteten.

„Diese Insel kennt keine Sonntage."

Das konnte er gut. Ottomar hatte meine Erinnerung durch seine Behauptung unterbrochen und Ingas leuchtende Augen für mich unsichtbar gemacht, aber im selben Moment hörte ich ihre Stimme, ihre angenehm klingende Stimme.

„Das stimmt keinesfalls", sagte Inga, „auch dort gibt es Sonntage, schöne und friedliche Sonntage und ohne familiäre Formierungen vor und hinter einem."

„Die Sonntage bei uns sind auch schön, du musst nur zu Hause bleiben."

Inga nickte, sie dachte wie ich.

„Weißt du noch", sagte Ottomar, „wie wir den einen Sonntag auf der Via Arco Naturale ohne die Vorstellung eines Ziels einfach weiter gingen, bis die Straße zum Weg wurde und keine Häuser mehr an der Seite standen?"

„Warum sollte ich nicht? Ich erinnere mich sehr gut. Um uns wurde es immer ruhiger und wir hörten nur noch die zirpenden Töne der Zikaden. Eidechsen lagen auf blanken Steinen und wärmten sich und flüchteten sofort, wenn wir näher kamen."

„Es wurde auch ständig heißer und staubiger und die Zunge klebte im Mund."

„Und mit deinen Ohren musste auch etwas gewesen sein, denn erst als wir ein ganzes Stück auf dem Weg weiter gegangen waren, erkanntest du die *Cavalleria rusticana*."

„Gebe ich zu, mein Mund war verdammt trocken und ich hörte nur ein Pochen im Kopf. Aber dafür entdeckte ich diese kleine, unscheinbare, fast zugewachsene Hütte. Wir stiegen langsam die Treppenstufen hinunter und gingen vorbei an Oleandersträuchern und hängenden Petunien."

„Im Schatten der Pergola standen Tische und Stühle an einer Steinmauer, und gleich dahinter ging es gehörig in die Tiefe. Vor lauter Schreck verfiel Ottomar beim Bestellen in ein äußerst wagehalsiges Italienisch."

„Ach was, mein Italienisch war verständlich und wurde getragen von dem angenehm leichten Wind, der vom Meer her wehte, denn sonst hätte uns der alte, hagere Mann nicht die hohen Gläser mit kaltem Mineralwasser und dick geschnittenen Zitronenscheiben gebracht."

„Hat er nichts erzählt, der alte Mann?", fragte ich. „Man sagt doch etwas, wenn man an den Tisch kommt."

„Doch, er sagte, dass Hemingway hier geschrieben hätte. Wir waren richtig platt, aber er drehte sich nur um, ging mit dem leeren Tablett zur Anrichte und drehte an der Lautstärke seines Grammofons."

„Das ist ja kaum zu glauben, hier, in dieser kleinen Hütte", sagte ich und sah Inga an.

Inga erwiderte flüchtig meinen Blick und biss auf ihre Unterlippe.

„Ich weiß, woran du denkst", sagte ich leise, ohne Lisa und Ottomar zu brüskieren.

Nein, ich wusste nicht, woran sie dachte, aber vielleicht erinnerte sie sich wie ich, erinnerte sich daran, wie wir damals von gleicher Stelle auf das Meer sahen und die Arie hörten, die uns tief berührte und deren Klänge von den Felswänden zurückgeworfen wurden.

Die Luft flirrte und ich spürte die Anzeichen eines durch die Sonne verursachten Kopfschmerzes. Die Hitze ermüdete. Inga hatte ihre Augen geschlossen, aber sie schlief nicht. Ich blinzelte in die halb hoch gewachsenen Sträucher, hörte den Gesang, der mich im Inneren beinahe lähmte, und sah sie kommen. Ich sah *Turandot*, sah sie stehen hinter Oleandersträuchern, schemenhaft und geheimnisvoll.

Nessun dorma, niemand schlafe, niemand schlafe.

Über Ingas Wangen liefen zwei feuchte Spuren. Ich nahm mein Taschentuch für ihre Tränen und dann benutzte ich das Taschentuch auch für mein Gesicht, aber Inga bemerkte es nicht.

„*Turandot*", hatte ich gesagt, „Giacomo Puccinis *Turandot*. Er starb, als er den dritten Akt bearbeitete."

„Ich weiß", sagte Inga.

„Ein überraschender Tod ist schlimm, furchtbar und schlimm, ganz so ohne Abschied. Man hatte noch viel vor, und es war noch viel zu tun, und mit einem Schlag ist alles vorbei, unwiderruflich vorbei."

„Seit wann liest du Todesanzeigen?"

Inga hatte ihren Stuhl zurückgeschoben und stand auf, sie sah hin zum alten Mann und ihre Hand deutete an, was sie dachte.

„Können wir, könnten wir bitte weiter?"

Wir winkten dem alten Mann zu und gingen in die Richtung des Weges, den wir von unserem Platz aus gesehen hatten, den Weg, der zu einer Höhle am Meer führte, dorthin, wo sich einst Tiberius mit seinem Gefolge an den heißen Tagen aufhielt. Wir aber waren oberhalb geblieben, weil wir weiter aufs Meer blicken und den späteren Anstieg in der sengenden Sonne vermeiden wollten.

„Kennst du den Zustand eines langsamen Verfalls?", fragte mich Ottomar.

„Passt auf, gleich betreten wir Ottomars botanischen Garten." Inga lächelte und nippte an ihrem Glas.

„Die Agave", sagte Ottomar, „ist eine bemerkenswerte Pflanze. Bevor sie zugrunde geht, treibt sie aus, bildet einen meterlangen, armdicken Stiel und lässt ihre Kapseln mit den schwarzen Samenkörnern an anderer Stelle fallen."

„Du meinst", fragte ich, „dass der Zustand eines langsamen Verfalls zugleich auch ein Neubeginn ist?"

„Das meine ich. Es geschieht nahezu gleichzeitig. Man sieht den Anfang und das Ende als nur ein Ereignis, und das ist ungewöhnlich."

„Ihr seid heute ungemein tiefsinnig." Lisa zog an ihrer Zigarette. Bis jetzt hatte sie uns zugehört, uns abwechselnd mit hochgezogenen Augenbrauen beobachtet und nicht daran gedacht, ihr volles Glas anzurühren.

„Also wirklich, Lisa hat mal recht. Das Schauspiel eines langsamen Verfalls und gleichzeitigen Neubeginns könnt ihr auch auf der Via Camerelle sehen. Wenn ihr genug angerempelt worden seid, braucht ihr euch nur auf die Terrasse des *Quisisana* setzen und einen Espresso trinken. Bald werden Leute an euch vorbeischlendern und die werden so tun, als sei die Via Camerelle eine Bühne für ihre kleinen Aufführungen, und dann werdet ihr junge und ältere Männer sehen, die sich auffällig kleiden und Hand in Hand gehen."

„Inga, das tun sie, weil sie's dort dürfen und sich niemand drum kümmert", sagte ich und sah Inga an, sah ihr hübsches Profil und hätte sie gern berührt, sie fest umarmt, und für einen kurzen Augenblick sah ich uns im Kreuzgang des Kartäuserklosters auf der Via Certosa, wo es still gewesen war und nahezu friedlich. Damals wollte ich sie fragen, nach ihrer Zuneigung zu mir, und hatte es dann doch gelassen.

„Ich begreife", sagte Ottomar, „du warst also auch schon mal dort."

„Ja, ich war schon mal dort, aber es ist schon lange her."

„Und mit wem?"

„Das geht dich nichts an."

„Jedenfalls war mir auf der Rückfahrt ganz schlecht", sagte Inga. „Nachmittags in Neapel. Vom Hafen mit dem Taxi durch den dichten Straßenverkehr zum Flughafen. Der Fahrer hatte die Scheiben nach unten gekurbelt, aber der Fahrtwind brachte keine Abkühlung und es war furchtbar stickig und überall roch es nach Abgasen."

„Mir machte mehr Sorge, was sich über uns zusammenbraute", sagte Ottomar. „Schwarze, gefährliche Gewitterwolken, die sich dick und schwerfällig näher schoben. Ich sage euch, das sind andere Gewitter als bei uns. Und später im Flugzeug sagte der Pilot, dass er das Gewitter wegen des Gegenverkehrs nicht überfliegen könne. Meine Güte, ich habe die Blitze gesehen. Meine Hände waren klatschnass und ich dachte, ich hätte Fieber, dabei war es immer noch die unerträgliche Hitze Neapels. Erst kurz vor der Landung tauschte ich mein Baumwollhemd gegen einen leichten Pullover. Hamburg, achtzehn Grad, Nieselregen, hatte der Kapitän durchgegeben."

„Wir hätten uns sonst was holen können", sagte Inga und drückte Ottomars Hand.

Es war nur eine kurze Berührung, aber die kurze Berührung Ingas genügte, um etwas bloßzulegen, was ich längst für überwunden glaubte. Ich war deprimiert.

„Was ist los mit dir?", fragte Lisa. „Du wirkst nachdenklich."

Ich zuckte mit den Achseln und trank mein Glas leer. In meinen Taschen suchte ich umständlich nach Tabak.

„Nimm eine von mir."

Ottomar bot mir eine seiner Orientzigaretten aus einer blauen Packung an. Ich gab ihm Feuer und zeigte auf sein Glas.

„Einen noch?"

„Gerne. Ich hörte, Arno ist hier k.o. gegangen?"

„Und wie, er hat sich unfreiwillig in eine Bierpfütze gesetzt. Er bekam einen Tritt dorthin, wo die Männer empfindlich sind."

„Konntet ihr ihm nicht helfen?"

„Es ging zu schnell und vielleicht hatten wir keinen Instinkt."

„Auf dem Kiez habe ich gesehen, wie sie mit abgeschlagenen Flaschen ins Gesicht stechen."

„Ottomar, die Zeiten haben sich geändert, wir verrohen."

„Auf jeden Fall glaube ich, dass auf dem Kiez die Boxer und Messerstecher bald verschwunden sein werden. Beseitigungen erfolgen demnächst mit einer 9-mm-Walther."

„Und wir, wir halten uns tunlichst zurück und gehen zunächst mal den besoffenen Jungs aus dem Weg, die über Autos pinkeln und Streit suchen."

„Die haben ja auch richtig Kraft im Suff, sind weniger schreckhaft als die Alkoholiker und zeigen kaum Wirkung, wenn sie eine reinkriegen."

„Am besten, wir fahren nur noch im Auto durch die Straßen und kriegen nichts mit."

„Olala, die Nacht hat tausend Augen. Hör dir das an, Inga, die beiden Jungs kennen die dunklen Seiten des Lebens", sagte Lisa und provozierte durch fächelnde Bewegungen ihrer flachen Hand.

„Was ist denn mit dir auf einmal los?" Ottomar ruckte mit seinem Stuhl.

„Ich mag eure Gespräche nicht." Lisa hatte die Augen zusammengekniffen, spielte mit ihrem leeren Glas und strich mit dem angefeuchteten Mittelfinger kreisend über den oberen Rand, als wollte sie das Glas zum Klingen bringen.

„Wenn ihr über manche Dinge redet, wirkt das so männlich, dabei seid ihr doch nur Lausejungs." Inga lächelte.

„Fängst du jetzt auch an?"

„Ottomar, ich frage mich nur nach den Sinn einer gemeinsamen Unterhaltung. Es wäre zu schön für uns alle."

„Kennst du das, wenn Tannenhonig zwischen den Fingern klebt?", fragte ich und musste mir im selben Moment eingestehen, dass ich ein Trottel war.

Inga sah mich erstaunt an, und ich beobachtete bedrückt, wie aus kurzer Verständnislosigkeit ganz schnell Gewissheit wurde.

„Komm."

Im Gegensatz zu mir war Ottomar unvorbereitet und blickte fragend zu Inga hoch, die unerwartet und schnell aufgestanden war. Lisa bekam einen flüchtigen Klaps und für mich genügte ein Winken. Im Weggehen stieß Ottomar gegen ein Tischbein, fluchte und lief Inga hinterher, die schon auf der Straße stand.

„Das war ja ein richtiger Misttag heute, und der Abend war dann auch nicht mehr schön", sagte Lisa und suchte nach ihren Autoschlüsseln. „Ich möchte jetzt gern nach Hause, bin müde und muss morgen früh raus."

„So plötzlich?"

„Ja, so plötzlich. Du bemerkst es schlicht nicht, wenn jemand etwas für dich empfindet."

„Lisa, bitte", sagte ich, aber sie hob nur ihre Hand.

„Ich meine nicht mich."

Wir fuhren zu meiner Wohnung. Lisa hielt und strich mir mit ihrem Handrücken übers Gesicht. Sie winkte aus dem Auto heraus und als ich mich nach ein paar Schritten nochmals umdrehte, sah ich nur noch die Rücklichter ihres Wagens, die immer kleiner wurden.

Nachdem ich meine Wohnung betreten hatte, öffnete ich sämtliche Fenster. Die Geräusche der Straße überdeckten die Stille in der Wohnung und kaschierten für einen Moment die bedrückende Stille des Alleinseins. Gern wäre ich jetzt dort gewesen, wo das Leben war. Ich stellte mir dieses Leben vor, aber meine Suche nach menschlicher Nähe endete immer nur in sich ausschließenden Abstraktionen, sodass ein gefasstes Vorhaben gleich wieder sinnlos wurde, sinnlos wie die Suche nach dem, was man nicht hat. Und jedes Mal, wenn ich so dachte, blieb ich hier und fand mich mit dem Alleinsein ab.

Ich war allein, Inga hatte mich verlassen.

Seit einiger Zeit lebte sie mit Ottomar zusammen. Er liebte Inga offensichtlich, er verwöhnte sie und tat alles zur Erhaltung ihrer Zuneigung. Er liebte sie so sehr, dass er ihr hinterherlief und seine schmerzende Beinverletzung vergaß.

Eigentlich war Ottomar verschlossen und niemand von uns konnte sich für längere Zeit erklären, wovon er lebte. Nur einmal zeigte er mir ein kleines, schwarzes Notizbuch.

„Das ist meine Lebensversicherung", hatte er gesagt.

In dem kleinen, abgegriffenen Buch standen Adressen, lange Telefonnummern und kurzgefasste Hinweise. Ich las die Namen von Leuten, die ihr Geld mit Zinn oder Erdöl gemacht hatten und denen die halbe Welt gehörte.

Ottomars Vater hatte früher als Arzt in Berlin gelebt. Er hatte ihm die Erziehung in Salem ermöglicht, und Salem, das war die Voraussetzung für weltweite Verbindungen.

„Längerfristige Pläne lohnen sich mit einem schwachen Herzen nicht", sagte Ottomar, als ich ihm sein Notizbuch zurückgab.

Das war das einzige Mal, dass er über sein anderes Leben sprach, und auch Inga gegenüber äußerte er sich nicht weitergehend und blieb in dieser Sache unbeirrt. Das war, glaube ich, der einzige Widerspruch in seiner Zuneigung zu Inga.

Jedenfalls hatte Inga es auffallend gut bei ihm und sie gehörten sich so, wie wir uns damals nicht gehört hatten.

Aber Ottomar war nicht der Grund für Ingas Entschluss gewesen, mich zu verlassen.

Ich war müde, aber schlafen konnte ich nicht.

Ein geeignetes Mittel, sich von unliebsamen Gedanken abzulenken, muss nicht unbedingt in einer halbvollen Rotweinflasche enthalten sein. Ich nahm mir die *Aufzeichnungen eines Jägers* aus dem Regal, setzte mich in den Sessel unter der Lampe und begann zu lesen. Mir genügten sonst wenige Worte und nach kurzer Zeit sah ich den glitzernden Morgentau der Grashalme und die sattgrünen Wiesen. Ich sah bald das plätschernde, klare Wasser der Bäche, atmete in der Einbildung den sommerlichen Duft des Waldes und lebte in der längst vergangenen Welt Turgenjews.

Heute aber legte ich das Buch zur Seite. Kein einziges Bild war entstanden, ich hatte aufgegeben, weil ich über die Worte hinweggelesen hatte und nicht mehr wusste, wessen Worte da standen. Las ich wirklich die ursprünglich geschriebenen Worte Turgenjews, oder glaubte ich an die sprachliche Begabung des Übersetzers? Ich werde gleich morgen Levi fragen, wer für was bislang gelobt und gepriesen wurde. Levi würde das wissen, und wenn nicht er, wer dann?

Allmählich kam die Müdigkeit, endlich würde ich schlafen können. Und nur noch manchmal, immer seltener dachte ich an sie, an die Frau, die mir viel bedeutete und für die ich nun Vergangenheit geworden war.

Ich fuhr zu Tina in die Neustadt. Tina arbeitete dort in einer Bar. Es war noch ruhig und keine ungeduldigen Rufe nach Getränken übertönten die gebräuchlichsten Bedürfnisse nach Verständigung. An den Tischen saßen zwei Frauen und zwei Paare, nur mit sich beschäftigt und in der gegenwärtigen Gunst, nicht behelligt zu werden. Die zwei Frauen saßen dicht nebeneinander, flüsterten Gesicht an Gesicht, mit einem Anschein von Konspiration, aber dann bald wieder in einer Manier, als ob ihr Flüstern zu einem intimen Vorspiel gehörte.

An der rotbraunen Mahagonitheke saß niemand bis auf einen fülligen Endfünfziger mit kahlem Kopf und resignierter Haltung, der abwechselnd auf sein Glas und in den Spiegel der Rückwand hinter den sortierten Flaschen starrte.

Ich ging links an ihm vorbei und setzte mich auf den Barhocker am Ende der Theke.

Tina war heute schwarz. Sie hatte ihr Haar glatt und scheinbar nass zurückgekämmt, als käme sie gerade aus dem Bad. Das dunkle Kleid mit einem Schlitz reichte ihr knapp bis zum Knie. Ich sah ihr gern zu, wie sie sich bewegte, Tinas Bewegungen hinter der Theke waren verführerisch, und wie die meisten Frauen auf hohen Absätzen machte sie eine gute Figur.

Ein Priester, der es gut mit ihr meinte, hatte einmal zu ihr gesagt, dass ihre Erscheinung zu klischeehaft wäre, um glaubwürdig zu sein, aber Tina hatte ihm eins gehustet und sich bekreuzigt, denn sie tat gern, was sie hier tat, nichts war zufällig. Und wenn es erwartet wurde, machte sie Gebrauch von ihrem sinnlichen Charme und setzte sich in Positur, denn sie wusste, dass die Barbeleuchtung ihr Gesicht attraktiv machte.

Sie stellte das Glas vor dem Gast ab, hatte einen tiefen Blick für ihn übrig und kam zu mir.

„Wo ist denn die nette Brünette von letzter Woche hin?"

„Die steht unerkannt vor dir und weint sich die Augen aus."

„Wie geht es dir wirklich?"

„Monatsende, die Geschäfte sind so lala, aber es muss ja", sagte Tina und tat ein bisschen komödiantisch, als würde sie sich bedauern.

„Was macht dein Komplementär?"

„Der? Mit dem habe ich schön in die Scheiße gegriffen. Ich sage dir, dreizehn Semester Psychologie. Und dann wird er auch noch bockig, wenn ich mehr als Illusionen erwarte, weil weil ich das Geld mal eben so und ohne Moral im Schlaf verdiene."

„Du musst einfach ein wenig Geduld haben, vielleicht benötigt er ja das Studium zur Selbsttherapie seiner unbekannten Seele."

„Bernward? Sag ihm so was direkt ins Gesicht und er würde augenblicklich sein ganzes Wissen zum Teufel jagen und dir an den Hals gehen."

Tina hatte einen schönen Mund, ihre roten Lippenstiftlippen glänzten in der matten Beleuchtung der Bar.

„Komm doch mal näher mit deinem Mund", sagte ich, aber Tina schüttelte ihren Kopf und lachte.

„Du bist mir zu schlecht rasiert."

Ich schwieg und nippte an meinem Glas. Für Tina würde es heute wieder spät werden, aber ich würde nicht auf sie warten, ich würde vorher gehen, das stand für mich fest.

Tinas Handgriffe waren schnell, an der Theke hatte sie den Überblick. Sie sah zum Gast hin, aber der schüttelte den Kopf, und so drehte sie sich wieder um zu mir, empört und mit geöffnetem Mund, doch dann fiel ihr das Poliertuch aus der Hand und sie musste sich bücken, saß in der Hocke und das Kleid rutschte ihr nach oben und ich guckte auf ihre Beine, auf ihre schönen, wohlgeformten Beine, und ich stellte mir vor, was wir machen könnten, wenn wir alleine wären.

Tina kam mit dem Tuch aus der Hocke wieder hoch, begann Messingbeschläge zu polieren, sah flüchtig zu mir herüber, spülte die benutzten Gläser und stellte sie auf das gelochte Abtropfblech, und das alles in eiliger Abwesenheit, als würde sie ihre Empörung überdenken.

Dann beugt sie sich über die Theke, achtete in der Entrüstung nicht auf ihren Ausschnitt, kam mir mit ihrem Gesicht ganz nah, sodass ich ihr Parfüm einatmete, ihr Parfüm für den späten Abend, das nach Zedernholz und Patschuli duftete und das ich so gut kannte.

„Berni, dein harter, freudscher Vollbart kratzt, sage ich ihm ruhig, deine scheußlich stechender Bart schadet meinem Teint."

Sie nahm mein Glas und schenkte nach. „Bleib mir vom Leibe, schreie ich ihn an und hau ihm unten eine rein, aber nein, dann will er grade." Tina wischte die Tropfen ab, die von meinem Glas auf die Theke gelaufen waren. „Bei aller Liebe, manchmal macht er mich krank, es ist naiv, sein braves Verständnis, wenn wir streiten und ich weiß immer gleich, wie er denkt, was er gleich sagen wird, gütiger Himmel, was lernen die da nur." Sie nahm eine Flasche, hielt sie gegen das Licht und prüfte den Inhalt. „Es ist doch naiv, oder?"

„Wenn Naivität der Belustigung nützt …"

„Sag ich ja, ich liege also goldrichtig."

„In diesem besonderen Fall schon, ansonsten halt dich da raus, was gehen dich die Probleme anderer Kerle an."

„Ist ja süß, das sagst du?"

„Sag ich, und ob, aber nur, wenn sie den Mund zu voll nehmen, es kommt von selbst."

„Na, da hätte ich einiges zu tun mit meinen redseligen Pfannenverkäufern. Wenn ich nur an die Freitage denke, wenn die Pinneberger Bauern mir das sündige Dorf erklären wollen. Oder die Männer mit dem Hexentanzplatz auf dem Hinterkopf, die schon längst über vierzig sind und sich noch heute über ihre Väter beklagen." Tina leerte ihr Glas mit steifem Handgelenk. „Weinerliche Schlappschwänze. Und immer, wenn der Schnaps aus den Augen kommt, müssen die Frauen herhalten. Mein lieber Scholli, die Zeiten haben sich vielleicht geändert."

Tina besaß Menschenkenntnis, in Bildungssachen war sie eher zurückhaltend, hielt Tucholsky für einen längst verstorbenen Russen, aber über verletzliche Empfindungen, über die Liebe wusste sie viel. „Ein Mensch, der keine Liebe bekommt, wird zum seelischen Krüppel. Und jemand, der keine Liebe geben kann, ist bereits ein Krüppel", meinte Tina meistens nach Mitternacht. „Du glaubst gar nicht, wie viele einsame Krüppel an meiner Bar sitzen", sagte sie manchmal, wenn sie deprimiert war, die Bestellungen von der anderen Seite der Theke weitergab und nicht zu bewegen war, vom Barhocker aufzustehen.

Tina hatte sich jetzt auch ein Glas genommen und wir tranken gemeinsam, nahmen vorsichtig kleine Schlucke, um klar zu bleiben.

„Die, die keine Liebe wollen, sind mir unheimlich."

„Oder sind wählerisch", sagte ich.

„Bist du wählerisch?"

„Manchmal, je älter ich werde."

„Du machst dir was vor, das ist die Angst vor Abweisung."

„Dann bestimmt die Angst vor Enttäuschung mein Handeln?"

„Vielleicht."

„Ach nein, dafür liebe ich mich zu sehr selbst. Tina, ich bin egoistisch."

„Wer hätte das gedacht."

„Tina, es ist die Situation, die jeweilige Situation bestimmt mein Tun."

„Na gut, mein allnächtliches Tun heißt oberflächliches Mitleid, tiefergehende Anteilnahme allerdings kann ich mir nicht leisten", sagte Tina. „Hier in der Bar, hinter der Theke denke ich zuerst an mich, sonst wäre ich bald fertig in diesem Gewerbe."

„Nutten sollten sich auch nicht verausgaben, und im weiteren Sinne gilt das auch für Ärzte", sagte ich und schob Tina mein Glas hin.

„Ritter, Tod und Teufel, wie wahr. Du überlebst und erreichst nur etwas, wenn der Selbstschutz funktioniert."

„Tina, siehst du, wir sind also auch nicht besser als die anderen. Und wenn wir so weitertrinken, reden wir uns bald um Kopf und Kragen."

Tina füllte unsere Gläser und summte die Melodie der Barmusik leise mit.

Es war hinreißend, wie sie jetzt dastand, sich mit wenig Aufwand zur Musik bewegte und den Text mithauchte.

Teach me tiger ...,

Hey tiger, teach me tiger how to kiss you, wah wah wah wah ...

Tinas Bewegungen waren lasziv und weckten die Fantasie liebeskranker Männer. Die hatten zuerst nur hingestiert und wurden dann mutiger, schienen sich bald ihrer Sache ziemlich sicher und warteten nur noch auf einen günstigen Moment. Für Tina aber gehörte das alles nur zum Geschäft. Natürlich, sie beherrschte die raffinierte Art, mit vorgetäuschter Schläfrigkeit ihre Sinnlichkeit auszuspielen, eine Sinnlichkeit, die manche Männer wild machte.

Ich aber wusste von Tinas Gewohnheit, ihrer Gewohnheit, das Buch während des Lesens in der rechten Hand dicht vor die Augen zu halten, während sich die linke Hand unter der Bettdecke herantastete und prüfte.

Mittlerweile war nahezu kein Tisch mehr frei und fast sämtliche Barhocker besetzt. Tina hatte keine Zeit mehr für mich, ich trank mein Glas aus und wollte gehen. „Lass das, verdammt nochmal", sagte ich. Schläge auf die Schulter mochte ich nicht, ich wusste, dass es Alfonso war. Meistens schlich er sich von hinten an. Ihn amüsierten unvorhergesehene Gegebenheiten, es lag in seiner Art.

Er hatte seine Jeansjacke an. Ein weißes, abgetragenes Hemd steckte nachlässig in seiner verwaschenen Jeans. Alfonso war mit seinem Aussehen zufrieden. Wenn es kälter wurde, trug er über der Jeansjacke gewöhnlich einen schwarzen Pelzmantel. Der war ein zufälliges Geschenk Etnas. Zusammen mit Lisa hatten wir dieses unansehnliche schwarze Fell auf dem Amsterdamer Flohmarkt gekauft. Im Hotelzimmer roch der Mantel dann dermaßen nach Mottenkugeln, dass Etna zur Rezeption gehen musste, um Parfüm zu besorgen.

Damals, in Amsterdam, kaufte Alfonso auch Cannabis, als Ersatz. Er trank keinen Alkohol, er vertrug ihn nicht.

„Wie geht's dir so?"

Ich zog meine Schultern hoch und ließ sie wieder fallen. Alfonso hatte sich neben mich gesetzt, die Beine angezogen und auf den Metallring des Barhockers gestellt. Er zündete sich eine Zigarette an und atmete tief ein. Seine Wangen zogen sich nach innen und gaben ihm das Aussehen eines fast verhungerten Indios, und als er den Zigarettenrauch in die Luft blies, fielen ihm seine schwarzblauen, kräftigen Haare weit über den Kragen. Mit bedächtigen Kopfbewegungen und mit Augen, die etwas Kaltblütiges hatten, sah er sich in der Bar um, und es hatte den Eindruck, als wollte er sein Gedächtnis schulen.

Aber es gab auch Tage, an denen er impulsiv und nicht ansprechbar war, dann ging von ihm eine unterdrückte Unruhe aus, die gefährlich wurde, wenn man ihn nicht gewähren ließ.

Vor ein paar Tagen hatte er einem seiner Gegner das Nasenbein gebrochen, weil er sich von ihm und durch die Schachuhr betrogen glaubte. Ohne noch lange überlegt zu haben, hatte er das schwere Schachbrett samt Figuren hochgerissen und seinem Gegner mit Wucht insGesicht gestoßen.

„Du hast jemanden das Nasenbein gebrochen."

„Ja, und ich hatte absolut keine Skrupel. Er behauptete, meine Zeit wäre abgelaufen."

„Und?"

„Er war beleidigend und hatte sich getäuscht. Meine Figur hatte ich vor dem Fall des Zeigers gesetzt. Die Nase hätte ich ihm aufschlitzen sollen."

„Das wär eine schöne Schweinerei geworden."

„Und ob, und das wollte ich nicht, nicht in letzter Konsequenz."

„Es ging um deine Ehre?"

„Nein, verflucht noch mal, um eine Abmachung."

„Ging es um viel Geld?"

„Fünfhundert, und dann noch die Einsätze der anderen."

Alfonso spielte um Geld, manchmal um sehr viel Geld, und er spielte gut, nur Gero war besser gewesen. Gelegentlich spielten wir, wenn wir nichts Besseres vorhatten, und wenn Alfonso Zeit hatte, gab er mir einen Turm vor, und wenn wir unter gleichen Bedingungen spielten, war ich schon nach fünfzehn Minuten schachmatt.

Er war aus gutem Hause. Seine Eltern besaßen einigen Grundbesitz in Argentinien und schickten ihn vor Jahren wegen einer geeigneten Ausbildung nach Europa. Später einmal sollte er die gesamten Besitztümer übernehmen und verwalten.

Aber als Gero ihm über den Weg lief, war es vorbei mit der

ursprünglichen Absicht. Alfonso wurde ein Freund Geros und blieb in Hamburg.

Wir sprachen nie darüber, daher weiß ich nicht, wo und wann sich die beiden begegneten, sicher ist nur, dass Gero nicht gut für Alfonso war. Aber jetzt ist Gero tot.

Niemand von uns erkannte vorher irgendwelche Anzeichen, seine Entscheidung kam plötzlich und ohne Ankündigung. Es war vermutlich die verhängnisvolle Macht einer angenommenen Sinnlosigkeit, eine beginnende Leere am Nachmittag und fehlende Liebe, und dann lag da dieses pulverisierte weiße Gift.

Der Tod macht einen untugendhaften Menschen nicht tugendhaft, aber man neigt zur Nachsicht, wenn man über die Toten und ihre weniger guten Eigenschaften spricht. Und Gero hatte Schwächen. Er war, bei allem Verständnis, nur auf seinen Vorteil aus und nahm sich, was er brauchte. Seine Rücksichtslosigkeit erinnerte zeitweise an das Verhalten bösartiger Kinder, und trotzdem vermutete ich bei ihm eine tief verborgene Verletzlichkeit.

Noch kurz vor seinem Tode hatte ich Gero gesehen. Er wollte gerade in Mikes Café und sah vollkommen verändert aus. Sein nach hinten gekämmtes Haar war auf Nackenlänge gekürzt und der graublonde Vollbart bis auf ein paar kurze Stoppeln vollständig verschwunden.

„Ich wollte endlich mein Gesicht wieder sehen."

Er beantwortete meine Frage, die ich noch gar nicht gestellt hatte.

„Kommst du mit?", sagte er dann, legte den Arm auf meine Schulter und schob mich weiter ins Café hinein. Mikes Café befand sich in Nähe der Hoheluftbrücke, und Fritzi servierte dort alltäglich Kaffee und Kuchen. Sie war grazil, sonnengebräunt und ihr hennarotes, kurzgeschnittenes Haar leuchtete im Lichtstrahl, der durch das Fenster des hinteren Raumes bis hin zum Straßeneingang fiel.

Fritzi genierte sich nicht, als Gero sie an sich zog und ihre Lippen mit seiner Zunge öffnete.

Sie blieben einfach mitten im Gang stehen, hatten mich vergessen und kümmerten sich eine Weile um niemanden.

„Ich geh dann schon mal vor", hatte ich gesagt und war in den hinteren Raum gegangen.

Einige Tage später sollten mir Fritzi und Alfonso stockend versuchen zu erklären, dass Gero tot wäre.

Ich erinnere mich noch genau an den feinen Zimmerstaub, der in den nachmittäglichen Sonnenstrahlen flimmerte, und daran, wie ich Fritzi in der dunkleren Ecke des Cafés sitzen sah, wie sie ihren Kopf mit beiden Händen abgestützt hatte, und wie sie dann mit ihren beiden Händen Alfonsos geballte Faust drückte. Die beiden saßen dicht zusammen, hatten die beschmierten Teller mit Kuchenresten und die Tassen mit angetrocknetem Kaffee zur Seite geschoben und ich begriff nicht gleich, was es auf sich hatte mit Fritzis Kopfschütteln und dem gesenkten Kopf Alfonsos, aber ich ahnte, dass ich auf ein Unheil zuging. Ich sah die Nässe auf Fritzis Wangen und Alfonsos bleiches Gesicht, mich erschreckte die gelblich blasse Haut des Südländers, wie sie ist, wenn die Sonne fehlt, und sah einen Blick, in dem von der alten Kaltblütigkeit nichts mehr vorhanden war.

Ich setzte mich und hörte zu, stellte keine Fragen und nachdem mir Alfonso all das, was er wusste, über Geros Tod gesagt hatte, stand ich langsam vom Stuhl auf und ging durch das Café, vorbei an den Tischen und Leuten, zurück auf die Straße. Ich war benommen, und das, was ich tat, war von einem plötzlich vorhandenen Automatismus bestimmt, und es gab nichts, worüber es sich in diesen Momenten zu reden lohnte. Ich brauchte die Anonymität der Straße, ich wollte allein sein, um Ordnung in meine Gedanken zu bringen.

„Irgendwas fehlt, seitdem er nicht mehr da ist", sagte Alfonso. „Er fehlt einfach."

Wir saßen noch immer in Tinas Bar. Ich trank aus meinem Glas und hätte gern auf die Erinnerung verzichtet.

„Die Endgültigkeit macht mir zu schaffen, Alfonso. Glaubst du an ein Dasein nach dem Tode, egal in welcher Form?", fragte ich.

„Ich weiß es nicht. Ich weiß nicht, was sein wird, weiß nicht, was ich glauben kann und was ich glauben sollte."

Alfonso zündete sich eine Zigarette an. „Du hast Angst, ich glaube, du hast Angst." Alfonso blies seinen Zigarettenrauch in die Luft. „Du hast Angst, weil das mit Gero passiert ist, und denkst an dich."

„Natürlich habe ich Angst, aber da ist noch etwas anderes. Unsere Zukunft liegt in der Ewigkeit und in der Unendlichkeit, doch nach der Ewigkeit und hinter der Unendlichkeit kommt vermutlich gar nichts mehr."

„Hört auf mit eurem Gerede. Das hier ist kein Treff für Jugendliche mit ihren ersten Fantastereien. Ihr verscheucht mir die Gäste. Die wollen sich hier amüsieren, über Weiber herziehen, aber nicht über den Tod reden und was dann kommt." Tina verzog ihren Mund.

„Mach mal langsam", sagte Alfonso, „das ist ein unendliches Thema, weil es keine Lösung gibt. Wer kennt schon die Grenzen, vielleicht wir mit unseren beschränkten Vorstellungen? Dabei haben wir einen Teil der Ewigkeit doch sowieso schon verpasst."

„Kannst du dir die Unendlichkeit vorstellen?"

„Nein, ich hab's versucht, aber man wird nur verrückt und dreht sich im Kreis. Wenn ich aber in undefinierten Schachzügen denke, geht's mir besser. Ich bin meinem Gegner um einige Züge voraus, gewinne und habe Geld in der Tasche. Das ist das, was ich verstehe und was mich beruhigt."

„Du könntest mir einen ausgeben, mit deinem vielen Geld in der Tasche."

„Sicher, ich geb dir einen aus, morgen. Morgen in Mikes Café."

„Wieder die alte Masche?"

„Was dachtest du denn?"

Die alte Masche, das war für Alfonso und mich eine bewährte Vorgehensweise in Kneipen oder Cafés. Wir saßen dort am Brett und setzten die Figuren in offensichtlicher Mittelmäßigkeit. Es dauerte nie lange, bis uns die ersten Schachspieler über die Schulter sahen.

Und die, die von sich glaubten, außerordentlich talentiert zu sein, wollten das auch beweisen. Unser Dreh war einfach. Alfonso ließ mich gewinnen und stand dann als vermeintlicher Anfänger da, dem man das Geld ohne Risiko abnehmen konnte.

Mit Gero hatte es sich ähnlich verhalten, mit dem Unterschied, dass Gero derjenige war, der Alfonso gewinnen ließ. Wenn die beiden spielten, ging es um viel Geld. Aber für mich war das nichts, mir fehlte das Können, und gute Nerven hatte ich auch nicht.

„Gut", sagte ich zu Alfonso, „morgen dann bei Mike."

Grade als ich das gesagt hatte, splitterte Glas. Im gleichen Moment hörten wir ein dumpfes Geräusch von einem Körper, der schwer auf den Boden gefallen war.

Der Gast, der an der Theke gesessen hatte, lag auf dem Rücken. Die Luft war ihm weggeblieben und sein Gesicht lief blau an. Er öffnete seinen Mund und rang nach Atem. Wir richteten ihn auf und Alfonso tätschelte rechts und links sein Gesicht.

„Das war's mal wieder. Einmal im Monat fällt er runter. Er hat das Nachtbarsyndrom, starrt vor sich hin, sitzt wie gelähmt, redet mit niemanden und fällt wie ein Sack vom Hocker. Was mach ich bloß mit ihm?", sagte Tina und beugte sich über ihn.

„Rede nicht und gib ihm lieber eiskaltes Wasser." Alfonso hatte mit beiden Händen den Jackenkragen des Mannes gepackt und hielt ihn fest, weil sein Kopf wackelte.

Langsam bekam er wieder Luft, seine Augen öffneten sich und sein unruhiger Blick ging hin und her. Er war verlegen, mit legerer Gestik versuchte er, der Situation ein wenig Normalität zu geben.

Wir halfen ihm hoch, klopften auf seine Schulter und gingen dann zu unseren Plätzen in der Ecke zurück.

„Irgendwann wird er sich das Genick brechen", sagte ich. „Er oder andere, und später kommen die Vorstellungen, du beginnst zu grübeln, erinnerst dich an hässliche Zwischenfälle, bist müde und kannst nicht schlafen, weil in der Nacht die Gedanken besonders sensibel sind."

„Mir geht es genauso." Alfonso legte unbewusst seine Hand an die Schläfe. „Müde wie ein Hund, aber du kannst partout nicht schlafen. Und wenn du mal schläfst, dann träumst du sonderbare Sachen. Wirst sogar mit Schmerzen wach, weil du im Traum in der Hölle warst und einen Pfahl im Arsch hattest, so einen spitzen Pfahl, wie ihn der Hieronymus Bosch gemalt hat."

„Alfonso, du träumst aber auch von absurden Dingen, das kommt vom Marihuana."

Ich sah vor meinem inneren Auge noch immer den Mann leblos am Boden liegen und eine plötzliche Assoziation machte mich kurzatmig, ich wollte nach Hause. „Wir sehen uns morgen in Mikes Café."

Alfonso nickte. „Bis morgen. Aber erst am Nachmittag."

Ich drehte mich um zu Tina und winkte ihr. „Besorg mir bitte ein Taxi."

Tina nahm das Telefon, wählte eine Nummer, wartete, sprach kurz und legte den Hörer auf. Sie kam zu mir und ich zahlte, legte meine Hand auf ihren Arm, während sie das Geld wegsteckte. „Wir müssen bald mal wieder zusammen baden."

Tina zeigte ihre Zungenspitze, als ich zur Tür ging.

Ich stieg in das Taxi und nannte meine Adresse. Der Fahrer war noch keine dreißig, trug Autohandschuhe aus weichem Leder und tat ein wenig blasiert.

Ich sah aus dem Seitenfenster, auf die nächtlichen Lichter der Großstadt, einer Stadt, in der ich zu Hause war und in der ich mich auskannte.

Die Augen fielen mir halb zu. In der Müdigkeit sah ich auf einmal Tina vor mir, in der Hocke, sah ihr hochgerutschtes enges Kleid und ihre schönen Beine, die durch die roten Schuhe mit den hohen Absätzen noch schöner wirkten. Tina besaß Format.

In der Scheibe des Taxis spiegelten sich bunte Reklamebilder, die Scheinwerfer anderer Autos kamen näher und verschwanden wieder.

„Sie hätten die kürzere Strecke fahren müssen."

„Was? Das ging nicht, da waren überall Baustellen."

„Gestern waren dort noch keine Baustellen."

„Wollen Sie behaupten, dass ich lüge?" In seiner Stimme lag Konfrontation.

Bevor ich antwortete, wusste ich, dass ich in das Du verfallen und nach dem ersten gesprochenen Wort die kühle Distanz verlieren würde, und es war mir egal. „Hör mal zu, mit diesem unverschämten Verhalten bist du morgen deine Konzession los."

Er antwortete nicht und fuhr jetzt ziemlich schnell. Keiner von uns beiden machte einen Anfang zur Verständigung. Ich sah aus dem Fenster, achtete auf die Fahrgeräusche des Wagens und hörte die leise spielende Radiomusik.

Hinter der nächsten Ampel wurde er langsamer, stellte ohne Ankündigung den Taxameter ab und fuhr mit gleichbleibend mäßiger Geschwindigkeit bis zu meiner Wohnung.

Er stoppte den Wagen und hielt die Hand hin.

„Okay, nen Heiermann."

Mein Ärger verflog sofort, fast tat er mir leid. Ich gab ihm einen Zehner und klappte die Taxitür zu. Für mich war die Sache erledigt.

In Mikes Café saßen nur wenige Leute. Fritzi hatte frei. Ihre Vertretung war ein Mädchen mit langem, strähnigem Haar. Ihren wabbelnden Fettring um Hüfte und Bauch kaschierte sie durch eine weite Bluse.

Ich bestellte mir einen Kaffee bei dem fetten Mädchen und ging in den hinteren Raum. Aus den Lautsprecherboxen hörte ich ein Saxofonsolo, lauter als sonst. Roxy Music am Nachmittag.

Die Dicke stellte mir wortlos den Kaffee hin und ich guckte ihr hinterher. Gemächlich bewegte sie ihre weißen, klobigen Beine und ihren Fetthintern.

„Moment, ich hab nur zwei Hände." Ihr vorwurfsvoller Blick galt nicht mir.

Alfonso war pünktlich. Wenn er auch manche Dinge nicht genau nahm, auf seine Pünktlichkeit war Verlass.

„Schön, nun sitzen wir hier", sagte ich. „Fritzi hat ihre Regel und von den Glücksspielern ist noch niemand hier."

„Und? Was machen wir nun, wohin jetzt, vielleicht ins *Cosinus*?"

„Um diese Zeit ist dort noch kein Mensch."

„Dann lass uns zuerst mal von hier verschwinden, die Dicke stinkt."

„Ich würde gern nach Hause fahren und arbeiten. Das wäre sinnvoller für mich."

„Unsinn, das kannst du immer noch. Wir fahren zu den Bordsteinschwalben und spielen ein bisschen."

„Ich hätte wirklich noch zu tun, die Kugeln laufen uns nicht weg, verdammt noch mal."

„Nur zwei Stunden, wir spielen mit geringem Einsatz."

Alfonso stand auf und bezahlte den Kaffee für mich.

Wir fuhren zur Reeperbahn, parkten vor der Spielhalle und winkten den Mädchen zu, die auf der Straße auf und ab gingen.

„Na, was ist? Nen Fünfziger, für euch beide, zusammen."

„Für was?"

„Französisch, ich mach's euch wirklich gut."

„Heute nicht, du Ballerfotze." Alfonso grinste.

„Hey, hey, alte Schwuchtel, vorsichtig!"

Wir gingen hoch in die erste Etage und grienten immer noch. An den vorderen Billardtischen stand breit die Clique, die hier Vorrechte hatte. Langhaarige, mit tätowierten Armen, kräftige Kerle, die laut und heiser den Eindruck von möglicher Brutalität verbreiteten. Wir machten einen weiten Bogen und taten, als wären sie für uns nicht vorhanden.

Am Tresen erhielt ich Kugeln und Queues und ging damit bis an das andere Spielhallenende, an den letzten Tisch am Fenster. Wir waren dort für uns und abseits von anderen Spielern.

Alfonso brachte die Getränke und stellte sie auf den Beistelltisch. Ich prüfte das grüne Tuch und ließ die Billardkugeln über den Tisch laufen.

„Da vorne, am Tisch, die zwei mit dem größten Maul, die haben ein paar Edelnutten laufen und sind rücksichtslos, tun alles, und man geht ihnen besser aus dem Weg. Die anderen, die jetzt grade Points machen, hängen sich mit rein und sind Luschen."

Alfonso hatte sich während des Redens nicht umgedreht, nur vage mit dem Kopf die Richtung angedeutet. Er zielte und machte leicht nach vorn gebeugt den ersten Stoß.

Ich stand am Fenster und blickte auf die Straße hinunter, hörte das Klicken der Billardbälle und sah den Mädchen nach, wie sie in ihren schwarzen Miniröcken tändelten und Zigaretten rauchten. Ein paar von ihnen hatten hohe Stiefel an, und weil sie keine Nylons trugen und ihre Röcke sehr kurz waren, sah man ihre weißen Oberschenkel.

„Du bist dran", sagte Alfonso.

Ich ging um den Tisch herum und suchte nach dem richtigen Lauf, hielt das Queue über den Tisch und suchte den Winkel an der Bande.

Die Kugeln lagen schlecht, Alfonso hatte mir einen Trümmerhaufen an Spielbarkeit hinterlassen. Ich kreidete mehrmals die Spitze des Billardstocks, nahm dann das Queue in die linke Hand und zielte, machte das glatte Holz in der Hand geschmeidig und gab dem weißen Spielball einen leichten Stoß. Der Ball berührte die Tischbande, lief zwei Millimeter am roten Ball vorbei und verhungerte kurz vor dem blauen Ball.

„Prima, hast du gut gemacht", sagte Alfonso. „Konzentriere dich einfach aufs Spiel und blinzele nicht den Weibern unter den Rock."

„Von hier oben?"

Alfonso nahm sein Queue, beugte sich über den Tisch und überblickte sofort die für ihn günstige Lage der Bälle.

„Du wirst verlieren", sagte er und machte Point um Point.

„Warum bist du damals eigentlich nach Hamburg gekommen?"

„Weil ich jemanden geliebt habe, wirklich geliebt. Glaube mir, je tiefer die Liebe, desto weiter solltest du dich schnellstens entfernen. Sie hatte einen Unfall, ihr Auto bestand nur noch aus zusammengeschobenem Blech. Die Türen klemmten und dann entzündete sich das ausgelaufene Benzin. Die Helfer konnten sie nicht mehr retten. Nach meinem Kollaps meinten meine Eltern, dass eine andere Umgebung mir gut täte, außerdem sollte ich etwas lernen, es wäre nützlich, zum späteren Verwalten des Familienbesitzes. Also haben sie mich in Buenos Aires in eine Passagiermaschine gesetzt und mir gesagt, dass ich in Frankfurt Verwandte hätte, die mir helfen würden. Aber als ich das Flugzeug verließ, atmete ich den fremden Geruch dieser Stadt. Es war stickig und schwül, und es gefiel mir dort nicht, ich ging nicht zu den Verwandten. Mit meinem letzten Geld bin ich nach Hamburg weitergefahren, und so, wie es aussieht, zieht mich nichts mehr zurück nach nach Argentinien, und meine Eltern auf dem Lande sind mir inzwischen auch fremd geworden."

„War sie hübsch?"

„Was hast du gesagt? – Das darf nicht wahr sein."

Ich trat an den Billardtisch, Alfonso hatte auch nicht seinen besten Tag.

„So langsam kriege ich Hunger." Er stellte sein Queue an die Wand, öffnete ein Fenster und guckte auf die Straße hinunter.

„Ich habe Hunger, richtig Hunger auf eine große Portion Puttanesca. Zwei Straßen weiter gibt's ein italienisches Restaurant."

„Warte, bin gleich soweit." Meine linke Hand hatte ich abgestützt, lag gespreizt auf dem grünen Tuch, aber ich stieß überhastet und das Queue rutschte mir über den Handrücken. Und weil der Stoß kräftig war und das Queue irgendwie zu tief unter die Kugel kam, sprang die Billardkugel über die Tischbande und krachte auf den Boden.

Erstmal war alles still und dann hörten wir einen grellen Pfiff. Die Zuhälter da vorne hatten uns ganz vergessen gehabt, aber jetzt winkte einer von denen und meinte Alfonso, und der ging, so schnell er konnte, ohne laufen zu müssen, zu ihnen hinüber.

Er blieb einen Schritt vor dem Zuhälter mit dem schulterlangen, flachsblonden Chinesenzopf stehen, dem Zuhälter, der gewinkt hatte, und ich hörte, wie er Alfonso ins Gesicht fauchte und ihn mit rauer Stimme anbrüllte. Blitzschnell griff er fest in Alfonsos Haare und riss seinen Kopf kräftig nach hinten, ließ nicht los, und hielt den Zeigefinger seiner rechten Hand drohend vor Alfonsos Gesicht.

Alfonso atmete schnell, er war beeindruckt von der körperlichen Größe des anderen und von dessen ausgeprägten Muskeln unter dem hautengen Shirt.

„Scheiße, Blondie ist ein Verbrecher", sagte Alfonso, als er zurückkam. Er zitterte wie im Fieber, ganz gelb im Gesicht, und war nicht imstande, seine Erregtheit zu verbergen. „Dieses Arschgesicht hat mich bedroht, sagte, wir sollten schnellstens verschwinden."

„Und warum?"

„Was weiß ich, aber sie sind gefährlich, riechen nach Schweiß und Konspiration und halten nicht viel von Augenzeugen. Kein Wort konnte ich erklären. Er wollte mich klein machen, drohte mir, den Kiefer zu brechen."

„Wäre ich man doch nach Hause gefahren und hätte gearbeitet", sagte ich und klopfte Alfonso auf die Schulter.

„Kennst du eigentlich die Geschichte vom minderbemittelten Mann und dem Klugscheißer?"

„Du meinst die Geschichte vom Mann mit der Axt und dem Intellektuellen."

„Genau, die beiden", sagte Alfonso. „Wer hat wohl wen am Ende überzeugt?"

Wir nahmen unsere Sachen, blickten nicht zur Seite und gingen zum Ausgang. Sie hatten uns gezeigt, wer hier die Regeln aufstellte.

Es war erniedrigend.

Aber es war ja schon immer so: Wer in der Überzahl und stärker ist, der bestimmt das Leben. Vernünftige Argumente aber verkommen zur Bedeutungslosigkeit und man kann nichts dagegen tun.

Wir fuhren durch die Stadt, ohne zu reden, und dachten über die vorherige Situation mehr nach, als wir uns eingestehen wollten.

Irgendwann hielt ich vorm *Cosinus* und ließ Alfonso aussteigen. Dann fädelte ich mich wieder in den Straßenverkehr ein und fuhr über die Lombardsbrücke und am Hauptbahnhof vorbei in Richtung Elbbrücken. Wenig später erreichte ich die Autobahn und brachte den Wagen schnell auf Geschwindigkeit.

Vor meinen Augen erschienen Spielhalle und Demütigung, und in meinem Kopf war die Geschichte vom Mann mit der Axt und ich dachte an Rache.

Nach dreißig Minuten nahm ich die nächste Abfahrt und fuhr langsam auf eine wenig befahrene Landstraße. Der ebene Asphalt glitt weich unter den Reifen weg, es war dunkel und spät und immer seltener kamen mir Autos entgegen. Ich hielt abseits an einer verlassenen Stelle, stieg aus dem Auto und atmete den nächtlichen, leichten Wind der Heide. Die kühle Luft roch gut, es duftete nach Laubwald und Gräsern und nicht nach Bedrohung und Angst.

Bald aber dachte ich doch wieder an diese einzelnen Dinge, die letztlich eine Gesamtheit bilden, dachte an das sonderbare Leben in der Stadt, und obwohl ich die Stille mochte, wünschte ich mich zurück. Ich musste zurück, wenngleich niemand auf mich wartete, ich wollte zurück in die Stadt und zurück in alte Gewohnheiten.

Nach einer Weile drehte ich den Zündschlüssel um und wendete.

In der Nacht träumte ich von Lisa und von mir. Im Traum befanden wir uns in einer fremden Wohnung, in einem Zimmer mit dunklen, schweren Möbeln. Das Zimmer roch muffig und über dem durchgesessenen Sofa glänzte die Tapete fettig im matten Licht. Lisa und ich saßen auf dem Sofa und hatten uns fast ausgezogen. Wir umarmten uns und waren ganz wild und

Lisa presste sich an mich und zerkratzte meinen Rücken. Und als durch den Tritt ihres Fußes eins von den Kissen vom Sofa auf den Teppich fiel, deutete sie verwundert auf die länglichen Ausbeulungen des abgewetzten Teppichs. Sie verharrte sekundenlang, hob ihren Kopf wegen eines Geräusches und erschrak. In der Tür standen wie aus dem Nichts ein Mann und eine Frau in langen, schwarzen Umhängen.

Als sie näherkamen, sahen wir keine Gesichter, sondern nur ihre venezianischen Masken, dunkle Schnabelmasken, die im Halbdunkel des Zimmers zu Pestmasken wurden.

Der Mann blieb dicht vor dem Sofa stehen und bewegte geringfügig seine linke Hand, öffnete den Umhang, hob ein wenig seinen Fuß und trat fest auf die Ausbeulungen des Teppichs, zerstörte dadurch den engen, fast lichtlosen Tunnel, die langjährige Zuflucht der Mäuse.

Doch diese Bosheit reichte ihm nicht, denn diesmal hob er unvermittelt seinen rechten Arm und schlug mit einer mittellangen Gerte nach Lisa und mir.

Lisa suchte meine Nähe, aber ich konnte sie nicht schützen, denn der Mann und die Frau drängten mich hart nach draußen auf eine enge und unbeleuchtete Straße, die ich vorher noch nie gesehen hatte. Ohne Lisa ging ich halbnackt und barfuß immer weiter, und nach einer Weile war da nichts mehr, an das ich mich noch erinnern konnte.

Dann versperrte mir eine lauernde Horde den Weg und Männer im Frack hielten mich fest mit ihren krallenartigen, eiskalten Griffen, und ihre geifernden Rattenfratzen fauchten vor meinem Gesicht. Zu dritt zogen sie mich zu einer stinkenden Wasserlache, in die ich hineintreten sollte. Aus dem trüben Wasser ragten scharfkantige Glasscherben und das verfilzte Fell eines Tierkadavers. Sie waren kräftig und schoben mich, traten nach mir, sodass ich gleich in die Scherben treten würde.

Ich brach den Traum ab.

Es war ein Mechanismus, der mich schützte, der mir half, den wehrlosen Zustand während des Schlafes zu beenden.

Ich war wach, aber verunsichert, und obwohl meine Augen geöffnet waren und das Zimmer wiederholt abtasteten, brauchte ich lange, um mich zurechtzufinden.

Während des Tages verdrängte ich die geträumte Hässlichkeit, aber mir wurde klar, dass in mir ein unbegreifbarer Aberglaube lebte, der stärker war als meine Vernunft.

Ich saß in Levis Büro, wartete auf ihn und machte mir unterdessen Gedanken, ob ein Engländer mit entsprechenden Kenntnissen das Büro als englisch durchgehen lassen würde.

Der große, ovale Mahagonitisch bot Platz für mindestens vierzehn Gäste, die sich am Tisch zu benehmen wussten. Um den rotbraunen, sauber lackierten Tisch hatte Levi seine dunkelbraunen viktorianischen Dielenstühle aufgestellt.

„Weißt du, was das für Stühle sind?", fragte er, als er sich im Büro neben mich setzte.

„Nein, Sir, nicht genau, Sir."

„Manche Dienstboten oder Kutscher mögen darauf gesessen und auf ihre Order gewartet haben, während der englische Regen nur so aus ihren Kleidern auf den steinernen Boden der Diele tropfte", sagte Levi.

„Verstehe. Die lackierte, harte Sitzfläche und die Rückenlehne mit den kunstvollen Ornamenten, die empfindlich ins Kreuz drückten, erfüllten somit einen simplen Zweck."

„Tee wurde bestimmt nicht gereicht, und die Bequemlichkeit sollte sich in Grenzen halten."

„Wie bist du drangekommen?"

„Durch einige Telefongespräche und durch die zu hohe Erbschaftssteuer in England."

„Auf deinem wunderbaren Mahagonitisch, auf dem Teetassen und Schalen mit Gebäck stehen sollten, liegt eine Menge von Zeitschriften. Alles über künftige technische Errungenschaften. Was hast du vor?"

„Ich warte die weitere Entwicklung ab, bis die Dinger billiger werden."

„Billiger?"

„Billig ist ein Synonym für preisgünstig."

„Weiß ich, aber wer profitiert davon?"

„Ich werde davon profitieren."

„Wir haben uns in letzter Zeit selten gesehen. Könnte mir einiges entgangen sein?"

„Wenn man inmitten von Weisheit und Hinweisen sitzt, dann fällt manches leichter. Ich habe mich entschieden und werde mich daher an dieser Entwicklung beteiligen. Nur auf diese Weise kann ich überleben."

„Und was sagt das Orakel sonst über die Zukunft?"

„Unsere Sprache wird verkommen, und nicht allein durch Anglizismen."

„Neu sind deine Befürchtungen auch nicht."

„Siehst du, das sind die Antworten, die einen so deprimieren. Man sieht die kritischen Dinge kommen und verhält sich dennoch desinteressiert, als wäre alles halb so schlimm. Dabei ist sie offensichtlich, die selbsttätige Entwicklung, die immer schneller ihre Überschaubarkeit verliert und gleichzeitig die Sprache vereinfacht. Unsere Sprache wird ohne die gültigen sprachlichen Vereinbarungen auskommen und eine Form annehmen, die uns zur Verzweiflung bringt. Und auch dein von der Sonne vergilbtes Buch neben deinem Kopfkissen wird irgendwann Vergangenheit sein."

„Du bist wohl verrückt."

„Warte ab. Mein kleingläubiger Freund wird sich bald vergewissern müssen, ob sein neues Lesegerät auch ausreichend strahlungsarm ist."

„Levi, diese Art des Lesens boykottiere ich mit Sicherheit, und außerdem sind es meine alten, vergilbten Bücher immer noch wert, mehrmals gelesen zu werden."

„Wie willst du dich bloß den Neuheiten entziehen? Pass nur auf, die Entwicklung der Informationsverarbeitung ist derart rasant, wie die Fähigkeit zur Vorstellbarkeit klein ist. Ich versichere dir, eines Tages gibt es garantiert die vollkommene Simulation, die gleichwertig neben unserer Welt existiert. Das virtuelle Dasein verdrängt unser reales Leben und nur wenige anonyme Eingeweihte aus undurchsichtigen Verhältnissen werden die Unterschiede zum realen Dasein kennen. Und auch die Medien werden sich ihren Anteil holen und für sich zunutze machen, sie werden ihre Bereitwilligkeit zur reinen Information weiterhin verringern und durch gezirkelte Bewertungen ergänzen."

„Das wäre doktrinär, ich weiß selbst, was ich zu denken habe."

„Schlimmer, es wäre die schmerzhafte Bauchlandung nach einem vierzigjährigen Irrflug."

„Levi, du bist verrückt. Völlig verrückt wegen einer denkbaren Eventualität."

„Nein, nicht wegen einer Eventualität, sondern wegen der bedrohten Freiheit. Es wird immer Menschen geben, die ohne Macht nicht leben können, Menschen, die dir mit ihrer angeeigneten Macht die Freiheit nehmen, um ihre Freiheit zu erhalten. Mit Macht und Geld lässt sich alles machen und der elektronische Bereich der Einsen und Nullen bietet nun mal beste Voraussetzungen."

„Du glaubst also, dass wir ungeschützter sein werden im künftigen politischen System? Wozu aber lohnt sich der Aufwand zur Schlechtigkeit unter der Voraussetzung eines relativ kurzen Lebens?"

„Wozu? Frag die Urheber der Schlechtigkeit nach ihren Absichten. Solange man mich noch lässt, interessiere ich mich erstmal für mich. Mein Leben ist materiell definiert, ich will mein kurzes Leben genießen und andere Ansichten gehen mich nichts an."

Das Telefon klingelte und Levi ließ mich stehen.

Er hatte gerade den Hörer abgenommen, als bedächtig die Bürotür geöffnet wurde. Lisa machte sich bemerkbar und winkte zu ihm hinüber. Ihr kleines Gesicht wirkte ernst, sie zögerte, mit den Papieren unter dem Arm, und dann ging sie doch zum

Schreibtisch, suchte den Kontakt zu Levis Augen, aber Levi saß zurückgelehnt in seinem Sessel, hielt weiterhin den Telefonhörer lässig mit drei Fingern an sein Ohr und beachtete sie nicht.

„Levi schikaniert mich", sagte sie leise, als sie zurückkam und sich neben mich stellte.

„Versuch's mit Gift. Gib ihm Gift in niedrigen Dosierungen. Oder gib ihm Rizinusöl vor seiner nächsten Geschäftsreise. Ein sensibler Darm bindet blinden Eifer und führt zu Depressionen."

„Toll, deine Empfehlungen", sagte Lisa. „Du kommst nachher mit, zu Arno?"

Wenig später saßen wir im Auto und fuhren zusammen nach Pöseldorf. Levi und ich erwähnten unser Gespräch von vorhin nicht mehr und meine Fragen behielt ich für mich.

Hedy öffnete die Tür und begrüßte uns kurz mit einem aufgesetzten Lächeln.

„Sie sind alle oben, na, fast alle", sagte sie und ihre Gestik zeigte uns ihre beginnende Resignation. Selbstsüchtig beanspruchte sie Arno für sich und empfand jegliche Besuche im Grunde genommen als störend, aber niemand nahm darauf Rücksicht, auch Arno nicht.

Im Atelier hing dichter Zigarettenqualm und es roch nach Schnaps, hartgekochten, alten Eiern, Wurstsalat und nach Croque Monsieur.

Levi ging gleich weiter, grüßte die anderen nur knapp durch ein Kopfnicken und setzte sich zu Dido.

„Seine selbstgefällige Direktheit bestimmt sein derzeitiges Benehmen."

Lisa war gekränkt.

„Nur ein missverstandenes Lächeln, und nüchterne Sachlichkeit ist passé."

„Es ist nun mal so, Lisa, dreiste Direktheit dominiert bescheidene Zurückhaltung."

„Ach, mit der bescheidenen Zurückhaltung ist Thomas gemeint?"

Wir hatten gesehen, dass Thomas nicht bei der Sache war und Levi mehr beobachtete, als Arno zuzuhören, aber der bemerkte die Unaufmerksamkeit nicht, weil er schon ein bisschen in Fahrt war und weiterhin zum Mithören seine Ansicht über Kunst erklärte und mit dem gestreckten Finger hierhin und dorthin zeigte.

„Dido ist doch wohl gotisch, Etna und Tina dagegen sind beinahe romanisch. Und Hedy ist, naja, spätes Barock."

„Tittenguste wäre passender", sagte Lisa und nahm ihre Hand von meiner Schulter. In einer halbdunklen Ecke des Ateliers hatte sie Inga und Ottomar bemerkt.

Lisa und Inga umarmten sich, wischten sich ein paar Mal gegenseitig über den Rücken und strahlten über das ganze Gesicht. Ottomar trat einen Schritt zur Seite, die Hände in den Hosentaschen, und starrte zur Zimmerdecke, ohne mich zu beachten, aber mir war es eigentlich egal, was er in diesem Moment dachte.

Ich hörte meinen Namen, Tina rief und winkte, ich nahm mir ein Glas mit Rotwein und ging zu ihr hinüber.

„Setz dich zu mir und gib mir eine Zigarette."

Tina sah begehrenswert aus in ihrem engen, schwarzen Kleid.

„Bernward und Alfonso sind dort drüben und reden schnoddrig über die Liebe", sagte Tina und atmete den Zigarettenrauch tief ein.

„Inzwischen macht Bernward mir richtig Sorgen, reiht Semester an Semester. Und neuerdings kratzt er sich beim kleinsten Problem am Kopf. Was sagst du dazu?"

„Hast du denn gar nichts mitbekommen? Damals, als beide noch eingeschrieben waren, da hatte er bereits diese Marotte und wurde dafür aufgezogen. Besonders Gero war ziemlich gehässig."

„Das wusste ich nicht. Und warum?"

„Weil ihm seine Ratlosigkeit auf die Nerven ging. Berni, hatte er gesagt, Psychologen, die sich am Kopf kratzen, kommen gleich hinter den alkoholkranken Ärzten, die meinen, im besoffenen Zustand noch operieren zu können."

„Er sollte es ja wissen." Tina drehte ihren Kopf schnell zur Seite, weil sie ihren Zigarettenrauch verschluckt hatte und verkrampfte, husten musste und nicht aufhören konnte, ihre Hand vor den Mund und dann vor die Augen hielt, weil ich den Grund ihres hastigen, ungeschickten Einatmens kannte.

Es war damals das einzige Mal, dass Tina eine männliche Annäherung nicht mit träger Freizügigkeit hinnahm, sondern sich zu Gero erst hingezogen fühlte und sich dann gegen ihre Vernunft in ihn wirklich verliebt hatte. Ihre gegenseitige Liebe aber wurde bald heikel und niemand wusste so recht, was zwischen den beiden passiert war.

Ich hatte davon gehört, dass auf einer Farm, in einem engen Gehege, ein Kaninchen zusammen mit einem Stachelschwein gehalten wurde. Eines Tages stellte man dann fest, dass das Kaninchen dem Stachelschwein nach und nach sämtliche Stacheln abgenagt und es zu einem ungefährlichen Gefährten gemacht hatte.

Gero hatte sich zu sicher gefühlt, und es schien, als wäre Tinas Zuneigung nur eine freundliche Täuschung gewesen.

Wir waren wirklich alle erstaunt, als Tina sich eines Tages wieder mehr um Bernward kümmerte und Gero gewollt ignorierte. Die einzige Erklärung lag im Selbstschutz Tinas. Jedenfalls schien ihre Psyche wieder im Gleichgewicht, weil das Leben mit Bernward einfacher und ungestörter und für Tina selbst übersichtlicher war. Und dennoch, im Alltäglichen, da fehlte ihr etwas, und das konnte ihr auch das wechselhafte Leben in der Bar nicht ersetzen.

Tina drückte ihre Zigarette aus, beugte sich vor zu mir, kam ganz dicht heran mit ihrem Gesicht und ich atmete ihn ein, den Duft ihres Lippenstiftes.

„Ich hatte keine Schuld."

Tina legte ihre Hand auf meine Hand, lehnte sich an mich und ich spürte ihre angenehme Wärme und atmete ihr Parfüm. Sie ließ ihre Hand auf meiner Hand liegen, stütze sich ein wenig ab und kam noch näher, und dann waren ihre Lippen ganz dicht an meinem Ohr.

„Ich hatte wirklich keine Schuld", wiederholte Tina leise. „Wäre er doch nur ein bisschen weniger egoistisch gewesen, ein bisschen weniger von seiner Normalität überzeugt, die er mir und anderen immer aufzwingen wollte. Ich sagte ihm, dass er skrupellos wäre und deshalb bald Schwierigkeiten bekommen würde, aber er lachte nur, meinte, durch seinen Charme und durch seine Kenntnisse über die menschliche Seele alles wieder in Ordnung bringen zu können. In meiner Erinnerung ist er jetzt eigentlich nur noch jemand, der Tag für Tag eine unbedarfte Vorstellung gab, unter dem Strich Kasse machte und dann ohne Bindungswillen einfach weiterzog."

„Du beschreibst da gerade einen Wanderzirkus, Tina."

„Ach ja? Aber es war so, er tat mir weh, verflucht noch mal."

„Als ich Gero das letzte Mal traf, war er vollgepumpt mit Tranquilizern. Er hatte den glückseligen leeren Blick und konnte kaum reden."

Tinas Lippen entfernten sich von meinem Ohr. „Was willst du mir damit sagen?"

„Nichts. Gar nichts, was dich allein betreffen könnte. Von mir wirst du nie einen Vorwurf hören, und wenn es versehentlich wäre, hätte es nichts zu sagen."

„Einen Vorwurf wirst du tatsächlich nie von ihm hören, Tina, er hat nachgedacht, sich Gedanken gemacht über Mitschuld und über verletzende Worte, weil jeder mal kränken will", sagte Inga, die sich fast unbemerkt neben uns gesetzt hatte.

„Gero war überzeugend bis zur Bedrohung." Ich zündete mir eine Zigarette an und fühlte instinktiv, dass ich mich gleich verteidigen würde. „Wenn sich aber eine Bedrohung verflüchtigt, dann ändert sich manchmal die Sichtweise und man denkt großzügiger", sagte ich nach einer Weile.

„Du fühltest dich bedroht?"

In Ingas Gesicht stand Ablehnung und auch Tina kam mir jetzt zurückhaltend vor. Inga und Tina waren zu zweit und gegen mich und erschwerten mir eine schnelle Antwort.

„Sicher, wir hatten manchmal mächtigen Ärger, standen uns wütend mit Fäusten gegenüber und waren kurz davor, dem anderen mit voller Kraft ins Gesicht zu schlagen, aber meistens vergaßen wir bald den Grund unseres Ärgers, und nur einige wenige Dinge blieben ungeklärt."

„Mach dir nichts vor, Bereitwilligkeit zur Hilfe gehörte noch nie zu deinen Tugenden. Dabei hatte dich Geros Tod damals mehr getroffen, als du zugeben wolltest, hat dich sogar tiefer getroffen als der Tod deines Vaters."

Es wird immer Menschen geben, die attackiert werden, weil sie sich dazu eignen, attackiert zu werden, und es ist ohne Bedeutung, ob sie leben oder tot sind. Ingas Vorwurf hatte die Wirkung eines unerwarteten Hiebes in die Magengegend.

Mittlerweile hatten die anderen einen Kreis um uns gebildet, standen oder saßen um uns herum und hörten uns zu, wie Gaffer zusehen, wenn ein Unfall passiert war.

„Der Tod Geros ist ein Unglück, war tragisch und unerwartet, und nicht nur ich allein, wir alle waren blind. Der Tod meines Vaters aber, Inga, das war ein biologischer Prozess."

Inga nahm ihr Glas und stand auf, hielt sich die Ohren zu und ging zu Ottomar zurück. Ich blieb betroffen stehen, überlegte, was ich falsch gemacht hatte, und ahnte gleichzeitig, dass ein letzter Rest an Zuneigung verloren gegangen war.

„Armer Junge, hast deine frühe Kindheit wohl vorwiegend im Laufstall verbracht."

„Hedy, misch dich nicht ein, geh besser zu deinen lauwarmen Flaschen."

„Ach, Männer wie du und Gero eignen sich bestenfalls zum Vergessen."

„Von Arno abgesehen magst du wohl keine Männer?" Tina war wieder auf meiner Seite. „Die Sache mit Gero ist vorbei, und doch habe ich ein Bedürfnis nach Klarheit", sagte sie zu mir und zog an ihrem Kleid, das sich leicht zur Seite verschoben hatte.

„Er war klug, ungewöhnlich, in manchen Augenblicken sogar liebenswert, und doch war er eine Kanaille und hat uns ausgenutzt."

„Mehr oder weniger ist ein jeder von uns dazu fähig, zur gelegentlichen Ausnutzung, vor allem, wenn keine Konsequenzen zu erwarten sind", sagte Thomas und richtete sich im Sessel auf.

„Ach, du weißt mal wieder alles, aber wen interessiert jetzt wirklich deine Meinung?"

„Vielleicht wäre ja meine Meinung doch ganz interessant, wenn die gotische Erscheinung vor mir etwas weniger geladen wäre."

Dido hatte Tina untergehakt und Thomas kaum beachtet, sie wollte demütigen, ihn herausfordern, Thomas aber, nach einem flüchtigen Blick auf Dido, entschied sich für Zurückhaltung, verzichtete auf laute Auseinandersetzung an diesem Abend und lehnte sich wieder zurück.

„Ich habe ihn noch genau vor Augen", sagte Dido und hielt weiterhin Tinas Arm fest, „sehe ihn in seinem alten, verschlissenen Jeansmantel, sehe seine zotteligen langen, blonden Haare, seine eigenartige Körperhaltung, wenn er am Tisch saß und spielte. Meistens lag viel Geld auf dem Tisch, und immer noch habe ich vor Augen, wie er seine Figuren zwischen den Fingern hielt, mit bewusster Arroganz die Figur des Gegners vom Brett nahm und anschließend mit typisch schneller Handbewegung auf den Knopf der Uhr schlug. Ohja, ich habe sie bis jetzt im Ohr, diese Töne, die ein gewöhnlicher Mensch hervorbringen kann, wenn er andere stören und verunsichern will, und ich rieche noch den dichten Zigarettenqualm dieser billigen, stinkenden Sorte. Immer wieder blies er den beißenden Qualm seinem Gegner ins Gesicht und in die Augen. Er wollte nicht nur das Geld, er wollte gewinnen, systematisch die Psyche seines Gegners auseinandernehmen, um zu gewinnen. Das war Gero", sagte Dido und zog Tina an sich.

„Geld verdirbt den Charakter, sagte der Priester zur Hure und stahl ihr den Lohn."

„Bist du jetzt ganz verrückt geworden? Mich so zu erschrecken."

Alfonso hatte sich angeschlichen und Dido mit der flachen Hand in den Rücken gestoßen. Dido stolperte nach vorn und wusste zunächst nicht, weshalb sie gestolpert war.

„Du redest dummes Zeug", sagte Alfonso, „du selten dämliches Weib, ziehst ihn in den Dreck und weißt nicht, wovon du redest. Gewinnen wollte er, wie jeder Spieler mit Grips, gewinnen mit allen Mitteln, gegen Gegner, die noch Gegner waren und die wie er wussten, dass sie nur über eine verunsicherte Psyche eine Chance hatten. Und jetzt halt mal dein vorlautes Maul, man wird nicht größer, wenn sich jemand nicht mehr wehren kann."

Alfonso atmete flach und ich sah, wie er sich zusammenreißen wollte, wie er sich gegen das kaum sichtbare Zucken um seine Mundwinkel wehrte. Seine Augen glänzten zuerst auch nur, aber dann verwässerten sie doch und es nutzte nichts, dass er seinen Blick trotzig senkte

„Das ist ein Ding, du bist ja richtig sentimental", sagte Dido. „Was ist der?"

Levi hatte sich eine neue Flasche Kognak von der Etagere geholt, ließ beide Arme kraftlos hängen und hielt mit einer Hand die Flasche am Flaschenhals fest. Mit halb geschlossenen Augen starrte er in unsere Richtung, besann sich und kam dann langsam zu uns herüber.

„Schwankst du etwa?", fragte Thomas.

Auf dem Tisch griff Levi nach einem leeren Glas und ließ dabei Alfonso nicht aus den Augen.

„Nein Dido, der ist nicht sentimental, dem fehlen nur ein paar Tassen im Schrank. Nach Geros erfolgreicher Gehirnwäsche."

Mit Flasche und Glas in den Händen blieb Levi zwischen Dido und Alfonso stehen, stellte beides auf dem Fußboden ab, umklammerte Dido von hinten, beugte sich vor und lehnte sein Gesicht an Didos gerötete Wange.

„Gero hatte ein Schachbrett vorm Kopf", sagte Levi. „Ein dickes Schachbrett."

Anstelle Alfonsos stand plötzlich Geronimo vor Levi, bedrohlich und mit indianisch undurchdringlich wirkendem Gesichtsausdruck.

„Pass auf, du Ratte", sagte Alfonso mit einer Stimme, in der die ganze unterdrückte Wildheit vibrierte. „Seid ihr vom lieben Gott nicht schon genug gestraft?"

Sofort wurde es still.

Levi war blass geworden und antwortete nicht, verzog angeekelt nur leicht seinen Mund, hob zackig seinen rechten Arm, überlegte, trat gegen sein Glas und winkte ab.

Es war Thomas, der zuerst reagierte und sich Levi verpflichtet fühlte. Er war sogleich von seinem Polstersessel aufgesprungen und, mit dem Kopf vorweg, auf Alfonso zugegangen.

„Schluss jetzt! Reiß dich gefälligst mal zusammen. Alfonso, bist du wahnsinnig? Als deine Konquistadoren ihre blutverschmierten Degen hoch in den Himmel stießen, da hatten seine Vorfahren längst das Alte Testament geschrieben."

„Ach, Scheiße, das ist Historie, das sind alte Geschichten, für die ich mir nichts kaufen kann. Lass mich gefälligst damit in Ruhe, du herzig guter Mensch, du affirmativer Idiot."

„Hört auf", sagte Dido und ging dazwischen, „hört bitte sofort auf, alle drei."

Sie fasste Levi an der Schulter und schob ihn von den Glasscherben weg, drängte ihn weiter, in den hinteren Bereich des Ateliers.

„Man könnte ja daraus lernen, aus der Historie", sagte Thomas, sah den beiden hinterher und tat so, als wäre Alfonsos erhitztes Verhalten nur ein vorübergehender, psychisch labiler Zustand gewesen.

„Methoden ändern sich und damit vielleicht der Wissensstand", sagte Alfonso, der inzwischen ruhiger geworden war. „Und dann? Zwei Schritte vor und einen Schritt zurück und das über Tausende von Jahren. Was heute richtig erscheint, ist morgen schon wieder falsch und umgekehrt, aber gestern noch wurden dir die alten Erkenntnisse mit erzieherischen Schlägen beigebracht, als wären sie für die Ewigkeit gültig. Also man nicht so großkotzig."

„Du wirst dich bei Levi entschuldigen?", fragte Thomas.

„Den Deibel werde ich. Macht ihr man, ihr habt doch neuerdings diesen lächerlichen Entschuldigungswahn in euren Köpfen, ihr entgeisterten Nieten."

Thomas antwortete nicht sofort, aber als er zu sprechen und Alfonso zu beruhigen versuchte, sah er Etna und Friedrich in der Tür stehen. Niemand hatte sie bemerkt. Friedrich hielt teuren italienischen Brandy in der Hand und grüßte übertrieben nach allen Seiten. Das war salopp gemeint, losgelöst vom akademischen Betrieb. Er wusste ja nicht, was vorgefallen war.

„Die Soziologenschwemme hat soeben die Milchstraße erreicht", sagte Thomas und wurde sogleich enttäuscht.

„Gib dir keine Mühe", sagte Friedrich und gab ihm zögernd die Hand. „Deine Doppeldeutigkeit war unnötig, als Begrüßung völlig ungeeignet."

Friedrich hielt sich nicht lange mit Thomas auf und sah sich um, suchte nach weiteren bekannten Gesichtern und stellte das fest, was Etna schon vorher mit wenigen Blicken erkannt hatte.

„Atme ich hier etwa dicke Luft?", fragte Etna.

„Nachher", antwortete Thomas, „später, ich erzähl's euch später."

Hedy hatte sich inzwischen umgezogen, hatte sich nach einigen Gläsern Wein leichtere Kleidung ausgesucht, sodass man, ohne es zu wollen, auf ihre dicklichen, dennoch nicht hässlichen Beine sehen musste. Sie umarmte Etna und sah dabei nicht ihre flüchtig zu den Beinen gerichteten Blicke, nahm Friedrich den Brandy aus der Hand und stellte die Flasche auf die von Likörresten verklebte obere Stellfläche der Etagere.

Und grade als Hedy die Flaschen sortierte, sich reckte und ihr Sommerrock dadurch noch kürzer wurde, öffnete Bernward die Toilettentür.

Im Gehen knöpfte er seinen Schlitz zu und steckte sein weites Hemd in die Hose, wischte sich die feuchten Hände an den hinteren Hosentaschen ab und ging unbeholfen auf Hedy zu.

„Meine kleine Schwester heißt Hedi ... und so ein Mädel gibt's kaum im Traum." Er machte einen schiefen Mund und nahm Anlauf. „Lieber Gott, Hedy, du siehst ja aus wie eine dicke Sau mit Röckchen. Nein, wirklich, Original und Fälschung. Arno lässt ein paar Pfunde weg, wenn er dich malt."

Niemand lachte.

„Halt endlich deine Klappe, du Affe!", rief jemand.

„Für unsere simpelsten Vergleiche müssen jetzt wieder die Tiere herhalten", sagte Lisa mir leise ins Ohr.

Bernward hatte den falschen Ton getroffen. Er war angetrunken und es fiel ihm mit mangelndem Feingefühl leicht, Hedy zu beleidigen und somit ihr Gemüt zu verletzen.

„Ihr habt vielleicht eine Fantasie im Leibe, ihr mit eurer platten Komik", sagte Hedy nach einer Weile, „ihr seid wirklich nur lächerlich." Sie war tief enttäuscht. Ihre Enttäuschung jedoch hatte einen Ärger in ihr entstehen lassen, der vorübergehend sämtliche Männer betraf. Sie nahm sich keine Zeit für umständliche Unterschiede, so empört, wie sie war.

„Ihr seid lächerlich und ich hasse eure Art, krampfhaft witzig zu sein. Aber ihr werdet ja nicht klüger, merkt nicht, wie eure Art mit steigendem Alter abstoßender wird. Eure Frauen in selbstgefälliger Männlichkeit klein halten, das würdet ihr gern, aber ohne die gutgemeinten Ermahnungen eurer Frauen würdet ihr bald nach wildem Eber riechen. Ha, und dann euer sogenannter männlicher Pragmatismus, euer praktisches Handeln, das sich morgens auf den Missbrauch des Waschbeckens beschränkt, wenn ihr euch im Badezimmer rasiert und plötzlich im Stehen zwei Dinge auf einmal erledigen müsst. Euer praktisches Handeln ist morgens eine einzige Schweinerei."

„Deine Erfahrung beruht auf heimlichen Blicken durchs Schlüsselloch?", fragte Thomas.

„Nein, ich habe nur überraschend die Tür geöffnet." Hedy wurde wieder ruhiger. Sie liebte Arno, und sämtliche Männer waren doch nicht gleich schlecht. Diese kurzzeitig vergessene Einsicht war durch eine einzige, halbwegs sachliche und gleichzeitig ironische Frage wieder möglich geworden.

Lisa war mir langsam immer näher gekommen und stand nun dicht neben mir. Ich legte einen Arm um ihre Hüfte und spürte, wie angenehm warm ihr schlanker, weicher Körper unter dem leichten Kleid war.

Lisa, dachte ich, Lisa, mein sinnlicher Nulltarif.

Ich wäre jetzt gern mit ihr nach nebenan gegangen, genauso, wie es Tina und Alfonso schon vor einiger Zeit getan hatten, und hätte ihr gern das Kleid ausgezogen, hätte sie in den Arm genommen, ihre nackten Schultern geküsst und meine Lippen über ihre samtene Haut gleiten lassen, aber Lisa selbst zerstörte meine Wünsche im nächsten Moment.

„Hedy ist unbedarft, dieses muntere Rehlein", sagte Lisa und sah mich an, als wäre die von mir erwartete Bestätigung eine Selbstverständlichkeit.

„Was ist los mit dir? Heute war ihr Verhalten doch einigermaßen. Suffragetten hätten eine Freude an ihr gehabt."

„Eben, heute, nur heute, meine Meinung steht trotzdem fest. Sie redet und handelt, wie es ihr in den Kram passt, und dann glaubt sie auch noch dran."

„Demnach ist ihr Glaube größer als ihre Vernunft?"

„Unter Umständen ja. Jedenfalls ist sie unbedarft, unbedarft auf eine provozierende Art, die ich ihr auf der Stelle beweisen werde."

„Lisa, wir sind hier Gäste."

„Gut, dann lege ich den Maulkorb ab und gehe."

„Du bleibst", sagte ich und hielt Lisa fest. Aber sie wehrte sich und stemmte ihre Hände flach gegen meine Brust.

„Schahatz, Schahatz wo bist du?"

Die Toilettentür stieß gegen die Wand, unversehens und so laut, dass Lisa und ich zusammenzuckten.

Bernward stand erneut breitbeinig in der Tür, beide Hände am Türrahmen. Auf seiner Hose hatte er einen länglichen, nassen Fleck.

„Dein Schatz ist offensichtlich nicht hier", sagte ich, „deinem Schatz juckt die Möse und du, besoffen wie du bist, merkst es nicht mal."

Bernward antwortete nicht. Er kannte den Zustand, wenn die Trunkenheit einen klaren Kopf vortäuscht und eine schwere Zunge doch nur unverständliche Worte hervorbringt. Und daher zögerte er und guckte nur, guckte nochmals, weil gerade Tina und Alfonso beinahe wie zufällig aus dem Nebenzimmer kamen, sich geschickt und ruhig benahmen, den Anschein vermittelten, als hätten sie einen Aperitif genommen und darüber die Zeit vergessen.

„Was ist er doch für ein dummer Junge, und das in diesem Alter", sagte Lisa. „Wie soll das bloß werden, wenn er später mal kranke Seelen behandeln oder kriminelle Charaktere bewerten soll, überhaupt, wenn er die Glocken immer nur hört, aber nicht weiß, wo sie hängen. Ach, Bernward ist einfach dumm, saudumm wie seine Mutter."

„Kennst du seine Mutter?" fragte ich.

„Natürlich. Natürlich kenne ich sie, sonst wäre es ja böswilliger Klatsch und meine Behauptung dämlich und, oh nein, guck dir das an ..."

Ich drehte mich um und sah Arno mit Hedy über den Fußboden kriechen. Hedy saß rittlings auf Arno. Mit hochgerutschtem Rock und barfüßig saß sie auf seinem Rücken, änderte ihre Sitzhaltung und ließ danach ihre Beine überkreuz auf der rechten Seite seines Körpers ruhen, während sie sich mit ihrem linken Ellenbogen auf seinem Kopf abgestützt hatte.

„Das soll doch wohl nicht *Ariadne auf dem Panther* darstellen?", sagte Lisa. „Das ist ja albern und wirklich kindisch, wie sie sich aufführt."

„Lisa, das ist ihr Protest gegen den Protest. Sie traut sich, weil sie über dreißig ist."

„Was?" Lisa sah mich zweifelnd an. „Was hast du mit den Studentenallüren der Sechzigerjahre zu tun?"

„Hallo ihr!" Etna rief und winkte mit beiden Armen. „Kommt her zu uns und bringt etwas zu trinken mit, von dem Brandy, den wir vorhin mitgebracht haben."

„Hörst du", sagte Lisa, „sie möchte keinen Fusel. Hedy stellt gern lauwarmen Fusel auf den Tisch und hofft, dass es später dann niemand merkt."

Ich kannte Lisas Temperament und deshalb antwortete ich ihr zum zweiten Mal nicht.

Wir gingen hinüber zu den anderen und ich gab Etna den Brandy, und währenddessen ging Lisa weiter und setzte sich weit von mir weg.

Etna machte mir Platz und ich setzte mich neben sie und schenkte mir von dem Brandy ein.

Eigentlich hatten wir uns etwas zu erzählen, aber wir resignierten, kamen nicht an gegen die Stimme neben uns. Thomas hatte ein leicht gerötetes Gesicht, hielt seine Hände in dauernder Bewegung und redete auf Friedrich ein, und das, was ich hörte, schien prinzipiell und theoretisch zu sein und ohne tiefere Einblicke, die ihn direkt betrafen.

„... alles war schließlich schon mal da", sagte Thomas, „und du hast keine Beweise für deine Gedanken und Ideen, die von dir selbst gekommen sind, und niemand glaubt dir, dass du derjenige warst, der das geschrieben hat."

„Ich hatte mal einen Studenten", antwortete Friedrich und

beugte seinen Oberkörper nach vorn, „der fügte sämtliche von ihm verwendeten Zitate wirklich sinnvoll aneinander. Das allein war schon eine Kunst für sich. Und auch die Quellenangaben der zitierten Stellen stimmten, wirklich, eine saubere Arbeit. Sein Fehler war, dass seine Abschlussarbeit einen zu geringen Anteil seiner eigenen Meinung enthielt."

„Und was ist aus dem Studenten geworden?"

„Nichts. Er ist durchgefallen. Er verließ die Universität, weil er an seiner einfältigen Ehrlichkeit scheiterte und wissenschaftliche Ansprüche eben andere Verfahrensweisen erfordern. Ich habe ihm den Abschluss verweigert", sagte Friedrich und stützte sein Kinn mit der linken Faust ab. „Für mich war es nicht von Bedeutung."

„Nicht von Bedeutung, keine Anerkennung einer ehrlichen Einstellung? Unter dem Strich schreiben deine Studenten doch alle ab."

„Thomasius, wir schreiben nicht ab, wir schreiben nur um", sagte Etna, kam Friedrich zuvor und hielt ihre Hand vor seinem geöffneten Mund.

„Und wie befindet der Professor darüber, wenn sich zu erarbeitendes Wissen auf selbstverständliches Ändern von Formulierungen beschränkt?", fragte Thomas.

Friedrich war diskussionserfahren, er umging die Frage und den kleinen ironischen Unterton, indem er die Frage einfach ignorierte. „Übrigens, ich gehe nach Frankfurt", sagte er.

Thomas hob seinen Kopf. „Wie bitte, nach Frankfurt?" Thomas war überrascht und für einen Moment sogar ein wenig unbeholfen. „Was suchst du in Frankfurt, zwischen Banken und Bordellen?"

„Eine neue Herausforderung suche ich", sagte Friedrich, „und Etna nehme ich mit nach Frankfurt, für eine Arbeit im Bordell."

„Wäre das nicht ein bisschen übertrieben?"

„Aber nein, alles im Dienste der Wissenschaft. Neue Theorien, andere Methodik. Vor dir siehst du die sinnvolle Ergänzung für anstehende Frankfurter Emeritierungen."

„Du warst schon mal origineller."

„Mag sein, aber ich habe dieses Angebot aus Frankfurt und dort lehrt die Elite. Ich werde mich verneigen und das Angebot dankend annehmen."

Friedrichs Gesicht ließ keinen Zweifel zu, zusätzliche Erklärungen würden von ihm nicht zu erwarten sein.

Das wars also. Etna sollte mit nach Frankfurt.

Wie sich die meisten kleinen Feiern nach ein paar Stunden doch gleichen. Ich hatte auf einmal genug von Irrtümern und Überraschungen, wollte nichts mehr hören, mochte keinen Alkohol mehr und hatte kein weiteres Verlangen nach oberflächlichen Berührungen, ich wünschte mich einfach nur noch nach Hause.

Auf einmal verspürte ich das Verlangen nach einem heißen Vollbad, nach sauberer, duftender Wäsche und nach einem frisch bezogenen Bett. Und all das waren Dinge, die mich an früher erinnerten, an die Zeit mit Inga, aber Inga war eine Fremde am anderen Ende des Ateliers, und Ottomar hielt sie fest in seinen Armen.

Ich hatte genug. Leise zog ich die Tür hinter mir zu, schlich die Treppe hinunter und stand auf der Straße. Mehrmals drehte ich mich um und sah nach oben, zu den geöffneten Fenstern, wo Licht war und wo sich Schatten bewegten. Es berührte mich nicht, und doch – würde mich jemand vermissen? Aber niemand stand am Fenster und rief meinen Namen.

Im *Cosinus* war es laut und kaum noch ein Platz frei. Es roch nach feuchter Körperwärme, die Luft war stickig, und in den Räumen hing der Geruch von Krautsalat, heißem Reis und Fleischspießen.
Seit meinem Verschwinden aus Arnos Atelier vor ein paar Tagen hatte ich von den anderen niemanden mehr gesehen. Und auch heute ließ sich keiner von ihnen hier blicken. Grade jetzt, in diesem Augenblick, hätte ich gern einige Gläser mit ihnen getrunken, hätte gern mit ihnen geredet und mich sogar auf einen blödsinnigen Streit eingelassen.
Ich setzte mich auf einen der letzten freien Stühle neben einen Mann, der mit seinem leeren Glas spielte und der älter aussah, als er vermutlich war. Er beachtete mich nur flüchtig und starrte auf die Tischplatte.
Ich nickte ihm zu, sah zur Theke und bestellte mir etwas zu trinken. Ich war nicht drauf aus, auf ein Gepräch. Manchmal ist es beruhigend, inmitten von Menschen für sich zu sein. Ich nippte an meinem Glas und sah mich um.
„Das Leben meint es nicht gut mit mir", sagte der Mann unvermittelt nach einer Weile, ohne seinen Kopf zu bewegen.
„Wieso?"

Ich fragte konversationsbedingt, mit geringem Interesse, und blickte zur Eingangstür, weil ich dachte, Lisa käme.

„Ich hatte einen Traum", sagte der Mann, „einen beängstigenden Traum." Er stellte sein Glas ab, wollte es wieder gefüllt haben und machte ein Zeichen zur Theke hin. „Ich stand mit meiner Frau im Flur, halbnackt und ungeschützt, wie es manchmal im Traum so ist, und meine Frau stand vor mir, im Morgenmantel. Doch ihr Gesicht war nicht das Gesicht, das ich kannte. Sie drohte mir, plötzlich stritten wir, ein Wort gab das andere und dann schrien wir uns an, und sie griff nach dem Schlüssel in meiner Hand, riss die Wohnungstür auf, und ehe ich begriff, stand sie draußen, schloss die Tür von außen ab und warf den Schlüssel durch den Briefkastenschlitz. Ich hob den Schlüssel auf, meine Hände zitterten, und als ich die Tür endlich geöffnet hatte, da war es schon zu spät. Ich hörte nur noch ihre Schritte, lief ihr hinterher, begann verzweifelt zu suchen, aber was ich auch tat, es war alles umsonst. Als ich morgens aufwachte, hatte ich ein beklemmendes Gefühl von Verlassenheit, dachte an den Traum und lehnte mich zu meiner Frau hinüber, wollte wissen, ob sie schon wach wäre, und wollte ihr von diesem Traum erzählen, weil wir uns immer gegenseitig unsere Träume erzählen. Ich drehte mich zu ihr um und suchte im Dunkeln ihre Hand, fühlte ihren Arm und ihre Schulter, und als ich meine Hand auf ihre Schulter legte, begann mein Herz zu rasen. Meine Frau lag neben mir und war schon ganz kalt."

„Das ist ja furchtbar", sagte ich und vermied es, meine Kopfhaltung zu verändern, weil ich nicht in sein Gesicht sehen wollte. „Das tut mir wirklich leid."

„Gibt es Prophezeiungen, die sich erfüllen, weil man sich vor ihnen fürchtet?"

„Die gibt es", antwortete ich, „und man kann wahrscheinlich nicht vor ihnen flüchten."

„Mir ist, als hätte ich Schuld, Schuld, aus ständiger Angst vor einem schmerzlichen Verlust", sagte der Mann. „Als hätte ich aus Dummheit versehentlich das Unglück beschworen."

„Dafür können Sie nichts, auch für die eigenen Träume kann man nichts", versuchte ich ihn zu beruhigen. „Hören Sie", sagte ich und drehte mich jetzt in die Richtung des Mannes, „es ist nicht allein die Prophezeiung, und deshalb keine Frage der Schuld, es ist die lauernde Angst, die vermeintliche oder begründete Angst, die unsere Träume bestimmt."

„Manche Träume dürfte es nicht geben", sagte der Mann. „Ach, wenn ich jetzt doch nur nach Hause gehen könnte, die Tür öffen und sehen würde, dass alles nicht wahr wäre."

„Das hoffe ich für Sie", sagte ich, zögerte und sagte dann: „Auch ich habe einen furchtbaren Traum, der sich ständig wiederholt und gegen den ich mich nicht wehren kann. In diesem quälenden Traum habe ich einen dreijährigen Sohn, und jedes Mal müssen wir eine breite Straße überqueren. Es ist kühl, Laub weht über die Straße, nasse Blätter kleben auf dem feuchten Asphalt und eigentlich ist alles ganz ruhig und kein Mensch zu sehen. Nur weit entfernt sehe ich ein Auto, das aber nähert sich mit geringer Geschwindigkeit und ich sehe keine Gefahr. Aber wir erreichen viel zu langsam die Straßenmitte, und dann stolpert mein kleiner Sohn und fällt über seine offenen Schuhe. Ich bücke mich, binde ihm die Schuhe zu und erkenne meinen

Fehler. Und durch meinen Fehler ist auf einmal das Auto auch schon sehr nah und in einer verlangsamten Bewegung blockieren die Reifen auf dem nassen Asphalt und das Auto schleudert, und ich bin wie gelähmt, kann nicht vor und nicht zurück, halte die kleine Hand meines Sohnes fest in meiner Hand und völlig hilflos verdecke ich mit der anderen Hand meine Augen, warte auf den schrecklichen Zusammenprall und befürchte das Schlimmste.Doch jedes Mal wache ich auf in Panik, schrecke hoch und erfahre deshalb nie, wie er ausgeht, dieser Albtraum, und diese Ungewissheit macht mich noch ganz verrückt."

„Haben Sie denn einen Sohn?", fragte mich der Mann.

„Nein, ich hatte eine Tochter."

„Also ein Albtraum", sagte er und starrte wieder auf das Glas in seiner Hand. Er hatte gehört, was ich sagte, aber es hatte keine Bedeutung für ihn. Er stellte das leere Glas auf den Tisch und begann, leise mit sich zu reden. Vielleicht dachte er an ein Leben, das anders als vorher sein würde.

„… da war sie schon kalt, ganz kalt", sagte er und schüttelte verständnislos den Kopf. „Nie wieder werde ich sie irgendetwas fragen, ihr etwas erzählen können. Nie wieder", sagte er dann, stand ohne Eile auf, ging zur Tür und drehte sich nicht mehr um.

Im *Café Neumann* ging ich an den hohen Tischen vorbei, an denen man nur im Stehen seinen Kaffee trinken und seine Zeitung lesen konnte, stieg die paar Stufen hoch in den hinteren, hellen Raum, in dem es keine Fenster gab und das Tageslicht durch die großflächige, matt verglaste Deckenöffnung fiel.

An einem der seitlichen Tische saßen Dido und Thomas. Sie redeten, ohne sich anzusehen, und als ich näher kam, hörte ich angedeutete Unzufriedenheit in Didos hoher Stimme.

Sie sah gut aus, wie sie so dasaß, in ihrer Jeans, mit der schlichten Perlenkette unter der schneeweißen Bluse und in ihrem leichten, tief ausgeschnittenen, hellgrauen Kaschmirpullover.

„Ich möchte ein kleines, helles Brötchen und keine braune, aufgeblähte Zumutung, die beim Schneiden nach allen Seiten blättert", sagte Dido und deutete mit einer Kopfbewegung an, dass sie mich gesehen hatte.

„Ah, da bist du ja." Thomas legte sein Messer auf den Teller und zeigte kurz auf den freien Stuhl. „Setz dich. Ich hab' alles bei mir, die Sachen sind in meiner Ledertasche."

„Du störst eigentlich grade", sagte Dido.

„Ach was, nimm keine Rücksicht. Sie ist nur schlecht gelaunt und hat ihre Tage."

Didos Augen blitzten auf.

„Dido!" Thomas hatte diesen Schlag auf die Hand nicht erwartet. Eine Weile blieb er sprachlos, sah abwechselnd Dido und mich an und drehte sich nach den Gästen um. Die Situation war ihm unangenehm, wegen der aufhorchenden Gäste und nicht wegen Didos sofortiger Reaktion.

„Ist ja gut, keinen Streit hier vor all den Leuten." Thomas stand auf, steif vom längeren Sitzen, lockerte seine Beine und ging nach vorn, zum Buffet.

„Sieh dir das an", sagte Dido, „jeden Tag trägt er diese ausgebeulte, anthrazitfarbene Hose und dazu dieses schreckliche senfgelbe Jacket. Und wie er sich bewegt, jugendlich elastisch und trotzdem schon krumm, und immer die Hände in den Hosentaschen. Manchmal kotzt er mich an."

Didos Gesicht war blass. Sie hatte ihre Lippen zusammengepresst und ihre Augen waren dunkler als sonst. Sie war nervös, ihrem Blick fehlte die innere Ruhe, und sie war abweisend, weil ich ihre Nervosität bemerkt hatte.

Abrupt schob sie den Teller mit dem braunen Brötchen und der weichen Butter von sich weg, stützte ihre Arme ab und faltete die Hände vor ihrem Gesicht.

„Was ist?", fragte sie. „Mein Gerede ist kein Gerede, ich habe eine Meinung und meine Tage habe ich erst recht nicht. Seine Tage aber sind für mich gezählt. Das Problem ist grundsätzlich. So, und jetzt sage ich dazu kein Wort mehr."

„Kein Wort mehr? Du bist, gelinde gesagt, nicht ganz bei Trost." Ich beugte mich vor und hielt Dido meine Zigarettenschachtel hin. „Man kann nicht ganz bei Trost sein, wenn man reagiert, wie du eben reagiert hast. Und durch deine frostigen Äußerungen wirst du auch kaum geheimnisvoller."

Dido nahm eine Zigarette von mir und ich gab ihr Feuer.

„Es riecht hier so gut nach Kaffee", sagte sie. „Der Duft von Kaffee macht mich schön ruhig und manchmal sogar liebenswert."

„Du willst mich wohl verarschen?"

„Das tue ich grade."

„Wenn dir das hilft, meinetwegen, werde aber wenigstens wieder so, wie du mal vor einiger Zeit warst, nett und einfühlsam."

„Oh ja, sehr, sehr gerne. Einfühlsam für liebeskranke Männer, die immer gleich heulen und toll verständig sind. Ihr seid ja so verständig geworden, so verständig, dass es schon ziemlich sterbenslangweilig ist mit euch. Nur Levi redet nicht lange drumherum und ist vollkommen unsensibel."

„Du machst demjenigen, der zuhören kann, einen Vorwurf?"

„Die still geduldig Nickenden sind am schlimmsten, die warten nur eine Stunde länger, bis sie seicht zu säuseln anfangen und dich anschließend ins Bett wünschen."

„Käme das nicht deinen willigen Eigenschaften entgegen, deinem sicheren Gespür für günstige Gelegenheiten?"

„Wie verlockend muss doch für euch der Anblick einer Frau mit Hingabe sein, die eigentlich zutiefst unbefriedigt ist."

„Du bist unbefriedigt?"

„Ja, sehr." Dido sah zum Buffet und griff nach ihrer Tasse mit dem lauwarmen Kaffee. „Nun sind wir beide aber nicht ganz bei Trost. Du bist ein bisschen auf seiner Seite, nicht? Thomas tut dir leid? Ach weißt du, an und für sich hätte ich auch bequem bei Friedrich bleiben können. Ich hatte ja nichts auszustehen, musste nur die ständige Litanei anhören, seine abstrakten, höflichen Vorträge und soziologischen Lehrstunden im Bett, langweilig wie der tausendjährige Katechismus. Ich habe drauf gewartet, auf seinen obligatorischen Griff zum Wasserglas, weil er ja viel redete und ständig trinken musste, gewartet auf die sich wiederholenden Bewegungen seiner Finger, auf die einfühlsamen Finger, die letztlich nur zum Umblättern der Buchseiten taugten. Wirklich, eigentlich hatte ich nichts auszustehen, wenn da nicht auf einmal diese junge Studentin, diese verrückte Etna aufgetaucht wäre und unser Verhältnis zu einer komplizierten Sache gemacht hätte."

„Es war also klein Etna, die Schluss machte mit deiner Bequemlichkeit."

„Wie kommst du denn darauf? Ich gehöre nicht zu den Weibern, die aus Bequemlichkeit und ohne Liebe bei ihren Männern bleiben. Es war nicht einmal diese tiefe Kränkung, es war Friedrichs erstickende Gleichgültigkeit. Ja, Gleichgültigkeit und Missachtung, und dann überhaupt eine unterschiedliche Vorstellung vom Zusammenleben. Das sind schließlich die Dinge, die dir zeigen, dass dies der eine falsche Weg ist."

„Und der andere falsche Weg?"

„Ein Übermaß an Fürsorge und blindem Eifer. Oder was ist von einem Romantiker zu halten, der auf und ab geht und dir unermüdlich Gedichte vorliest, während du mit hohem Fieber im Bett liegst?"

„Vielleicht glaubte er an die heilende Wirkung seiner Worte", sagte ich.

„Unsinn, es wäre besser gewesen, wenn Thomas mir kalte Umschläge gemacht hätte."

„Dido, du bist einfach zu halbherzig in der Nachsichtigkeit mit dir."

„Tatsächlich?", sagte Dido, und als sie das sagte, da kam Thomas gerade die Stufen hoch und stolperte beinahe mit der Tasse Kaffee und den Croissants auf dem Teller.

„Bist du jetzt zufrieden?", fragte er, nachdem er die Croissants und die Tasse Kaffee auf den Tisch gestellt hatte.

Dido nickte nur kurz und antwortete nicht. Seine Aufmerksamkeit war für sie längst zur Selbstverständlichkeit geworden, für mich aber war das Verhalten der beiden das unübersehbare Anzeichen eines kriselnden Zustandes.

„Danke für den Kaffee", sagte ich.

Was Thomas bislang erreicht hatte, war für Dido ohnehin unwichtig, und auch seine derzeitige Bekanntheit hatte keine große Bedeutung. Sie kannte seine Schwächen und dieses Wissen machte ihn vor ihr kleiner und unterschied sich von der Sichtweise seiner Leser, die ihn verständlicherweise größer sahen, weil sie an das glaubten, was er schrieb.

Thomas legte seine Hand auf Didos Schulter und bemühte sich, aber es war ein eingefrorenes Lächeln. Er hatte den Mund ein wenig geöffnet und man sah seine schlechten Zähne.

Didos Augen zeigten ihr ganzes Weiß und für einen Moment schien es, als würden sie erblinden. Unwillig zog sie die Schulter hoch und schüttelte seine Hand ab.

Jetzt lächelte Thomas nicht mehr. Sein Gesichtsausdruck wechselte von einer empfundenen Peinlichkeit zu einer mir zugedachten Mitschuld, und ich spürte, dass es besser gewesen wäre, heute nicht hier gewesen zu sein.

„Mach dir nichts draus", sagte ich, „ist doch fast schon egal."

Thomas antwortete nicht. Unter nervlicher Beanspruchung fand Thomas nie so richtig die Worte, die er im Grunde für notwendig hielt.

Er ließ Dido in Ruhe und zeigte auf den Stuhl neben mir.

„Dein Manuskript", sagte er. Es entstand eine Pause, und man merkte ihm an, wie sehr seine Gedanken bei Dido waren. Dido aber saß neben ihm und konnte doch nicht weit genug entfernt von ihm sein.

„Danke für dein Redigieren", sagte ich. „War er groß, der Aufwand?"

„Nun, der Gegenwert für oberflächliche Begründungen liegt ziemlich im Dunkeln, aber manche Leute machen noch aus Scheiße ihr Geld, geh doch in die Werbung."

„Kann ich dir glauben oder bist du heute bösartig?"

„Er will dir nur zeigen, wie gut er ist." Dido tat gelangweilt.

„Dosierte Komik nimmt den Dingen die Schwere", sagte Thomas. „Aber ernsthaft, mit einem elaborierten Stil erreicht man nur das Gegenteil von dem, was man will. Eigentlich bist du ein Fall für die Germanisten. Die hätten ihre kleinen Freuden an deinen semantischen und syntaktischen Eigenarten."

Thomas lag nicht mehr am Boden, er stand wieder, und das zeigte er mir mit herablassender Genugtuung. „Naja, es ist trivial, mein Lieber. Aber es soll ja Menschen geben, die ohne Trivialität nicht leben können, und daher sehe ich eine Möglichkeit für dich."

Ich griff zur Tasse, nahm einen großen Schluck und hatte den Geschmack von lauwarmem Kaffee im Mund.

„Thomas und die Marginalie. Der Meister hat gesprochen. Jungs, ihr seid fürchterlich amüsant", sagte Dido. „Seht mal, da kommt die verbildete Prominenz."

Mit drei schweren Büchern unter dem Arm stieg Etna grade die Stufen hoch.

„Hallo, ihr. Wieder dicke Luft bei euch? Also, die Bibliothek hier um die Ecke ist ein Witz."

„Dann steh doch einfach früher auf. Deine mädchenhaften

Chancen für die Propädeutik der Sozialwissenschaften wären dann vielleicht größer, du liebliche Nymphe."

„Bin ich ein Erstsemester? Das müsstest du doch endlich einsehen, du süße Lady du."

„Etna, sag ihr, dass dein verschobener Tagesrhythmus rein genetisch bedingt ist", sagte ich.

„Friedrichs körperliche Absichten in der Nacht sollen da ja auch keine große Hilfe sein."

„Ja, er hat tatsächlich rhetorische Qualitäten, die ihm helfen, gegen seine Müdigkeit." Etna legte ihre Bücher auf den Tisch, setzte sich, strich die Tischdecke glatt und nahm meine Tasse in die Hand. „Igitt, dein Kaffee ist ja kalt."

„Das kommt davon, wenn man träumt", sagte Thomas. „Aber Träumer verdienen ihr Geld nun mal nicht im Schlaf."

„Gehören denn Träume nicht zum Schlaf?", fragte Etna.

„Etna", sagte ich, „lass nur, Thomas meinte soeben mit seinen einfachen Worten, dass ich aus meinem bisherigen Leben nichts gemacht hätte. Und weil er Thomas und einzigartig ist, sagt er lautstark Dinge, die andere weniger direkt sagen würden. Vorsichtig wird er nur, wenn Didos Fuchtel ihm zu nahe kommt."

„Was redest du da, bist du jetzt völlig von Sinnen?"

Thomas war aufgestanden und zeigte mit dem Finger auf mich. Seine rechte Hand wurde zur Faust und diesmal achtete er nicht auf die Gäste am Nebentisch.

Ich wusste, dass ich seinen Nerv getroffen hatte.

„Was ich da rede? Das ist Wahrheit in hoher Dosierung und nimmt die Leichtigkeit."

„Nimm das sofort zurück, das da mit der Fuchtel."

„In Ordnung, aber setz dich wieder hin. Manchmal sagt man eben Sachen, die man später nicht sagen würde. Wirklich, das sollte man nicht."

Etna hustete.

„Es bleibt dabei, er steht böse unter Didos Fuchtel", sagte ich leise zu Etna und behielt Thomas im Auge, bis er sich wieder gesetzt hatte. „Und was ich gesagt habe, tut mir kein bisschen leid."

„Was ist los mit euch? Ihr werdet kindisch, wenn ihr streitet." Dido verzog ihren Mund, und auch Etna stimmte ihr durch ein Kopfnicken zu, obwohl ihr Didos ganze Natur gegen den Strich ging.

„Der da", sagte Etna und deutete auf mich, „der da ist genügsam und will nur …"

„Etna", sagte ich, „du musst dich nicht für mich einsetzen, ich komme allein klar und kann für mich selbst entscheiden, und wenn ich mir dadurch auch schaden würde."

Etna ließ sich nicht abhalten und winkte ab: „… ist sich selbst genug und will nur in Ruhe gelassen werden und keinen Anlass zum Streit geben. Aber irgendwann kommt dann doch ein hergelaufener Stinkstiebel, der ungefragt seine fette Schafsnase in fremde Angelegenheiten stecken muss, weil er von Natur aus keinen Frieden geben kann."

„Halt dich doch einfach zurück, Etna, und misch dich gefälligst nicht ein. Was weißt du denn schon von latent vorhandenen Unzulänglichkeiten, die nur ihn und mich etwas angehen."

„Lass ihn, Etna, er hat einen tiefen rektalen Schmerz", sagte Dido und zündete sich eine Zigarette an. „Erwarte in diesem Zustand keine vernünftigen Argumente und auch keine Erklärung für das, was vorhin passiert ist. Er scheint mir ganz schön durch den Wind in letzter Zeit."

„Wir müssen weg von hier", sagte ich, als Thomas nicht antwortete. „Wir beleidigen uns wie blödsinnig und atmen nur verrauchte Luft."

„Stimmt, wir brauchen Veränderung und einen klaren Kopf. Kommt doch einfach mit, ich wollte sowieso zu Levi, wegen ein paar Büchern. Also, was ist?" Etna sah uns fragend an.

„Ich weiß nicht so recht", sagte Dido, „eigentlich ..."

„Mach schon, komm doch mit. Was willst du denn zu Hause?" Thomas hatte sich beruhigt und legte seine Hand auf Didos Arm und Dido ließ ihn diesmal gewähren. Thomas war wie ausgewechselt und wieder ganz freundlich, sogar zu mir.

Wir rückten die Stühle zurecht, bezahlten vorn, am Tresen, und verließen das Café.

Als wir ankamen, war die Buchhandlung geschlossen. Es hatte leicht zu regnen angefangen, und aufkommender kühler Wind blies bis auf die Haut.

Unschlüssig standen wir vor Levis Buchhandlung.

„Ab nach Hause", sagte Dido nach einer Weile. „Ich friere und fahre jetzt."

In diesem Moment klopfte Lisa von innen kräftig an die Schaufensterscheibe, winkte ein paarmal, zeigte zur Seite und öffnete dann kurz darauf die Ladentür.

„Ach, die Eppendorfer Viererbande. Kommt rein, Levi ist hinten in seinem Büro."

„Bring uns flüssige Schokolade", sagte Thomas. „Uns ist kalt."

„Also Kognak", antwortete Lisa.

„Ja, ja, mach schon Mädchen."

„Dir ist kalt? Dann tanz doch Kasatschok. Oder quälen dich wieder die üblichen Schmerzen?"

„Er hat so gut wie überall Schmerzen", sagte Dido. „Mal oben, mal unten."

Wir gingen an den seitlichen Bücherregalen und an mehreren Auslagetischen vorbei nach hinten, riefen, dass wir kämen, aber Levi hatte uns schon gehört und öffnete seine Bürotür.

„Schön, dass ihr hier seid, aber ihr hättet vorher etwas tun können. Nämlich den Telefonhörer in die Hand nehmen."

„Wohin?", fragte Thomas.

„Zum großen Esstisch."

„Auf die harten Dielenstühle?"

„Oh nee, Thomas hat ausnahmslos recht", sagte Etna. „Schaff dir demnächst mal bequemere Stühle an, Levi, das wird ja zur Tortur hier."

„Und was wird mit dem Zeug da auf dem Tisch, mit dieser dubiosen Literatur und den frivolen Nacktbildern?", fragte Thomas und nahm zwei Bücher in die Hand.

„Frivole Nacktbilder? Du spinnst. Räumt sie bitte einfach zur Seite, auf den Boden, aber mit System, damit ich alles wiederfinde", sagte Levi. „Ich hole inzwischen die Gläser."

Wir nahmen die Bücher vom Tisch, sahen auf die Titel und lagerten sie geordnet auf dem Fußboden. Nachdem wir fertig waren, wischte Lisa den verstaubten Tisch ab. Dann griff sie nach unten, stellte eine volle Kognakflasche auf die lackierte Platte des Esstisches, ging auf Thomas zu und knickste.

„Recht so?"

Mit langsamen Schritten kam Levi zurück an den Tisch, stellte das Tablett mit den Gläsern neben den zwei Büchern ab, die Thomas vor sich hingelegt hatte, nahm die Kognakflasche, und während er einschenkte, las er die Titel über Kopf und achtete nicht darauf, wie der Kognak auf den Tisch tropfte.

„Wusstest du, dass Lenin früher Pope werden wollte, vor seiner Zeit als Revolutionär?"

„Nachher bestimmt nicht mehr." Thomas lächelte.

Etna hatte sich neben Thomas gesetzt und nahm einen kleinen Schluck aus ihrem Glas.

„Pope? Wennschon, was sind landläufige Erkenntnisse eines orthodoxen Priesters gegen die Macht seiner Gedanken zum Imperialismus, seiner Schlussfolgerung über den Imperialismus als höchstes Stadium des Kapitalismus", sagte Etna mit Nachdruck. „Ist euch da nicht vielleicht etwas entgangen?"

„Soso, ich soll mir theoretische Schriften einprägen, weil du mein politisches Allgemeinwissen für ergänzungsbedürftig hältst. Aber es interessiert mich nun mal nicht", sagte Thomas.

„Lenin, naja, das ist meinetwegen die große historische Bedeutung eines Namens und nicht unbedingt die einer großen Leistung. Auch wenn's dir nicht passt, Etna, aber eine Ehrerbietung im Sinne eurer gegenwärtigen Überzeugung wirst du von mir niemals hören."

„Schade, und ich weiß auch, warum. Neben mir sitzt nämlich ein richtig überheblicher Narzisst, der aus lauter Rührung nur von seinen eigenen Büchern feuchte Augen bekommt."

„Mag ja sein", sagte Thomas, „Überheblichkeit kommt von

selbst nach ein paar Gläsern, aber eure Leute mussten auch ein paar Schnäpse intus gehabt haben, denn wie sonst ist dieses miserable Sprachgefühl zu erklären, dieses holprige Formulieren mit sich ständig wiederholenden Begriffen, die ihr alle im Schlaf vor euch herbrabbelt."

„Bourgeoisie und Proletariat, das sind doch wichtige Begriffe, die es wert sind, ständig wiederholt zu werden."

„Hör auf, Etna, das ist langweilig und lenkt ab von Murks. Selbst in den kürzesten Sätzen sitzt der Teufel. Lektionen über den Faschismus? Verdammt noch mal, Lektionen für den Faschismus müsste es heißen."

„Thomas, du verstehst das nicht. Es ist eine Frage der Gliederung. Du musst die Gliederung lesen, um zu verstehen. Und dann wäre da noch dieser Name und der Name allein verlangt schon Anerkennung", sagte Etna und machte eine Geste, wie sie die Italiener bevorzugen.

„Der Name von wem?"

„Na, von ihm, Palmiro, Palmiro Togliatti, so ein schöner italienischer Name."

„Du hast nicht alle Tassen im Schrank, du kannst Politik nicht vom Klang eines Namens abhängig machen."

„Warum nicht?"

Ohne abzusetzen trank Thomas sein Glas leer.

„Sei nicht albern. Der Name allein erteilt keine Lektionen."

„Thomas, was ist mit dir?"

Thomas antwortete nicht, er winkte resignierend ab und suchte die Kognakflasche.

„Ich glaube, ich habe einen sitzen."

Dann sagte er noch etwas, aber das wurde unverständlich, weil Levi sich mit dem Kognak in der Hand ächzend neben uns gesetzt hatte.

„Verkaufst du viel von diesen Büchern, die da auf dem Fußboden liegen?", fragte ich.

Levi zog seine Schultern hoch. „Meine Buchhandlung liegt im Bereich der Universität."

Ich nahm einen tiefen Schluck aus meinem Glas. Demnächst würde ich zweimal überlegen, bevor ich meinen Mund aufmachte. In meinem Kopf summte es, und ich fand, dass ein Gespräch mit Levi im Augenblick schwierig werden würde.

„Wusste ich's doch", sagte er auf einmal, „guck mal rüber, Etna verfällt der bürgerlichen Dekadenz."

Ich war beruhigt. Etna füllte nur nach. Sie bemerkte unsere Blicke und verdrehte die Augen, tat, als würde sie sich schämen. „In Gefahr und höchster Not, bringt uns der Mittelweg den Tod", sagte sie, nachdem sie ihr Glas abgestellt hatte. Sie hielt sich die Hand vor den Mund, weil ihr Mund vom Lachen breiter wurde. Etna war eitel, nach ein paar gekippten Kognaks.

„Wo hast du denn das gelesen?"

„Auf einem Plakat neben den Toiletten der Mensa. Ein Appell der linken Fraktion."

„Neben den Toiletten? Mittlerweile kann man solche Appelle an jeder Hausecke lesen und niemand regt sich darüber weiter auf. Das waren noch Zeiten, als mehrere Leute anfingen, die terroristische Vereinigung als Gruppe und nicht weiterhin als Bande zu bezeichnen."

„Trauerst diesen Zeiten wohl nach, Thomas."

„Wieso, Etna, keineswegs, das war der Beginn des schleichenden Linksfaschismus in unserer Republik."

„Formal gesehen gibt es den Linksfaschismus gar nicht. Der Begriff ist eine Erfindung der Bourgeoisie." Etna hatte das von Friedrich gehört.

„Ihr seid zu komisch, wenn ihr ein bisschen Alkohol trinkt. Ich nehm euch gleich die Flasche weg."

„Wieso uns beiden?", fragte Thomas. „Ich bin wieder in Ordnung."

„Das denkst du, ich weiß, wie das meistens endet", sagte Lisa.

„Die sind erwachsen, lass sie doch."

Ich zog Lisa eins hintenüber, rief und machte ein paar Handbewegungen, winkte, bis Etna mich endlich bemerkte.

„Sag mal Etna, liest du eigentlich Friedrichs Abhandlungen?"

„Na sicher, bis zu viermal, aber ich verstehe trotzdem nur die Hälfte davon. Ich werde nur müde und glaube, für seine Ansprüche zu dumm zu sein. Und in diesem Zustand wünschte ich, es wäre Nacht, oder Friedrich käme und würde mir alles erklären. Doch Friedrich lässt auf sich warten, und weil ich auch produktiv sein möchte, kompensiere ich meine Dummheit durch Freizügigkeit in der Stadt." Etna lachte und kam zu mir herüber.

„Und in der Nacht blase ich ihm dann die Hörner weg", sagte sie laut in mein Ohr, so dass es jeder hören konnte.

„Was machst du? Du kompensierst?"

„Ach, Friedrich ist wahnsinnig intelligent, und man kommt sich in seiner Nähe richtig klein vor."

„Du bist mir ja eine schöne Gottesanbeterin. Und, betest du Friedrich an, oder frisst du ihn gelegentlich auf?"

„Das wird sich in Frankfurt zeigen. Wir gehen bald nach Frankfurt, gehen weg aus unserem schönen Eppendorf, das steht fest."

Ich guckte aus dem Fenster. Der Regen war stärker geworden und es wurde dunkel. Im Licht der Straßenleuchten sah ich, wie stark der Regen war.

„Oh diese vielen Bücher", sagte Etna und wirkte abwesend. „Das wird ein Angehen, die ganzen Wände sind voll von Regalen mit Büchern. Friedrichs Wohnung ist größtenteils ein unpersönlicher Lagerraum, ein einziger Staubfänger."

„Thomas, was ist?"

Thomas zeigte mit seiner Hand zur Seite und deutete auf die Regale nebenan.

„In diesen vollen Bücherregalen stehen wahrscheinlich mehr Plagiate von Plagiaten als man denkt."

„Alles Plagiate? Nein, Thomasius, du siehst Gespenster." Etna fasste sich an den Kopf. „Du entwickelst ja Theorien heute."

„Seit es Bücher gibt, steht die Versuchung geistigen Diebstahls in den übervollen Regalen. In puncto Ideenfindung wäre es für einige Leute vorteilhafter, wenn ihnen weniger Bücher zur Verfügung stehen würden."

Levi hatte die ganze Zeit über zugehört, scheinbar ruhig und mit Zurückhaltung. Seine Worte kamen daher ohne Vorwarnung und hatten die Wirkung einer schweren Beleidigung.

„Etna, mit deiner Gespenstervermutung liegst du bei ihm völlig falsch, sag ihm, dass er ein Esel ist."

„Geh mal drei Schritte zurück, Levi, damit ich dir auf die Fresse schlagen kann."

„Ich bin aber der bessere Boxer!"

„Himmel noch mal, es ging doch nicht gegen den Verkauf deiner Bücher."

Thomas war mehr verwundert als beleidigt. Durch seine echte Verwunderung aber überspielte er den Eindruck, von Levi ins Lächerliche gezogen worden zu sein.

„Vielleicht hat er ja eine Psychose", sagte Etna. „Eine Psychose, die mit Büchern in irgendeinem Zusammenhang steht."

„Aber nein, ich weiß das besser." Fast boshaft hörte es sich an, Didos angedeutetes Lachen. „Es ist eher die Angst, ein Gefühl der Schwäche vor einem schmächtigen, kahlköpfigen Nosferatu mit schrecklichem Akzent und weißen Schaumresten in den Mundwinkeln."

„Angst vor einem kahlköpfigen Nosferatu, um dessen Altmännerbeine langschwänzige Nagetiere huschen?" Etna atmete stoßartig aus und ihre mimische Ausdrucksform zeigte, wie sie sich in ein zwanghaftes Lachen hineinsteigerte und diesmal vergaß, ihre Hand vor den Mund zu halten.

„Eure Ausgelassenheit ist kindisch, ihr lacht an völlig unpassenden Stellen."

„Kahlköpfig und eine giftige Galle."

Etna kam nicht raus aus ihrem Lachanfall und je länger sie lachte, desto ungeduldiger und aufgebrachter wurde Thomas.

„Ich habe keine Angst, schon gar nicht Angst vor geäußerter Kritik, die verletzend ist, jedes geschriebene Wort bezweifelt und irgendwie zur Selbstdarstellung neigt. Kritisieren, richtig kritisieren, das können nur die wenigsten. Ich weiß wirklich nur von einem, der das konnte, der dieses unbestechliche Gefühl für Sprache hatte."

„Nanu, wen meinst du bloß?", fragte Levi.

„Wen? Den kleinen Dicken, Tucholsky selbstverständlich. Erstaunlich, dass du darauf nicht gekommen bist."

„Mit deinen Romanen, glaube ich, hätte er sich nicht abgegeben."

„Nein, Levi, hätte er nicht, aber da ich meine Grenzen kenne, hätte ich es überlebt."

„Wer kam eigentlich nach Tucholsky?", fragte Etna.

„Und warum sind andere derart groß geworden?" Dido hatte Levi die Frage gestellt und nicht Thomas, für sie lag die Kompetenz bei Levi.

„Weil es keine Besseren gibt und ihr damit zufrieden seid, was da ist. Ihr seid zu genügsam, zu verständnisvoll, überhaupt dem einen gegenüber, ihr schmiert ihm zu viel Honig ums Maul und das verträgt er nicht."

„Jaja, das Land, wo Milch und Honig fließen", sagte Thomas. Er fühlte sich bestätigt.

Zufällig sah ich in Lisas Gesicht. In ihrem Gesicht stand von einem Augenblick auf den anderen die Andeutung von Melancholie, und man sah ihr an, dass ihre Melancholie wenig mit uns zu tun hatte.

„Ich würde gern wissen, was du grade denkst."

„Ich?", fragte Lisa, „ich denke nach über Kurt Tucholsky, über das, was er schrieb, er muss ein einsamer Mann gewesen sein."

Mit meinem Handrücken streichelte ich ihre Wange, aber Lisa griff nach meiner Hand und hielt sie fest.

„Nun sag schon."

„Immer suchen ist nicht schön. Man möchte auch mal nach Hause', hatte er einmal gesagt, obwohl er doch so viele Frauen und eine Menge bedeutender Leute kannte."

„Lisa, ich könnte dich umarmen."

„Seine Worte haben mich nachdenklich gemacht", sagte Lisa und ließ meine Hand nicht los. „Sie haben mich so tief berührt, er muss ein trauriger Mann gewesen sein."

„Lisa, du bist ja sensibler, als ich dachte", sagte Dido, „du bedauernswertes Ding."

Ich sah Dido an und mir fielen ein paar Gemeinheiten ein. „Dido, lass sie gefälligst in Ruhe", sagte ich und behielt die größte Gemeinheit für mich. „Mit deiner Heuchelei riskierst du grade eine verstandesmäßige Vereinsamung."

„Schluss jetzt mit eurem Gerede. Ihr habt ja vielleicht Probleme."

Etna schlug mit der flachen Hand auf den Tisch, machte uns klar, dass sie auch anders konnte und ihr übertriebenes Verhalten von vorhin nur ein Ausrutscher gewesen war.

„Etna hat recht, es gibt Probleme, richtige Probleme, und vielleicht meint sie damit unsere politischen Vertreter, die mit ihren Helfern in Anonymität agieren und letzten Endes doch nur falsche Entscheidungen treffen."

„Thomas, diesmal sprichst du mir aus der Seele."

Etna schüttelte mit steigendem Unmut ihren Kopf. „Sie reglementieren uns und wir wehren uns nicht, wir nehmen es hin, wenn sie die Tragweite ihrer Entscheidungen nicht erkennen und ihr weiteres Handeln sich in Konfusion verliert. Dennoch bleiben wir genügsam, weil sie uns mit ihren eloquenten Ausflüchten besoffen machen. Wir nehmen das alles hin, weil wir weiterhin die Anlage zur Verdummung in uns tragen und die Möglichkeiten zur Veränderung nicht nutzen."

„Das ist zutreffend", sagte Thomas. „Die Gesetzgebung war seit jeher ein Spiegelbild der jeweiligen politischen Denkweise und die Allgemeinheit hatte bislang immer großen Anteil daran."

Levi hatte den beiden aufmerksam zugehört. Er zündete sich eine Zigarette an und atmete tief ein, verschränkte die Arme hinter den Kopf und lehnte sich weit zurück.

„Ich frage mich", sagte Levi, „ich frage mich, von welchen Zwängen und Absprachen ein Politiker abhängig ist. Jedenfalls scheint die Last eines Mandats nur zweitrangig zu sein, wenn die Gründe für veröffentlichte, frisierte Statistiken in ungewollten Ergebnissen liegen."

„Frisierte Statistiken sind nur erste Anfänge", sagte Etna und hob ihren Zeigefinger. „Ich befürchte ein Ausbleiben von Informationen und das Verbot bestimmter Worte. Und dann wird es eine Menge von Leuten geben, die das Gute im Menschen suchen, und wenn sie das Gute gefunden haben, werden sie es mit Parolen bepacken, und wir werden glücklich sein wie die Menschen in Nordkorea."

„Etna, du liest zu viel über Verschwörungstheorien", sagte Thomas, suchte den Kognak unter dem Tisch und fluchte leise, als er ins Leere fasste.

„Lügen und Intrigen waren schon von jeher wesentliche Besonderheiten des menschlichen Zusammenlebens. Manche

Zustände aber, die gegenwärtig als beängstigend empfunden werden, könnten später einmal eine andere Bedeutung erhalten. Man glaubt ja nur zu gern, dass früher alles besser war."

„Soll ich darüber etwa lachen?", fragte Levi.

„Mach das, solange du noch kannst. Unter Umständen könntest du bald an deinem Lachen ersticken."

„Wer oder was sollte mir mein Lachen verbieten?"

„Das Stadium der völligen Ratlosigkeit wird es verhindern. Als 1919 die Menschen noch Geschützfeuer und Giftgas in den Köpfen hatten, unterzeichneten ihre Staatsregenten in Paris die Versailler Verträge und glaubten, dies und jenes und ebenso den Balkan in den Griff zu bekommen. Dass dieses Vorhaben scheiterte, hat man zwar nicht vergessen, aber man sieht auch keine Notwendigkeit zur nachträglichen Korrektur. Also sitzen weiterhin Politiker in zerbeulten Anzügen im Parlament, schließen in Ergebenheit ihre Augen und lassen es zu, dass Europa allmählich balkanisiert wird. Es tut mir leid für dich, Levi, in dreißig Jahren wird nichts mehr so sein, wie es mal war."

„Dein Mitleid brauche ich nicht, Thomas. Die nächsten hundert Jahre schützt uns die Historie und was danach sein wird, das weiß niemand so genau."

„Meinst du? Naja, wenigstens schützt euch vorerst noch die Rezension."

Levis Gesicht wurde dunkel. „Vorsicht."

„Komm schon, du weißt, was ich meine. Eure Belastbarkeit wird überschaubarer, wenn ihr kritisiert werdet, und die, die sich das gewagt haben, müssen ihre Kritik am nächsten Tag zurücknehmen und sich entschuldigen."

„Mir kommen die Tränen."
„Du bist anderer Meinung?"
„Ich habe keine andere Meinung, wir haben nur unterschiedliche Voraussetzungen."
„Und was ist mit euren neuen Freunden, mit denen, die bei jeder Gelegenheit scheinheilig und viel lauter als ihr Entschuldigung und Rücktritt fordern? Glaubst du denen etwa? Eure neuen Freunde, das sind doch die, die sich nur eines politischen Gegners entledigen wollen. Diese Schreihälse sind die größten Kanaillen."
„Du neigst dazu, uns Dinge zu sagen, die wir alle schon kennen."
„Das ist eine Antwort. Und der Zentralrat tanzt."
„Wie bitte? Langsam regst du mich auf mit deinem Gerede."
„Thomas mag eben keine dieser Organisationen, in denen die Verantwortlichen die allgemeinen Interessen ganz allmählich zu ihrem persönlichen Vorteil nutzen", sagte ich und war mir gar nicht sicher, ob Thomas das damit gemeint haben könnte.
„Ihr seid Kriegsverbrecher und habt 's Maul zu halten", sagte Levi plötzlich.
„Levi, du lebst hier."
„Vielleicht nicht mehr lange, vielleicht emigriere ich."
„Du tust so, als wäre jeder Soldat gerne Soldat", sagte ich.
„Flattiere ihn nicht, hau ihm einfach eine rein", rief mir Thomas über den Tisch zu. Er stand dicht vor einem Kollaps und ich sah deutlich, wie eine Ader an seinem Hals hervortrat.
„Kriegsverbrecher, wir hier? Das darf nicht wahr sein! Bist du noch zu retten? Ich habe verweigert, du Arsch", rief Thomas.

„Zum Kriegsverbrecher wirst du üblicherweise, wenn du einen Krieg begonnen, ihn dann verloren und schließlich die Kapitulation unterschrieben hast. Oder willst du etwa die materiellen Forderungen eures Vereins begründen?"

„Mal langsam", sagte ich, „seid ihr von allen guten Geistern verlassen?"

„Ich liebe mein Land", sagte Etna kaum hörbar. „Auch ohne Soldaten."

„Ohne Soldaten hättest du aber bald kein Land mehr, dem du deine Liebe schenken könntest", antwortete Thomas. Etnas Soldaten interessierten ihn weniger.

Dido stand auf und setzte sich neben Levi. „Warum seid ihr dermaßen aufgebracht? Unter guten Freunden?"

„Levi unterstellt uns ein Verbrechen und du schlägst dich auf seine Seite?", fragte Thomas.

„Er gibt uns eine Kollektivschuld gegen das Vergessen, aber ich muss und will nicht ständig an eine schreckliche Vergangenheit erinnert werden. Hör zu, Levi, es sind nicht die oder wir. Gib den Menschen einen Posten und Möglichkeiten und sie werden zu allem fähig sein."

„Was bildest du dir bloß ein?", fragte Levi. „Prinzipiell ist es immer ein Irrtum, das Vergangene zu vernachlässigen, aber die reine Vernunft war noch nie deine Stärke."

Thomas´ Vorteil lag im schnellen Schreiben von überlegten Worten, aber Levis Zunge war flinker und dadurch wirkungsvoller. Auch jetzt bewirkte Levis Behauptung eine Verweigerung. Nicht einen Ton brachte Thomas heraus. Seine Augen gingen unstet hin und her und seine zusammengepressten Lippen ließen darauf schließen, dass er nicht antworten würde.

„Die Anlage zum Quälen und Morden liegt in der Natur des Menschen", sagte Levi zu einem unbewegten Gesicht. „Menschliches Beisammensein führt schnell zu Missverständnissen und Widersprüchen. Jeder ist irgendwann einmal ein Täter, und sei es nur in Gedanken, es ist situationsbedingt, und wenn die Ursache behoben ist, dann entfällt in den meisten Fällen der Beweggrund zur Tat. Doch manchmal ist es nur eine verständliche Vorsicht vor dem Fremden und die Angst um die eigene Haut, die Angst, Besitz und Tradition zu verlieren. Aber ihr? Ihr wart wirklich einzigartig mit eurem Perfektionismus und mit Methoden, die euch vor euch selbst nicht schützen konnten, und jetzt tragt ihr einen Maulkorb, der euch von Tag zu Tag in aller Welt schöner macht."

„Irgendwann wird dir jemand die Zähne einschlagen." Thomas drehte sein leeres Glas in der Hand. „Dann hast du einen Anlass zur Emigration."

„Ihr schrecklichen Kerle." Lisas Stimme wurde laut. „Ihr seid beide borniert und blind vor Starrköpfigkeit."

„Und die Kraft und die Herrlichkeit in Ewigkeit. Misch dich nicht ein", sagte Thomas.

„Wenn du jetzt amen sagst, ist was los."

Thomas stand auf, ging um den Tisch herum und sank vor Dido auf die Knie. Seine Hände hielt er wie im Gebet. „Ich hatte nicht vor, amen zu sagen."

„Sei nicht albern und steh auf. Ich möchte demnächst nicht denken müssen, dass du nur einen Dreck wert bist."

„Nein, das wirst du auch nicht. Lass uns nach Hause gehen", sagte Thomas und legte seine Hände auf Didos Beine.

„Ich bleibe."

„Los, komm jetzt, verdammt, komm mit."

„Das mit dem Esel nehme ich zurück", rief Levi zu uns herüber. „Er ist kein Esel, er ist eher ein Fall von trauriger Selbstdarstellung."

Thomas starrte Levi für einen Moment an, dann nahm er sich Dido vor. „Ein kleines Wanderflittchen mit Besatzerbrautmentalität bist du", sagte Thomas und nahm seine Hände von Didos Beinen.

„Du würdest mir ja nur zu gern den Kopf kahl scheren, aber daraus wird nichts. Die Zeiten für solche Bestrafungen sind erst mal vorbei."

Thomas gab seine kniende Körperhaltung auf, blieb kurz vor Dido stehen und ging mit bleichem Gesicht zu seinem Stuhl zurück.

„Hau doch ab zu deinen Büchern und werde glücklich damit. In ein paar Jahren wird sowieso kaum noch gelesen", rief Dido ihm nach. „Wen interessieren denn dann noch verstaubte Weisheiten wundersam gewordener Geschichtenerzähler?"

„Du bist ja verrückt." Thomas sagte es leise, mehr zu sich selbst, und er tat mir leid. Es war schlimm anzusehen, wie er sich auf seinen Stuhl setzte, nach vorn gebeugt und die Blicke zum Boden gerichtet. Thomas sah müde aus. Nach einiger Zeit stand er langsam auf, nahm sein Jackett von der Lehne und ging zur Tür. Ohne ein weiteres Wort und ohne uns zu beachten verließ er Levis Büro.

Ich zögerte, wusste nicht, ob es richtig war, wartete noch einen Moment, dann nickte ich Lisa zu und ging ebenfalls nach draußen. Es war kühl und windig, es regnete stark und die Lichter der Autoscheinwerfer reflektierten in der Nässe. Manche Autos fuhren schnell und das schmutzige Wasser auf dem Asphalt spritzte nach allen Seiten.

Ich sah mich um, aber Thomas war nicht mehr zu sehen.

Der starke Regen der vergangenen Nacht hatte aufgehört und die Straßen waren längst wieder abgetrocknet. Ich stellte meinen Wagen auf dem Parkplatz der Universität ab und ging durch den Dammtorbahnhof zum Stephansplatz und von dort in die Colonnaden.

In einem Tabakladen kaufte ich mir Zigaretten, blieb kurz vor dem kleinen Laden stehen, zündete mir eine Zigarette an und stellte mich an die Straßenseite. Rauchen im Gehen wäre der Anfang zur Verwahrlosung, meinte Inga, als wir uns noch etwas zu sagen hatten.

Wenn Frauen an mir vorübergingen, die mir gefielen, lächelte ich ihnen freundlich zu. Und manche von ihnen lächelten zurück. Und dann wieder blickte ich die Straße entlang, prägte mir Bilder der Straße ein, während ich meine Zigarette rauchte. Zur Erinnerung. Eine Sentimentalität eines Hamburger Nachmittags.

Ottomar war allein.

Wie eine lebensgroße Skulptur stand er vor einem großflächigen Schaufenster und bewegte sich keinen Schritt. Ich drückte meine Zigarette aus und ging zu ihm hinüber auf die andere Straßenseite.

„Kaufst du dir womöglich ein Klavier?"

„Bewahre, es ist diese Form des Flügels, und dieser schöne, glänzende schwarze Lack."

Ottomar war nicht überrascht, als er sich zu mir umdrehte, er hatte mich in der Spiegelung der Scheibe gesehen.

„Du bist eingeladen", sagte ich, „wir trinken einen Kaffee."

Von den Colonnaden schlenderten wir zu den Alsterarkaden und setzten uns an einen der freien Tische, die vor dem Café standen. Wir bestellten uns Kaffee, sahen auf die Alster und auf die vorübergehenden Leute.

„Es ist großartig hier im Sonnenschein", sagte Ottomar. „Hamburg hat viele schöne Stellen."

„Ja, Hamburg kommt gleich nach Rom, nicht wahr?"

„Und gleich nach Berlin. Ich bin Berliner", sagte Ottomar. „Es muss wohl am Alter liegen, so manches Mal denke ich in letzter Zeit an Berlin, und auch an das zerstörte Berlin. Als Kind denkst du ja, das wird nicht wieder. Überall nur Schutt und Elend. Einmal fiel ich in einen Bombentrichter. Irgendein Idiot hatte mich gestoßen. Grundlos. In dem Trichter stand Wasser, verdreckt mit Phosphor, und mit Phosphor an den Beinen hast du so deine Malaise. Diese wahnsinnigen Schmerzen Tag für Tag. Die Wunde heilte einfach nicht, wollte sich lange nicht schließen. Willst du die Narbe mal sehen?"

„Nein, will ich bestimmt nicht. Du hattest noch Schwein. Napalm wäre schlimmer gewesen."

„Na danke", sagte Ottomar.

„Wie geht es Inga?", fragte ich.

„Du bist nicht der Einzige, der sich das fragt." Ottomar betrachtete seine Kaffeetasse. „Manchmal verstehe ich Inga nicht. Sie hat ein Eigenleben, ein Eigenleben, das mir auf unerklärliche Weise verschlossen bleibt."

Ottomar war nicht wie sonst. Ich hatte das Gefühl, dass er sich instinktiv zurückhielt und mir nicht alles sagen wollte. Die Vermeidung eines möglichen Schadens schien ihm wichtiger als die Beruhigung seines Gemütes und daher blieb es beim Nötigsten.

„Diese Frau ist mir einfach überlegen und ihre gelegentliche Unnahbarkeit ist mir ein Rätsel. Aber ich habe gelernt, sehe drüber weg und jetzt leben wir fast in Normalität, jetzt kann ich gut damit leben. Es muss einem nur egal sein", sagte Ottomar. Er hielt sein Kinn abgestützt, während er erzählte. „Ich bin weiß Gott kein Zisterzienser und zur Sentimentalität neige ich auch nicht, aber die meisten Frauen, die ich aus Berlin kannte, hatten ihren Verstand in der Pflaume."

„Du hast recht, was macht man danach, was macht man mit dem langen Rest des Tages", sagte ich.

„Und dann die Stranzen im Geiste, diese amüsierwütigen Weiber im mittleren Alter mit ihren dünnhäutigen Schnapsbeinen und der feuchten Zunge in deinem Ohr."

„Und die dritte Kategorie?"

„Die dritte Weiberkategorie war der Grund, weshalb ich in Berlin meine Koffer packte. Ich sage dir, Weiber ohne Konfliktbewusstsein, sie weichen dir aus und treiben dich in die Resignation. Aber was soll´s, das Konfliktbewusstsein fehlt nun nicht mehr nur den Damen, es ist allgemeingültig geworden.

Es lohnt sich nicht mehr, Konflikte zu haben. Konflikte werden heutzutage nicht mehr ausgetragen, sie werden abgebrochen, aus lauter Bequemlichkeit."

Ottomars analysierende Betrachtungen kamen zeitweise zu überraschenden Ergebnissen. Ich hörte ihm gern und freundlich zu und stellte mir ernsthaft die Frage, warum er nicht in Berlin geblieben war.

„Was machen deine Geschäfte?"

„Mittelmäßig, ziemlich mittelmäßig, aber es reicht und ich habe keine Aufregungen. Jedenfalls mache ich keine Geschäfte mehr mit denen, die dich für deine Arbeit loben, dir auf die Schulter klopfen und dir nach einem gemeinsamen Essen das Du anbieten. Wenn sie dann haben, was sie wollten, wird das Du für sie bald bedeutungslos und sie erinnern sich nach einiger Zeit nicht einmal mehr an deinen Namen. Wie gut, dass ich mein Adressbuch habe, mir keine Sorgen machen muss und auf mein Herz achten kann. Es ist beruhigend, weit weg zu sein vom täglichen Egoismus", sagte Ottomar und guckte an mir vorbei, sah die zwei Mädchen an, die sich an den Tisch neben uns gesetzt hatten. Sie trugen leichte, eng anliegende Sommerkleider und lächelten fotogen zu uns herüber. Sie wären Mannequins, sagten sie. Die blonden Haare glänzten im Sonnenlicht und als die Nachmittagssonne auf ihre Arme und Beine schien, sah man ihre glatte und jugendlich schöne Haut. Die Mädchen lasen die Karte, blätterten, winkten der Servierin und bestellten Kaffee mit Sahne.

„Vielleicht habe ich zu wenig Unglück erfahren und weiß nicht, was wahres Unglück ist, aber irgendwann war sie da, diese Scheißangst, diese imaginäre Bedrohung, meine ständige Angst, dass im nächsten Moment etwas passieren könnte", sagte Ottomar und griff nach seiner Tasse.

Wir hörten das leise Lachen vom Nebentisch und Ottomar trank seinen Kaffee, vergaß für einen Moment imaginäre Bedrohung und Angst und einen Teil dessen, was er sagen wollte, weil die Luft warm war und weil die Kleider der Mädchen etwas hochgerutscht waren. Immer wieder sahen wir auf ihre schlanken, makellosen Beine, bis er irgendwann an meinem Ärmel zog, weil ihm das Vergessene wieder eingefallen war.

„Wir beobachten die täglichen Schicksale und reagieren zivil durch passive Anteilnahme", sagte Ottomar. „Herzinfarkt, Unfalltod, Sprung vom Hochhaus, das sind schreckliche Ereignisse, die aber an Schrecken verlieren und zu trivialen Ängsten werden, wenn sie öfters passieren. Ich kann nun mal nicht die ganze Last der Welt tragen, und daher konzentriert sich meine persönliche Angst auf das Finanzamt", sagte Ottomar und ließ meinen Ärmel los. „Schon frühmorgens wache ich auf und grüble, wie ich zweckmäßig und zugleich sinnvoll diese für mich unverständlichen Vordrucke bearbeiten kann, um kein Geld zu verlieren."

„Bist du eigentlich ein guter Mensch?", fragte ich.

„Um Gottes willen. Um das zu sein, musst du Karitatives vorweisen können und jeden wissen lassen, dass du Gutes tust. Außerdem solltest du liberale Gedanken vorgeben und glaubwürdig versichern können, dass du Verständnis für die Verfehlungen deiner Mitmenschen aufbringst, auch wenn sie die größten Verbrecher sind."

„Klare Worte sind nützlich gegen die Widerlegbarkeit", sagte ich und sah wieder hinüber zu den hochgerutschten Kleidern und auf die schönen Beine. „Möchtest du vielleicht noch einen Kaffee?"

„Moment, lass mich mal ausreden", sagte Ottomar. „Wenn du also all diese Dinge brav einhältst, bist du zwar kein guter Mensch, aber diese Dummköpfe denken, du wärst einer. Nun ja, der Teufel scheißt immer auf den größten Haufen."

Die beiden Mädchen hatten ihren Kaffee getrunken und als sie die Stühle nach hinten schoben, suchte Ottomar den Blickkontakt, machte auf sich aufmerksam, fragte, rief nach der Serviererin und bestellte. Aber seine kleinen Erwartungen wurden enttäuscht, die beiden setzten sich nicht zu uns. Nachdem sie ihren Pharisäer getrunken hatten, standen sie auf und winkten uns nett zu.

Wir sahen ihnen sprachlos hinterher, und Ottomar hatte erneut vergessen, was er mir vorhin sagen wollte. „Na sowas. Ein paar Illusionen hätte ich ja gern behalten."

„Glaubst du eigentlich noch an das Gute?", fragte ich nach einiger Zeit.

„Ich weiß, dass es das Böse gibt. Die Existenz des Bösen bedingt aber nicht gleichermaßen das Vorhandensein des Guten", antwortete Ottomar. „Doch, ja, ich habe einen Glauben und der lässt mich glauben, dass ich Gutes tun müsste, als kleine Absicherung für das Jenseits. Bedauerlicherweise kommen diese Gedanken gegen meinen Willen gewöhnlich aus dem Aberglauben und aus keiner Überzeugung, sie sind daher kein Schlüssel zum Himmelreich."

„Nein, eine Garantie ist das wirklich nicht. Aber glaube weiter an dich und verlier nicht den Mut, du bist ein wahrhaft guter Mensch und kein orientalischer Märchenerzähler."

„Meinst du?"

„Ganz sicher."

„Ich werde Inga einen kleinen Blumenstrauß mitbringen", sagte Ottomar.

„Sie würde sich freuen, bestimmt. Mach's gut." Ich gab Ottomar die Hand. Und während ich ihm die Hand gab, stellte ich mir vor, Inga würde in unserer Wohnung auf mich warten, wie früher.

Doch Inga würde nicht in meiner Wohnung sein. Es war auch nur ein flüchtiger Gedanke, ein stimmungsabhängiger Wunsch. Ich würde heute allein sein.

Das gewohnte Alleinsein kannte ich, davor hatte ich keine Angst. Angst hatte ich nur vor der stillen Einsamkeit und dem beginnenden Zustand einer inneren Leere. Ich sah ein dunkles Loch, und es gab keine Vorstellung von dem, was in der Zukunft sein würde.

„Mach's auch gut", sagte Ottomar.

Tina wohnte in der Heinrich-Hertz-Straße, gegenüber den Tennisplätzen. Es war Nachmittag und ich hoffte, sie wäre allein, denn Bernward neigte in letzter Zeit zu cholerischen Reaktionen. Aus nichtigen Gründen. Es war besser, ihm aus dem Wege zu gehen. Tina öffnete mir im Bademantel.

„Ich wollte grade in aller Ruhe ein verschwenderisches Bad nehmen."

„Ist Bernward nicht hier?"

„In aller Ruhe, sagte ich."

„Gut, dann komme ich mit rein."

„Gibt es einen Grund?", fragte Tina.

„Ich wollte dich sehen."

„Du wolltest mich sehen? Schön."

Wir gingen ins Badezimmer und ich zog mich aus, legte meine Sachen auf einen Hocker, der neben dem Heizkörper stand.

Tina ließ ihren Bademantel zu Boden fallen, betrachtete mit schnellen Blicken ihre Figur im Spiegel, hielt vorsichtig ihre Hand ins Wasser und stieg in die Wanne.

„Wenn du Kummer hast, bleib draußen, für heute habe ich meinen Dienst quittiert."

„Aber Tina, es ist doch deine Gabe, zuhören zu können, darin bist du einfach großartig."

„Wenn das so ist, dann soll's mir auch egal sein, komm rein."

Tina musterte mich, aber ich wusste mich in diesem Augenblick auf der sicheren Seite, weil ich sonnengebräunt und schlank war und keinen Bauchansatz hatte.

Das Badewasser war angenehm warm.

Mit meinen hohlen Händen schöpfte ich Wasser und ließ es über Kopf und Oberkörper laufen und als ich ausreichend nass war, nahm ich die Seife aus der Schale und seifte mich ein.

„Es gibt Männer", sagte Tina, „die träumen von feuchten Schamwelten, und wenn es soweit ist, dann machen sie aus irgendeinem Grund schlapp."

Tina wischte mit dem nassen Schwamm über ihre weiche Haut und manchmal tauchte sie den Schwamm ein und presste ihn anschließend auf Arme und Schulter, sodass der Schaum über ihre Haut lief.

„Manche Männer meinen, wenn sie sich obszön geben, wären sie weltmännisch und weniger verklemmt."

Tina zog ihre angewinkelten Beine an, musterte mich, als sähe sie mich zum ersten Mal, griff nach der Seife und tippte sich mit der anderen Hand auf die Stirn. „Er bevorzugt die vornehme Blässe und hat schlechtes Bindegewebe."

„Ja", sagte ich, „man sieht's, dass er gerne isst."

„Und dann, im Bett, da will er's mir selbstsüchtig im grobmotorischen Stil zeigen, und ich wollte, ich wäre eine Katze, die fauchen und beißen und ihm die Krallen zeigen könnte."

„Was hindert dich denn daran? Ist etwa dein Bemühen zur Pflichterfüllung stärker als deine Gleichgültigkeit?", fragte ich und streichelte Tina.

Tina ließ die Seife fallen, zog sich gleitend an mich heran und fasste mit ihrer rechten Hand ins Wasser.

Sie lehnte ihren Kopf zurück, ihre Augen wurden zu kleinen Schlitzen und das schaumige Wasser schwappte in kleinen Wellen am Wannenrand hoch und wieder zurück.

Tina seufzte.

Plötzlich hielt sie ihren Kopf zur Seite geneigt.

„Was war das?"

Tina richtete sich auf, rückte von mir ab, horchte, und sah zur Tür.

Die Türklinke bewegte sich langsam nach unten und Tina zuckte vor Schreck zusammen. Die Tür wurde heftig und laut aufgestoßen und vor uns stand Bernward, bleich und mit Schweiß auf der Stirn.

„Du hast schlechte Manieren", sagte ich, „du hättest wenigstens anklopfen können."

„Was macht ihr da?"

„Wir baden grade verschwenderisch", sagte ich.

„Das ist einfach unglaublich." Bernward kratzte sich am Kopf.

„Gib mich mal das große Handtuch", sagte ich.

„Is' ja enorm, dein Deutsch verkommt im Handumdrehen."
Die scheinbare Überlegenheit tat ihm gut.

Tina stieg aus der Wanne, gemächlich und unendlich ruhig. „Wieso bist du eigentlich schon hier?"

„Ganz einfach, der Seminarleiter ist krank geworden."

„Merkwürdig. Ach, sei so nett und geh schon mal in die Küche."

Tina trocknete sich ab und zog ihren Bademantel an. Sie drehte sich um zu mir, gleichmütig und schön. „Na wennschon, Glück gehabt."

Bernward saß am Tisch, als ich in die Küche kam. Er stocherte in seinem Obstsalat herum und hatte den Mund geöffnet. Ihm fehlte ein kleines Stück am oberen Schneidezahn.

„Was ist mit deinem Zahn passiert?", fragte ich, aber Bernward ignorierte mich. Er sah Tina an, die in die Küche gekommen war und an ihrem halb geöffneten Bademantel herumzog.

„Das passiert, wenn man in der Nacht einen trockenen Mund und einigen Nachdurst hat und im Dunkeln unbemerkt dem

Wasserhahn zu nahe kommt", sagte Tina, ganz um einen Anschein von Normalität bemüht.

Meine Augen gingen zu Bernward und dann wieder zu Tina. Eigentlich war ich nur der Beobachter einer unausweichlichen Auseinandersetzung. Ich fühlte mich wie jemand, der sich einen langweiligen Boxkampf ansehen musste, wenngleich der Sieger schon feststand. Bernward befand sich moralisch im Recht und dennoch in der Defensive und würde verlieren.

Er nahm ein gezuckertes Apfelsinenstück von seinem Obstsalat und näherte sich Tina.

„Liebling, darf ich dir das in den Mund stecken?"

„Ja wohin denn sonst."

„Ich wollte nett sein."

„Du machst mich nervös", sagte Tina. „Wenn du nicht ständig in meiner Nähe wärst, würde liebevoller an dich denken. Nimm doch wenigstens deinen scheußlichen Bart ab und kämm dir deine Haare nass nach hinten."

„Der Bart bleibt, meine Cordhose bleibt und meine Turnschuhe bleiben. Und eine Krawatte werde ich auch nicht tragen. Bislang bin ich durchs Leben gegangen, ohne jemals eine Krawatte gebunden zu haben, und das wird auch so bleiben." Bernward wehrte sich.

„Was haben sich deine Eltern bloß gedacht, als sie dir diesen gottgefälligen Namen gaben." Tina war gereizt. Immer wieder zog sie am Frotteegürtel ihres Bademantels.

„Was sie sich gedacht hatten? Auf jeden Fall sollte es die Voraussetzung für eine christliche Lebenseinstellung sein."

„Und? Hast du deine Eltern vielleicht enttäuscht?"

„Was weiß ich. Religiös bin ich nun nicht grade geworden, ich halte aber auch nicht die Vogelpredigt des heiligen Franz für einen Sitzungsbeitrag der Karnevalisten."

„Ist dir eigentlich klar, dass du mich enttäuschst? Liegst mir nur mit angelerntem Zeug in den Ohren, völlig unbrauchbar für das tägliche Leben. Für manches Seelenheil sehe ich künftig wirklich schwarz."

„Tina, wenn du dich ärgerst, wirst du unsachlich."

„Unsachlich sagst du?" Tina baute sich auf vor Bernward. Ihre Arme in die Seiten gestemmt, stand sie vor ihm und hatte böse Augen. „Unsachlich ist, wenn eine Horde wirklichkeitsfremder Schlauköpfe ihre fürsorglichen Bemühungen den Tätern und nicht den Opfern zukommen lassen."

„Was hab ich damit zu tun?", fragte Bernward.

„Du hast Nerven", sagte Tina, „du gehörst dazu."

Ihr Drang, sich zu bewegen, wurde leidenschaftlich. Sie lief zum Fenster, stand bald darauf wieder vor Bernward, lief nochmals zum Fenster und atmete frische Luft. „Und noch eins: Ich habe dich satt. Es bleibt dabei, ab sofort werde ich alleine schlafen, und wage es nicht, mir zu nahe zu kommen."

In meinem Kopf klang es, als ob eine schwere Eisenstange auf Beton gefallen wäre. Das Ende von Tinas Drohungen kam schnell. Bernward wich Tinas Worten aus und verzichtete auf eine weitere Auseinandersetzung. Er ging einfach nach nebenan, in sein Zimmer, übermäßig verletzt und ohne den Beistand seines theoretischen Wissens und der akademischen Lehren.

Bernward war angeschlagen.

Ich ging ihm nach und musste mit ansehen, wie er in der äußersten Stelle des Zimmers in einer Ecke am Boden saß und seinen Kopf unter den Armen versteckt hatte. Ich ging zu ihm und legte meinen Arm auf seine Schulter. „Schöne Scheiße, was?"

„Hau ab", sagte Bernward. Er hielt seine Hände vors Gesicht und hatte den Kopf gesenkt. „Hau einfach ab, du Arschloch, und lass mich in Ruhe."

Ich ging aus seinem Zimmer und rief nach Tina. Aber es blieb still. Tina hatte sich dort versteckt, wo sie niemand stören konnte.

Leise zog ich die Wohnungstür hinter mir zu.

Die Theke im *Cosinus* sah eigentlich aus wie ein Tresen. Ich dachte darüber nach, und nach vier Schnäpsen fand ich, dass ich an einer Theke stand. Ich stand mit dem Rücken zur Eingangstür und hatte mich mit beiden Armen auf der Theke abgestützt.

Neben der Stelle, wo ich jetzt stand, hatten die Schläger damals Arno abgepasst und zusammengetreten. Und immer, wenn ich hier stand, musste ich daran denken, ob ich wollte oder nicht.

„Na, alles klar?"

Ich war müde und ein wenig betrunken und sah nicht zur Seite.

Es war Thomas, der sich neben mich gestellt hatte.

„Nichts ist klar."

„Trinkst du einen mit?"

„Ja, immer."

Er winkte und bestellte zwei Doppelte.

„Ist schon fast komisch. Da kommt jemand mit einem kleinen Koffer und geht mit einem kleinen Koffer, packt ihn nicht mal richtig aus, und nachher denkt man, dass es nur ein Hotelgast war. Dido ist fort, endgültig weg. Levi brauchte nur abzuwarten, dieser Mistkerl. Dido ist jetzt mit Levi zusammen, mit Levi, diesem gewissenlosen Seelenverkäufer." Thomas trank sein Glas leer, ohne abzusetzen. „Mir geht es beschissen. Zu viele Enttäuschungen, zu viele Niederlagen auf einmal."

„Cassius Clay", sagte ich, „der genialste Boxer, den es je gab, der musste wohl Niederlagen einstecken, bei dir aber ist es nur das zwangsläufige Ergebnis einer vorhersehbaren gegensätzlichen Entwicklung."

„Nenn es, wie du willst, zurzeit ist einfach alles beschissen. Als Dido fort war", sagte Thomas kaum hörbar, „da konnte ich tagelang nicht schreiben. Und als ich wieder anfing mit dem Schreiben, da kamen lediglich Belanglosigkeiten raus. Dann fing ich an, nur mich wichtig zu nehmen und flüchtete gradewegs in die irrationale Welt der eigenen Fantasien. Und weißt du, was dann passierte?"

„Nein, du wirst es mir gleich sagen."

„Mein Manuskript wurde abgelehnt. Mein Verleger meinte, ich würde auf ein totes Huhn losgehen und überhaupt, autistischen Quatsch gäbe es sowieso schon genug."

„Wir trinken noch einen." Ich winkte zum Ausschank hinüber. „Such dir doch eine andere Frau, eine unkomplizierte und liebevolle Frau", sagte ich, nachdem wir unsere Getränke vor uns stehen hatten. „Vielleicht wäre das ein geeignetes Gegenmittel, und du schreibst bald wieder wie früher."

„Möglicherweise. Ab und zu glaube ich auch an die Heilkraft der Liebe. Aber nur in Gedanken ist alles einfach. In der Realität stehst du dir selbst im Wege."

„Wie meinst du das?"

„Es sind die eigenen Ansprüche. In deinen wunderlichen Ansprüchen liegt meistens die Ursache für deinen Mangel an Liebe."

„Wer schwierig ist, der leidet?"

„So ungefähr."

„Und wer weniger schwierig ist, der wird zwar nicht leiden müssen, aber unter Umständen enttäuscht werden?"

„Ja, unter Umständen. Nimm dir nur spät nachts eine Frau mit kurzen Haaren und Brille mit nach Hause. Morgens wachst du dann auf, und denkst, da liegt ja ein Kerl im Bett."

„Früher konnte man mit dir ernsthaft reden."

„Es ist, weil ich mich einfach beschissen fühle", sagte Thomas und bestellte noch zwei Doppelte. „Ich bin in Sorge. Ich habe tatsächlich die Befürchtung, so zu werden, wie ich nie werden wollte, und der Grund dafür liegt in einer Trägheit, die aus der eigenen Dummheit kommt." Er legte seinen Kopf nach hinten und kippte den Schnaps hinunter. „Mir fehlt zurzeit das mystische Gespür für die einfachen Einfälle, die scheinbar von alleine kommen und deshalb die besten sind."

„Dieser Mystik laufe ich ständig hinterher und mehrmals umsonst, aber manchmal, da gibt es Tage ..."

„Du kennst den aufrechten Gang?" Thomas ließ sich nicht unterbrechen. „Der aufrechte Gang war eine Entwicklungssache, bevor er Jahrtausende später zu einem Synonym für eine Sache wurde, die mit der persönlichen Einstellung zu tun hat. Nun ist mein eigener aufrechter Gang dahin und ich krieche nur noch. Mein Gott, bin ich im Arsch."

Thomas hatte seinen Kopf abgestützt und blieb für einen Moment in dieser bequemen Haltung. Dann sackte er etwas in sich zusammen und verfiel von einer Sekunde zur anderen in einen schlafähnlichen Zustand, rutschte mit seinem Ellenbogen ruckartig von der Kante der Theke und war sofort wieder da.

Jemand in unserer Nähe lachte.

„Einer von den zynischen alten Männern wollte ich werden, und nicht einer von den gönnerhaften Greisen, diesen Festschrift- und Vorwortschreibern, die ihre Weisheit mit Löffeln gefressen haben und die sich buschig graue Augenbrauen wachsen lassen und aussehen wie gütige Weihnachtsmänner nach der Bescherung."

Ich winkte und wollte nochmals einschenken lassen, aber als das Mädchen mit der Flasche kam, hielt Thomas die Hand flach über sein Glas.

„Augenblicklich kann ich noch nicht mal das, bringe noch nicht mal ein schmucklos schönes Vorwort zustande. Ich sehe nur meine flüchtige, unleserliche Handschrift."

„Bevor wir larmoyant werden, sollten wir gehen. Kommst du allein nach Hause?"

„Ich brauche keine Hilfe", sagte Thomas und suchte in seiner Hosentasche nach Geld. „Besorg mir bitte ein Taxi. Bitte, ja, und frag nicht. Wenn ich nachts dieselben Menschen sehen würde wie am Tage, dann brauchte ich kein Taxi. Nachts kommen sie aus ihren Löchern. Verstehst du mich?" Thomas klopfte mir auf die Schulter und ging zum Ausgang, stand auf der Straße und wartete, kam zurück und stützte sich an der Theke ab, zu nervös, um sich zu setzen. „Alter Junge, ich liebe dich." Gedankenlos klopfte er mir nochmals auf die Schulter. „Ah, endlich, mein Taxi."

Ein paar Minuten blieb ich noch an der Theke stehen, dann trank ich mein Glas aus, bezahlte und ging nach draußen.

Levi stand auf der Leiter am Regal und guckte kurz runter zu mir. Er hielt ein Buch in seiner rechten Hand. „Moment, ich komme schon." Vorsichtig nahm er die Trittstufen und als er unten war, schob er die Leiter weiter. „Arno und Bernward sind hinten im Büro, aber Lisa ist nicht hier."

„Ich wollte nicht zu Lisa."

„Pass mal jetzt schön auf, ich weiß von dir und Lisa. Gelegenheit macht Liebe."

„Das sagst du, ausgerechnet du?"

„Ja, ich sage das, weil ich das bin. Wer hält sich denn schon an die zehn Gebote?"

„Einige soll es ja geben, die daran festhalten. Ich habe Thomas gesehen. Wir waren im *Cosinus* und haben ein paar getrunken. Er ist richtig am Boden."

„Wegen Dido?"

„Wegen Dido, und wegen dir. Du wärst ein gewissenloser Ganove."

„Mein Mitgefühl für ihn hält sich in Grenzen, daran hat sich nichts geändert."

„Erklär's mir."

„Er ist nicht ganz richtig im Kopf."

„Wahrscheinlich, weil er eine schwierige Geburt hatte?"

„Von wegen. Nur eine Mutprobe unter Kindern. Er sprang damals mit einem Regenschirm vom Balkon einer Ruine. Er verfehlte den Sandhaufen und musste danach tagelang wegen einer zerebralen Erschütterung im Dunkeln liegen."

„Und die Folgen des schweren Sturzes?"

„Seine Sprache versagt in bestimmten Situationen. Man hört nur ein Prusten und herausgestoßene Vokale. Für Dido aber wurden diese ständigen Laute des Missfallens und der Lust zur Tortur und Thomas selbst hatte ein Einsehen. Er war es, der sich zuerst umsah und nach anderen Verwirklichungen suchte."

„Nach anderen Verwirklichungen?"

„Thomas kann nur in der Gruppe."

„Heiliger Strohsack!"

„Für Dido war das eine neue Erfahrung. Tja, jede Frau macht da nicht mit."

„Und deswegen seid ihr aufeinander los?"

„Deswegen, ja, wegen dieser Frau. Sie suchte Verständnis und hatte Verlangen nach Geborgenheit und nach Liebe."

„Interessant, neben mir steht ein richtiger Kavalier."

„Also gut, Dido war nicht der Grund, Dido war der Vorwand, und meinetwegen kann Thomas in der Gosse krepieren. So, und jetzt gehen wir mal rüber in mein Büro."

„Was hast du da in der Hand?"

„Ein Buch über abendländische Metaphysik, für unsere Freunde in Demut. Bitte sehr, da sitzen die dummen Schweine."

Ich nickte Arno und Bernward zu und setzte mich auf die Lehne eines der Sessel.

„Levi sagte eben, ihr seid dumme Schweine."

„Wir sind so wenig dumm, wie er amüsant ist." Arno griff nach dem Buch, ohne beleidigt zu sein.

„Das war ernst gemeint, er ist Evolutionstheoretiker und hat euch erkannt."

Levi schüttelte seinen Kopf. „Hört auf damit, dafür ist mir meine Zeit zu schade."

„Metaphysik. Die unklaren Dinge des Seins also. Was wollt ihr mit dem Buch?", fragte ich Arno.

„Lösungen für unsere Fragen finden?" Arno antwortete für Bernward gleich mit. „Ich werde älter und manche Fragen entstehen zwangsläufig und haben nicht nur mit meinem Farbpinsel zu tun."

„Wovor hast du Angst?" Ich zündete mir eine Zigarette an.

„Nein, keine Angst, vielmehr habe ich Sorge wegen der restlichen Zeit. Ich habe noch einiges vor und das will ich unbedingt zu Ende bringen."

Levi winkte mit der Hand.

„Dann hör auf zu blättern und leg das Buch weg. Ohne Konzentration wirst du wenig begreifen und die Feinheiten überlesen, gib es mir kurz zurück."

Er wartete nicht, nahm Arno das Buch aus der Hand, hielt den Kopf etwas schief und hatte eine Körperhaltung eingenommen, die andeutete, dass er gern seine eigene Stimme hören würde. Man sah sie ihm an – die Gewissheit, mehr als wir nachgedacht zu haben.

„Wir wissen von manchen Dingen, dass es sie gibt", sagte Levi und behielt das Buch in der Hand, „aber wir können mit diesen Dingen nichts anfangen, weil unser Wissen über diese Dinge unzureichend ist."

„Und wenn die Wissenschaft stagniert, dann kommt die Metaphysik", sagte Bernward. Es ging ihm besser, wenn seine Gedanken woanders waren und er nicht an Tina dachte. Ich fragte auch nicht nach. Ohnehin wusste ich von Tina, wie sie beide jeden Tag erneut ihr weiteres Zusammenleben bezweifelten. Tina war ab und an redselig.

„Berni, wir sind absolut deiner Meinung", sagte Levi und blinzelte Arno und mir zu. „Die Metaphysik sucht nach Erklärungen, versucht, die übernatürlichen, nicht zu messenden Dinge zu erklären", sagte er und prüfte mit einem Blick unsere Aufmerksamkeit. „Versucht doch nur, euch einmal die Unendlichkeit vorzustellen, die Unendlichkeit des Universums, oder den unendlichen menschlichen Verstand mit seinen ewigen Ideen." Levi lebte auf und begeisterte sich, und wir erkannten, wie wichtig wir für ihn als Zuhörer waren.

„Mein Denken ist klar umrissen und für mich ist das in Ordnung", sagte Arno. „Geburt und Tod, diesen kleinen Lebensabschnitt, der mich betrifft, den begreife ich. Aber die Ewigkeit? Sollte ich auf eine wichtige Entscheidung warten, dann käme mir das ewig vor. Und anstatt über die Unendlichkeit nachzudenken, halte ich mich lieber an die Entfernungen meines Werdegangs."

„Es gibt Leute, die behaupten, es gäbe einen gewaltigen Knall, wie beim Durchbrechen der Schallmauer, wenn Parallelen sich im Unendlichen schneiden", sagte Bernward. „Was meint ihr?"

„Wie bitte?" Levi hielt eine Hand an sein Ohr, tat, als wäre er schwerhörig. „Sollte jemals der Verstand einiger Leute gemessen werden können, dann müsste gering vorhandene Intelligenz neu definiert werden."

„Hat dich mein Beitrag beleidigt?" fragte Bernward.

„Ich habe keine Antwort", sagte Levi, „versteht mich denn hier niemand?"

„Was geistert ihr auch ständig in der Ewigkeit rum und in der Unendlichkeit. Ihr wisst nichts von den Lebewesen, die am Meeresgrund existieren, und ihr wisst nichts von dem, was in der Tiefe der Ozeane vor sich geht." In Arnos Stimme lag zurückgehaltenes Missfallen.

„Warum so vorwurfsvoll? Auch ich glaube an unergründliche Gegebenheiten, aber größtenteils bringt mich die kühle Sachlichkeit weiter. Nach meiner Meinung geht keine Gefahr vom Meeresboden aus, dagegen sitzt das Unheil in einem Schwarzen Loch und ist nur einige wenige Lichtjahre von uns entfernt."

„Aha, Levi jongliert mal wieder mit der Zeit." Arnos Kopfbewegung hatte etwas Skeptisches an sich. Zugleich neigte er zur Ironie, aus der gelegentlich Ärger wurde, wenn leeres Gerede eine begründete Annahme zu einem unbedeutenden Ergebnis führte.

„Nein, kein zeitweiliges Jonglieren, ich war nur sehr weit weg", sagte Levi. „Die Zukunft der Menschheit ist doch wohl ungewiss, und davor fürchte ich mich."

Ich bemerkte ein Schwinden seiner Begeisterung, die aus seiner von ihm selbst vorausgesetzten Sicherheit gekommen war.

„Hör auf damit, du hast ja nicht mehr alle! Das kann dir doch egal sein."

„Ist es aber nicht. Was passiert mit mir, und was kommt dann? Könnte mich vielleicht ein Martyrium in einer neuen, fremden Welt erwarten? Und überhaupt, was gäbe es noch, was bliebe sonst von mir, wäre es nur ein Weiterleben durch Erinnerung? Irgendwann wird man mich sicher vergessen haben und dann wird nichts mehr von mir sein."

„Nimm dich einfach weniger wichtig und finde dich damit ab, wir sind nun mal nur flüchtige Besucher auf dieser Welt", sagte Arno. Levis Befürchtungen waren für ihn Resultate unnötiger Gedankenspielereien. „Das ist eben der Lauf der Dinge."

„Aber keiner weiß, was danach sein wird, es fehlen die Beweise."

„In Ordnung Berni, wir haben's gehört."

„Der Lauf der Dinge, bis in alle Ewigkeit?" Levi war müde.

„Irgendwann endet die Ewigkeit, zumindest für uns Menschen. Eine Fortsetzung der Zeit, wie wir sie kennen, wird es nach der Ewigkeit nicht mehr geben", sagte Levi. Er dachte nach.

„Vielleicht aber ist alles nur ein einziger Kreislauf und alles beginnt von vorn, wie ein neuer, schöner Morgen." Arno machte nochmals seine zweifelnde Kopfbewegung und tippte sich an die Stirn.

„Wir können reden und hoffen, aber wissen wird niemals niemand etwas."

Es wurde dunkel und die Autofahrer schalteten zunehmend

ihr Licht an. Ich saß in der Fensterbank und sah auf die Straße hinunter, auf die Leute, die vorübergingen.

In meinem Glas war Valpolicella, mit Wasser verdünnt. Ich lehnte mich zurück an den Fensterrahmen und rauchte eine Zigarette. Ein paarmal atmete ich tief ein, spürte den beißenden Geschmack des verbrannten Tabaks auf der Zunge, und blies den Zigarettenrauch durch das spaltbreit geöffnete Fenster nach draußen.

Ich langte nach unten, suchte nach meinem Glas, griff daneben und stieß das halbvolle Glas um. Ich fluchte, holte ein feuchtes Tuch und wischte den Weinfleck weg, so gut es eben ging.

Ich war niedergeschlagen und bei jedem Glas, das ich trank, erhoffte ich mir ein Nachlassen meiner Niedergeschlagenheit. Langsam fühlte ich mich besser, und doch wusste ich, dass meine aufhellende Stimmung nur vorübergehend halten würde.

Ich füllte nach und dachte an Freunde, verlässliche und richtige Freunde. Hatte ich Freunde? Ums Verrecken, hatte ich jemanden, den ich liebte, oder kannte ich jemanden, der mich liebte?

Und dann auf einmal waren meine Gedanken bei ihr, ungewollt und doch unumgänglich. Ich dachte an früher, daran, wie schön es am Anfang mit Inga und mir war, und daran, dass ich zu der Zeit nicht wusste, dass es schön war.

*

Wir wohnten damals in Othmarschen, hatten dort unsere kleine Wohnung in der Flottbeker Straße. Jeden Morgen ging ich in das

Café gegenüber der S-Bahn und aß dort ein hartgekochtes Ei, trank einen Kaffee, rauchte zwei Zigaretten und las die Tageszeitungen. Meine Angewohnheiten mochten etwas befremdlich gewesen sein, und vielleicht wurde ich dafür belächelt, aber das war mir egal.

Gewöhnlich hängte ich nach einer guten Stunde die gelesenen Zeitungen an den Haken und machte mich auf den Rückweg.

Wenn ich dann nach Hause kam und die Tür öffnete, kam mir Inga entgegen und nachdem wir uns umarmt hatten, setzte ich mich gleich an die Schreibmaschine, bevor sich die Einfälle von unterwegs verflüchtigen würden. Aber eigentlich ist es immer so, Ablenkungen sind selten nützlich für gedachte Worte, die noch geschrieben werden müssen.

Viel Geld hatten wir nicht. Doch Inga hatte Geschick. Mit wenigen Mitteln wurde die Wohnung zu einem Zuhause, in dem wir uns wohlfühlten. Gleichermaßen nahmen unsere regelmäßigen Besuche der Bars und Restaurants in der Stadt ab.

Dafür gingen wir öfters in den Jenischpark. Wir waren gern dort, ohne die alltäglichen kleinen Sorgen, die ansonsten vermutlich zu jedem Leben gehören. Manchmal gingen wir vom Park in das kleine Café in der Waitzstraße, tranken etwas und sahen uns interessiert das Kommen und Gehen an. Jede fünfzehn Minuten hielt eine S-Bahn an der Station und dann liefen viele Leute die Treppe hinunter, und es konnte sein, dass einige Männer ins Café kamen und schnell ein Bier im Stehen tranken.

Wenn Inga mit mir redete, gab ich mir Mühe und hörte ihr zu. Und jetzt sollte ich in ihr Gesicht sehen, und nicht ständig zur

Tür, wer da käme, und nicht den Männern zusehen, wie sie ihr Bierglas in der Hand hielten und Witze machten.

„Liebst du mich?"

„Ja, sehr."

Eins, zwei, drei, die Sonne scheint.

„Erinnerst du dich vielleicht noch an die Prozession durch den kleinen Ort am Walde, an die drei kleinen Mädchen in ihren weißen Kleidchen, und mit ihren Blumenkränzen im Haar, und wie sie die weißen Kerzen artig hielten?"

„Oh ja, sie sahen allerliebst aus und du warst sehr freundlich zu ihnen."

„Ihr kleinen Mäuse. Ihr seid ja niedliche Mädchen, mit euren süßen Kleidchen. Was seid ihr denn nur?", hattest du gefragt.

„Und was haben sie gleich geantwortet?"

„Mer san Engelsche, du Arschloch."

„Oh."

„Wir lachten noch, als wir schon längst wieder in der Pension waren", sagte Inga.

„Wir lachen ja jetzt noch."

„Liebst du mich wirklich?"

„Natürlich liebe ich dich."

„Für jemanden, der den Worten zugetan ist, bist du ziemlich genügsam mit deiner Sprache."

„Schöne Briefe schreiben kann ich auch nicht."

„Wir müssten mal wieder in die Kirche, wegen der Baukunst, und wegen der Historie."

„Unbedingt", sagte ich. „Möchtest du auch ein Bier?"

„Nein, später vielleicht."

Ich winkte der Serviererin.

„Möchtest du vielleicht wissen, wie es meiner Tante geht?"

„Natürlich möchte ich das wissen. Ist was mit ihr?"

„Nein, es geht ihr gut und sie lässt dich auch schön grüßen, und sie würde gern mal wieder unsere Stimmen hören, aber nicht durchs Telefon. Weißt du, was ich glaube? Dich als Mann mag sie mehr als mich als Frau."

„Hm, eine interessante These. Also, das gemeinsame Frühstück im Bett fällt aus, dafür fahren wir in aller Herrgottsfrühe aufs Land?"

„Du bist albern, im Bett haben wir doch noch nie gefrühstückt", sagte Inga.

Zwei Tage später fuhren wir an den Feldern mit Klatschmohn vorbei, und manchmal sahen wir auch Kornblumen, sahen ihr Blau, das so schön im Sonnenschein leuchtete.

Als wir im Dorf auf den Hof fuhren, stand Emmi schon in der Tür.

„Du gehst in die Küche und setzt den Kaffee auf", sagte sie zu Inga. „Und du kommst mit mir in den Garten."

Emmi mochte es nicht, wenn man zur Begrüßung auf ihrem Rücken herumwischte.

Ich nahm sie beim Arm und dann gingen wir langsam über kurzgehaltenen Rasen und unter alten Apfelbäumen hindurch und vorbei an hochgewachsenen, blassroten Bauernrosen.

„Die Brombeersträucher sind alt, ich werde sie herausreißen lassen, die Beeren werden jedes, aber auch jedes Jahr kleiner."

„Aber sie schmecken noch", sagte ich.

„Wenn auch, alt ist alt."

Vor uns, unter einem schattigen größeren Apfelbaum, standen Tisch und Stühle und auf den runden Tisch hatte Emmi die Tassen und Teller gestellt. Der Zuckerkuchen lag geschichtet in geschnittenen Stücken unter einer Glasglocke.

„Du bist doch gut zu ihr?"

„Doch, ja. Jedenfalls aus meiner Sicht. Hat sie sich beschwert?"

„Das würde sie nie."

Wir setzten uns und ich sah Inga, wie sie vorsichtig mit dem Kaffee über den Rasen kam, und wollte ihr entgegengehen.

„Bleib hier und hör mir kurz zu, ich halte nichts von schulmeisterlichen Ermahnungen, die morgen für die Katz sind. Inga ist zerbrechlich, zerbrechlicher als ihre kleine Schwester. Wage es also nie, ihr weh zu tun, du würdest es bereuen. Ich bin zwar alt, aber nicht auf den Kopf gefallen, ich würde nach Hamburg kommen, dich suchen und finden und dich eigenhändig erschießen."

„Ich habe nicht die Absicht, ihr weh zu tun. Auf keinen Fall."

„Dann ist es ja gut."

„Ich überlege nur, wirklich, Emmi, was wäre nur, wenn wir uns nun früher begegnet wären, und wenn wir jünger gewesen wären, liebe Emmi, vielleicht wäre es ja mit uns auch was geworden."

„Was wäre wenn?", fragte Inga und stellte den Kaffee auf den Tisch.

„Ein Kreuz wäre es, er macht einer alten Frau verlogene Komplimente."

„Alt? Gewiss nicht, du bist nicht alt", sagte Inga.

Emmi zog mädchenhaft ihre Schultern hoch und zeigte auf mich.

„Mein Jugendfreund war auch so eine Nummer wie der da. Sagte, er liebe mich auf ewig. Und dann ging er in die Stadt und an seinen Briefen merkte ich, dass er allmählich vor lauter Verrücktichkeit verwilderte. Ein ganzes Jahr lang hörte ich gar nichts mehr von ihm. Und dann kam er eines Tages doch zurück, überraschend und durch die Hintertür. Ich sagte zu ihm: ‚Du siehst krank aus, du musst zum Doktor.' Und weil er mich immer noch liebte, ging er auch sogleich hin, und unser Dorfarzt brauchte gar nicht lange für seine Untersuchung. ‚Heinrich', hatte der Arzt mit sorgenvollem Gesicht gesagt, ‚Heinrich, ich muss dir leider sagen, du hast die Syphilis.' Und was meint ihr, was mein Heinrich antwortete? ‚Gott sei Dank, Herr Doktor', hat er gesagt, ‚eg dacht schon eg harre de Masern.'"

„Emmi, du flunkerst doch wieder."

„Nein, nein, ich schwör's euch, so war's."

In der Abendsonne fuhren wir auf der Autobahn zurück nach Hamburg. Wir sprachen wenig, waren ein bisschen müde und ich dachte an Emmi und an all die Dinge, die sie uns erzählt hatte. Emmi war eine kluge Frau.

Ich wäre noch gern geblieben, hätte noch endlos lange unter den Apfelbäumen und bei den Bauernrosen sitzen können, aber später wurde es kühler und leichter Wind kam auf, und Emmi sagte, dass es Zeit wäre und wir gaben ihr recht.

Inga war schweigsam, ungewohnt schweigsam, und irgendetwas war anders als sonst. Ich wünschte mir, ihre Gedanken lesen zu können, weil ich beunruhigt war. Doch Inga blieb still und sah nur geradeaus, und obwohl ich mich konzentrierte, erriet ich nicht den Grund ihrer Sprachlosigkeit.

Plötzlich gab sie ihre Zurückhaltung auf, starrte nicht mehr nach vorn auf die rissige Betondecke der Fahrbahn, sie drehte sich um zu mir und blinzelte in die tiefstehende Sonne.

„Ich bekomme ein Kind."

Ich zog sofort den Wagen auf die rechte Spur und nahm meinen Fuß vom Gaspedal.

„Ist nicht wahr?"

„Doch."

„Entschuldige bitte, im Kreißsaal werde ich dir kaum beistehen und dir die Hand halten können", sagte ich.

„Das musst du auch nicht."

„Ich schiebe auch keinen Kinderwagen, das ist lächerlich und etwas für späte Väter."

„Meinetwegen."

„Und wenn du dir nach der Geburt deine blonden, schönen, schulterlangen Haare abschneiden lassen würdest, dann wäre das ein Trennungsgrund. Frauen, die sich nach der Geburt ihres Kindes die Haare abschneiden, gehören in die Abteilung der Irrtümer."

„Und du wirst später nicht zu den alten Männern gehören, die misslaunig sind, weil die Tablette quer liegt?"

„Nein, ich werde auf Tabletten verzichten und dafür vergnügt mein Glas heben."

„Dann haben wir ganz ordentliche Voraussetzungen."

Inga blickte wieder nach vorn, auf die rissigen Betonfelder der Autobahn.

„Was denkst du?"

„Ich freue mich, natürlich freue ich mich, auch wenn ich es nur verhalten zeigen kann, es ist mehr eine stille Freude", sagte ich, nahm die rechte Hand vom Lenkrad und drückte Ingas Arm.

Wir sagten es niemandem, weil wir vorsichtig waren und weil Voreiligkeit meistens Unglück bringen soll. Die Fragen unserer Freunde würden sowieso von selbst kommen.

Wir wussten, dass wir verantwortlich sein würden. Unser Alltag würde sich ändern und deshalb wollten wir die nächsten verbleibenden Monate für uns nutzen und einiges vorher noch getan und gesehen haben. Zumeist jedoch, wenn man meint, man hätte noch genügend Zeit, werden Pläne vor sich hergeschoben, bis es zu spät ist oder die Pläne selbst unbedeutend geworden sind.

Inga und ich wollten die Zeit nutzen, ein vielleicht letztes Mal nach Capri reisen, bevor sich unser Leben ändern würde. Duecento chinquanta uno, das war eine italienische Tonleiter, das war damals unsere Zimmernummer im *La Residenza*.

Ich erinnerte mich gern an unsere erste Reise nach Capri, dachte gern an diesen Ort, der in der Erinnerung immer anziehender wurde. Ich habe vergessen, was uns annehmen ließ, weiterhin genügend Zeit zu haben. Capri blieb für uns nur eine Wunschvorstellung. Innerhalb weniger Tage wurde das Wetter anhaltend regnerisch und kalt und auch für Capri zu kühl. Wir hatten zu lange gewartet.

Nach wie vor gingen wir dafür in den Jenischpark und wurden nicht müde, Wege zu gehen, die wir schon kannten.

Manchmal fuhren wir abends in die Stadt, ins *Le Paris* in der Grindelallee. Dort aßen wir eine Kleinigkeit und tranken schweren Bordeaux. Für Inga verdünnte ich den Wein reichlich mit Wasser und weil ich ihren Anteil gleich mittrank, redete ich nach einiger Zeit mehr als üblich.

Wenn Inga ihren Kopf drehte, durch das große Fenster auf die zu dieser Zeit wenig befahrene Straße blickte, sah ich ihr Profil, ihre kleine, makellose Nase, sah auf das zu einem engen Zopf geflochtene helle Haar, das zum klaren, leuchtenden Rot ihres Lippenstiftes passte.

Inga war eine Schönheit. Wenn ich länger in ihr offenes Gesicht sah, erinnerte mich manches darin an Lisa. Sie waren sich schon sehr ähnlich, die beiden, in dem, was und wie sie es taten.

Nachdem wir gegessen hatten, schlenderten wir manchmal die Straße hoch zum Dammtor, und einige Male gingen wir auch ins *Logo*, wenn Inga vergaß, in Höhe des *Logo* einen Schritt zuzulegen.

„Was hebelt der da an der Gitarre rum?"

„Du erlebst grade den qualitativen Unterschied zwischen Können und Wollen", sagte ich. „Wenn der Gitarrist dort oben auf der Bühne B.B. King wäre, würde er seine Finger nehmen und nicht den Wimmerflügel."

Für gewöhnlich blieben wir nur für kurze Zeit und fuhren

recht bald nach Othmarschen zurück, wo unser kleines, uns vertrautes Zuhause war.

Die Tage waren jetzt kurz und wurden kälter. Wir hatten oft dieses nasskalte Hamburger Wetter. Und was man auch tat, die nasse Kälte drang durch jede Kleidung.

Inga und ich waren durch die Straßen gegangen, hatten an den Häuser hochgesehen und gerätselt, wer wohl wo leben könnte. Und wenn es dann dämmerte und in den Wohnungen die ersten Lichter angingen, kamen wir uns auf einmal fremd vor und spürten etwas von Verlorenheit, obwohl wir es bis nach Hause nicht weit hatten.

Ab und zu machten wir einen Umweg und setzten uns ins Café in der Waitzstraße, tranken Kaffee und aßen mit Butter beschmierte Brötchen.

Jetzt saßen wir in behaglichem Licht, uns war angenehm warm und die sonderbare Stimmung in der Dämmerung war verflogen.

Am Tresen standen zwei junge Männer in langen, schwarzen Mänteln und tranken Bier. Ihre glatten Haare fielen ihnen bis auf die Schultern. Sie rauchten filterlose Zigaretten und redeten kaum. Sie waren öfters hier, blieben ruhig und wurden nur laut, wenn ihnen die falschen Leute in die Quere kamen. Meistens ging es gut aus.

Inga hatte ihr Brötchen gegessen und blätterte in einer Zeitschrift, zeigte mir das eine und andere Bild mit einer nachdrücklichen Nettigkeit, die jeglichen Widerspruch sofort erstickte.

„Warum nicht", sagte sie, „warum nicht in den Harz."

Inga wollte den Harz sehen. Ich telefonierte.

Eine Woche später fuhren wir im Dunkeln zum Bahnhof und setzten uns in den Zug. Grade an diesem Tag war es sehr kalt. Die Eiskristalle auf der Scheibe verhinderten die Sicht nach draußen und erst während der Fahrt schmolzen sie zu Wasser. Ich wäre gern in Hamburg geblieben.

Zuerst sahen wir nur graue Felder und kahle Bäume, aber dann wurden die Felder weiß, die letzten grauen Flecken verschwanden und auch die grünen Nadelbäume wurden allmählich weiß, bis sie dann ganz mit Schnee bedeckt waren.

Als der Zug den Vorharz erreichte, lockerte die Wolkendecke auf und die Sonne kam durch.

Inga und ich lächelten uns wieder zu. Wir dachten nicht mehr daran, dass sich das versteckte Verlangen in einer spontanen Äußerung auch unbedingt erfüllen muss.

Und als wir in den Bahnhof von Bad Harzburg einfuhren, hatten wir klares, sonniges Winterwetter. Wir stiegen aus und spürten die eisige Kälte in unseren Gesichtern. Aber es war eine trockene Kälte und wir froren kaum auf unserem Weg zur Pension.

Der Schnee war fest, sah noch fast weiß aus und knirschte unter unseren Stiefeln. Nirgends lag Schneematsch. Wir gingen durch die Herzog-Wilhelm-Straße und ich blickte nach links und rechts, sah mir die Fassaden der Häuser an und konnte mich fast an alles erinnern.

„Hier hat sich wenig verändert. Ich war schon einmal hier, und das war vor zwanzig langen Jahren."

„Hattest du hier ein Mädchen?"

„Ach woher denn, mit leichtsinnigen Hexen hatte ich es zu tun."

Nach dreißig Minuten erreichten wir die Pension.

Die üppige Wirtin stieg vor uns die Treppe hoch. Sie musste sich am Geländer festhalten, atmete schwer, war blass und hatte Haare wie ein blondierter Wischmop. Mit sparsamen Worten zeigte sie uns das Zimmer und zog sich gleich wieder zurück. Meinen Erklärungsversuchen glaubte Inga kein bisschen: „Erzähl mir nichts über die angeborene Wesensart der Mittelgebirgler."

Wir stellten das Gepäck ab, sahen uns im Zimmer um und zogen unsere dicken Wintermäntel aus. Die anfängliche Wärme, die wir empfanden, als wir von draußen gekommen waren, erwies sich als laue Wärme eines gering beheizten Raumes.

„Wie viele Pensionen hast du angerufen?" Auf Ingas Stirn erschienen kleine Falten.

Ich hielt es für besser, nichts zu sagen und ging zum Fenster. In Nähe des Hauses standen mehrere Tannen dicht beieinander und als ich das Fenster öffnete, atmete ich den würzigen Duft des Nadelwaldes ein.

„Riecht es nicht gut hier?" Ich atmete tief durch, bevor ich die Fenster mit einem Ruck wieder schloss. Inga hatte ihren Mantel angezogen, stand da, kleine Falten auf der Stirn: „Komm mal schön mit, hier bleibe ich nicht."

„Wo willst du denn hin?"

„In den Ort, Geschäfte ansehen."

„Gut, ich dachte schon ..."

„Das solltest du auch denken."

Wir gingen die Treppe hinunter und hinterlegten den Schlüssel beim Empfang. Als wir ins Freie traten, schlug die Kälte in unser Gesicht und ich hielt Inga am Arm fest, weil der Weg inzwischen glatt geworden war.

„Wohin gehen wir?"

„In die Straße mit den meisten Geschäften. Ich würde dir gern eine Kleinigkeit schenken."

„Und das wäre?"

„Ein sonderbares Wesen, das in zerfleddertem Rock und Kopftuch auf einem Reisigbesen durch die Lüfte fliegt und die Menschen mit seiner Hässlichkeit erschreckt, im Wald sein Unwesen treibt und mit dem Teufel ums Feuer tanzt."

„Verstehe, eine symbolische Geste, als Antwort auf meinen Reisewunsch."

„Aber nein, ich meinte einen eigentümlichen Gegenstand zur Erinnerung, so in die Richtung, na weißt du noch."

„Es ist doch sehr kalt, du hättest dir einen Hut aufsetzen sollen."

„Das sagst du mir jetzt."

Inga zog mich weiter zur Hauptstraße und in die kleinen Modeläden, dort kramte und suchte sie, und in mir festigte sich die Meinung, dass die Freundlichkeit des Personals von individuellen Veranlagungen bestimmt wurde. Nun standen wir am *Haus der Natur*. In keinem Geschäft hatten wir etwas gekauft.

„Dann verschieben wir's eben auf morgen." Inga schien enttäuscht. Sie stand im tiefen Schnee, zog trotz der bitteren Kälte ihre Handschuhe aus, beugte sich etwas vor, knickte mit ihren

Beinen ein und griff in den Schnee. „Ach, ist die Luft herrlich, so sauber und rein, und es riecht so gut hier."

„Schön, dass du meine Ansprüche an gute Luft teilst. Übertreibungen aber wecken in den meisten Fällen tiefe Zweifel an der Glaubwürdigkeit."

„Unsinn, tu nicht so, du weichst mir aus und willst nur wieder hinter den warmen Ofen."

„Wir könnten doch ..."

„Ja, wir könnten. Ich habe Hunger", sagte Inga und zog ihre Handschuhe an.

Das Restaurant befand sich ungefähr in Mitte der Herzog-Wilhelm-Straße. Es war gut besucht und die besten Plätze waren vergeben. Wir bekamen einen Tisch in der Nähe der Toiletten, an der Seite, weitab von einem Fenster und ohne gute Sicht zu den anderen Tischen.

Wir blieben dennoch und setzten uns.

Wir warteten.

Der Kellner ließ sich Zeit und als er kam, war er überheblich und darauf aus, uns zu zeigen, wie wenig nötig er uns hatte. „Was kann ich für Sie tun?" Er wedelte mit seinem Tuch über den Tisch.

„Einen Handstand machen?" Inga fragte kokett, mit einer Spur unterdrückter Vergnügtheit.

„Wie bitte?"

„Sie macht Witze", sagte ich.

Er drehte sich um, ging ohne weitere Erwiderung in den vorderen Raum und kam nicht zurück.

„Lass uns gehen", sagte ich zu Inga nach einer Weile, „schlechtes Benehmen muss nicht unbedingt gutes Essen ausschließen, aber ich habe keine Lust, das herauszufinden."

Wir zogen unsere Mäntel an und gingen zum Ausgang und am Kellner vorbei. In seinem schwarzen Dienstanzug stand er am Buffet, starrte wie erblindend zur Zimmerdecke, als er uns sah, und schlug in Kellnermanier das Serviertuch auf seinen dürren Beinen aus.

„Waschen Sie sich denn nie die Hände, wenn Sie von der Toilette kommen?", sagte ich laut.

Ein Gast lachte.

Als wir wieder draußen standen, blickten wir kurz zurück. Inga war empört und sann auf Vergeltung.

„Dieser Schnösel hatte sie wohl nicht alle?"

„Ich weiß es nicht, ich habe ihn vorher nie gesehen. Aber diese instinktive, gegenseitige Abneigung gibt es nun mal. Es reicht ein geringer Anlass und sie tritt zutage und man wird sie nur schwer wieder los, und weitere Gedanken darüber wären reine Verschwendung."

Wir fanden dann doch noch eine kleine, gemütliche Gaststätte. Das Essen war gut, aber wir aßen appetitlos und nachdem wir gegessen hatten, gingen wir sofort zur Pension zurück.

Inga war müde, schob das schwere Federbett zur Seite und legte sich aufs Bett.

Ich stand im Zimmer und sah mich um. Zwei Sessel, ein Beistelltisch, eine Stehlampe, ein Schrank und ein stabiles, breites Holzbett.

„Wenn ich doch auch nur müde wäre."

„Was hast du vor?"

„Versuch zu schlafen." Ich ging hinunter in die Gaststube und ließ mir ein Glas und eine Flasche herben Rotwein geben. Von dem niedrigen Beistelltisch nahm ich mir eine Tageszeitung, bat um mehr Licht und setzte mich in die Eckbank. Die Zeitung war von gestern.

Im gesamten Haus wurde es ruhig und bald totenstill. Man ging hier früher zu Bett als in der Stadt.

Die ungewohnte Ruhe bekam mir nicht. Nach einiger Zeit las ich die Zeilen mit Mühe und dann zweimal und gleich darauf fiel mein Kopf kurzzeitig nach vorn.

Ich machte das Licht in der Gaststube aus und ging vorsichtig im Dunkeln die Treppe hoch, stieß an einen Wandleuchter und öffnete unsere Zimmertür.

Leise zog ich mich aus und legte mich ins warme Bett.

„Wo warst du denn noch?", fragte Inga, nahm meine Hand und schlief gleich wieder ein.

Am nächsten Tag saßen wir früh und allein in der Gaststube. Inga hatte mich geweckt.

Der Kaffee duftete beim Einschenken, aber die dunklen Brötchen blätterten und schmeckten pappig. Die Marmeladengläser waren fleckig und verklebt, und der überlappende Wurstaufschnitt sah angegraut aus und roch neutral.

Inga zeigte ihre Zunge. „Ich möchte nach Hause, und die gute Harzluft ist mir nun auch völlig egal."

Zwei Stunden später saßen wir im Zug und fuhren in Richtung Hamburg.

Während der Fahrt kamen mir Ideen.

„Inga?"
„Was gibt's?"
„Wir hätten Anschluss und könnten weiter an die Schlei."
„Es ist gut, ja?" Inga lächelte nicht und hatte Falten auf der Stirn.
Und weil Inga nicht mehr lächelte, sah ich aus dem Fenster.
Die Nadelbäume verloren ihr winterliches Weiß und wurden wieder grün, die weißen Felder veränderten sich in dunkle Flecken und die Bäume wurden wieder zu kahlgrauem Geäst.
Wir redeten kaum, bis wir in den Hamburger Bahnhof einfuhren.

In der nächsten Zeit blieben wir meistens zu Hause. Wir genügten uns und brauchten weiter niemanden. Die Tage und Wochen vergingen schnell, weil wir unbeschwerte und glückliche Momente erlebten, und unsere gegensätzliche Zuneigung gab uns das Gefühl, nicht in einer Alltäglichkeit zu versinken.
Wenn wir in der Stadt waren, gingen wir ins *Cosinus*. Manchmal kamen Hedy und Arno herein und wir tranken etwas. Und ein paarmal waren auch Lisa und Levi da und Lisa musste sich gleich zu Inga setzen, und dann tuschelten sie wie die vertrautesten Freundinnen und ließen mich im Unklaren, weshalb sie hinter vorgehaltener Hand bester Laune waren.
Ich konnte mir kaum vorstellen, dass sie über Geburtswehen und Mutterglück redeten, denn Lisa hielt sich in diesen Dingen diskret zurück und Inga und ich waren entschuldigt. Von uns allen war es eigentlich nur Hedy, die einen Sinn darin sah, einmal gebären zu dürfen.

Uns anderen war es mehr oder weniger egal. Unsere Umarmungen, das waren vor allem körperliche Leidenschaften, wir dachten nicht an die Weitergabe unserer Gene und zeigten kein Interesse an Verantwortung. Jedenfalls redeten wir so, und am lautesten taten das Levi und Arno.

Und Etna sagte, sie ginge lieber zum Tanzen.

Die Tage wurden wieder länger, zuerst um einen Hammelsprung und dann um einen Hahnenschrei. Dass das so ist, wusste ich von Emmi.

Auf dem Lande weiß man solche Sachen.

Das nasskalte Hamburger Wetter war endlich Vergangenheit. Inga und ich warteten auf den Mai und auf die ersten warmen Tage.

Als es sich ankündigte, fuhr ich Inga in die Klinik. Es war später Abend und schon dunkel.

Inga sagte wenig. Sie wäre jetzt nur allzu gern zu Hause geblieben, dessen war ich mir sicher. In dieser Situation wurde mir einmal mehr klar, was sie war. Inga war mein kleiner Soldat, der tat, was er tun musste, obwohl er manches von dem, was er tat, widerstrebend tat. Abwesend und weit von mir entfernt kam sie mir vor, als sie in der Aufnahme der Krankenstation stand, und doch hatte ihre Distanziertheit vermutlich nichts mit mir zu tun. Inga war mit ihren Gedanken bereits woanders, dort, wo sie gleich liegen, warten und Schmerzen haben würde, und daher winkten wir uns nur zu, als sie durch die Tür ging.

„Wollen Sie denn nicht dabei sein?", fragte mich die Schwester, „die meisten jungen Männer wollen doch heutzutage dabei sein."

„Um Himmels willen, nein", sagte ich, „nein, das möchte ich keinesfalls. Aber hier draußen warten, das könnte ich, falls, ich meine, wegen möglicher Komplikationen."

„Diese Ängste haben wir hier auch ständig", sagte die Schwester. Sie war mir überlegen. „Nein, fahren Sie man ruhig nach Hause und genehmigen sich einen."

Ich fuhr zu unserer Wohnung, aber dort war es still. Ich stellte das Radio an und drehte an der Lautstärke, und trotzdem blieb eine Stille. Mir fehlte die Stimme Ingas.

Ich setzte mich ins Auto und fuhr zurück in die Stadt.

In der Bar kam mir die Hitze entgegen. Sämtliche Tische waren besetzt. Hinter der Theke stand Tina. Sie hatte ordentlich zu tun, aber sie war flink und ihre Handgriffe waren schnell und in ihrer souveränen Ruhe vergaß sie keine einzige Bestellung ihrer Gäste.

An der Theke standen schweigsame und eloquente Männer und neben den eloquenten Männern saßen attraktive Frauen mit übereinandergeschlagenen Beinen auf den Barhockern.

Tina zwinkerte kurz, gab mir zu verstehen, dass sie mich gesehen hatte, und ich bestellte mir einen trockenen, eiskalten Martini.

Als dann der Eckplatz an der Theke frei wurde, setzte ich mich dort auf den Barhocker.

„Du siehst groggy aus", sagte Tina und stellte mir den Cocktail hin.

„Das Alleinsein fällt mir heute schwer", antwortete ich, „aber mit oberflächlichem Gerede fremder Leute habe ich heute meine Schwierigkeiten und aus Bequemlichkeit nicken möchte ich auch nicht."

„Wir verstehen uns. Nachher werde ich mehr Zeit haben", sagte Tina und ging zur Mitte der Theke, zum Zapfhahn, wo die halbvollen Biergläser standen.

Ich hörte den Männern zu, die neben mir standen. Aber sie waren mir einige Gläser voraus und ich hörte bald wieder weg und dann dachte ich an dies und das und trank noch einen Martini. Tina war sehr beschäftigt und hatte keine Zeit für mich, und irgendwann zählte ich meine Gläser nicht mehr und gab meine Zurückhaltung auf und lachte mit den anderen, die neben mir standen.

Tina gefiel das nicht und rief mir ein Taxi. Ich stieg ein und setzte mich nach hinten, beobachtete während der Fahrt die Leute auf der Straße und die sich schnell bewegenden Lichter. Manchmal fielen mir die Augen zu, weil das Taxi bremste oder beschleunigte, schaukelte und mich müde machte.

Ich versuchte wach zu bleiben, aber dann schlief ich ein.

Das Telefon hatte die ganze Nacht lang nicht geklingelt, jedenfalls solange nicht, wie ich in der Wohnung war.

Ich duschte länger als sonst, rasierte mich, nahm mir ein dünnes Baumwollhemd aus dem Schrank und trank eine Tasse schwarzen Bohnenkaffee.

Ich war zu nervös, um etwas essen zu können. Ich wollte sofort in die Klinik, aber aus mir unerfindlichen Gründen zögerte ich meine Absichten durch Umständlichkeiten hinaus. Die Widersinnigkeit meines Verhaltens machte mich noch nervöser.

Ein Taxi brachte mich schließlich in die Nähe zu Tinas Bar, dorthin, wo ich den Wagen in der letzten Nacht abgestellt hatte. Ich drehte den Zündschlüssel um und fuhr los, beschleunigte und fuhr mit hoher Geschwindigkeit durch die Straßen. Ich trat auf das Gaspedal, als könnte ich die verlorene Zeit aufholen.

Auf dem Flur der Klinik traf ich zufällig die Schwester von gestern. Ich hätte ja so eine süße Tochter, sagte sie, und ich könne mich freuen. Aber als ich meine Tochter dann sah, fehlte mir der erfahrene Blick und ich mochte gar nichts sagen.

Inga lag in ihrem Bett, blass und müde.

„War es schlimm?"

„Wie eine normale Geburt eben schlimm sein kann", sagte Inga, „aber jetzt haben wir nur noch einen Wunsch, deine niedliche Tochter und ich, wir möchten so schnell wie möglich nach Hause."

Unsere Gewohnheiten änderten sich. Meine Manuskripte blieben ungelesen und ohne Kritik.

Inga hatte nun anderes zu tun, und sie wurde empfindsamer. Für mich stand fest, dass ihr ständiger Zustand der Empfindsamkeit aus der Unsicherheit kam, sich in den meisten Versorgungsdingen nicht auszukennen. Dabei waren glückliche Umstände auf unserer Seite, denn es gab viele Möglichkeiten, etwas falsch zu machen.

Aber nach und nach ließ die Aufgeregtheit nach und irgendwann wurde die neue Situation zur gewohnten Normalität.

Monate vergingen und es gab nichts, was uns hätte beunruhigen müssen. Aber dann schlich sich bei mir über Nacht ein Gefühlszustand ein, den ich nicht unterdrücken und gegen den ich mich auch in meinen Träumen nicht wehren konnte.

Es war die Angst, das zu verlieren, was man liebt.

Ich behielt es für mich.

Und nach einiger Zeit dachte ich nicht mehr daran.

Die Schwester aus der Klinik hatte den richtigen Blick gehabt.

Unsere Tochter wurde immer hübscher, und sogar ich sah die ständig größer werdende Ähnlichkeit mit Inga.

Wenn ich manchmal vom Schreibtisch zu ihnen hinübersah, und wenn dann Inga zurückgelehnt auf dem Sofa unsere Tochter im Arm hielt, ihr etwas erzählte, bis sie beide müde wurden, dann machte mich das jedes Mal ganz hilflos, wie meistens, wenn ich mich still freute und zugleich wusste, dass nichts auf der Welt beständig ist.

Und Inga hatte Wort gehalten. Es gab auch keinen Grund, ihre langen, schönen blonden Haare nach der Geburt unserer Tochter abschneiden zu lassen. Auch ihre Taille war noch da, und überhaupt war sie die Frau geblieben, in die ich mich einst verliebt hatte.

Von mir aus hätte das Leben so bleiben können, wie es war.

Und doch wurde mir eines Morgens bewusst, dass die zu geringe Größe einer Wohnung innerhalb kürzester Zeit zu unterschiedlichen Meinungen führen kann.

Die Wohnung war uns zu klein geworden und Inga sah unsere

Zukunft weiterhin in Othmarschen und, im Gegensatz zu mir, nicht in Eppendorf.

Meine Bemühungen hatten System und wurden dennoch schwierig, weil Inga in sensiblen Momenten zweifelte und mir eine einseitige Suche vorwarf. Es dauerte Wochen, aber dann wurde mir eine Wohnung angeboten, wie wir sie uns vorgestellt und erhofft hatten.

Als ich das Maklerbüro verließ und durch den dichten Straßenverkehr fuhr, dachte ich an Inga, daran, ob sie sich freuen würde, und dann dachte ich wieder an unsere Tochter und gleich darauf dachte ich an beide und konnte es kaum abwarten, wieder zurück zu sein.

Ich schloss die Wohnungstür auf, rief nach ihnen, hörte nichts, drückte die Tür hinter mir zu und rief nochmals.

Erst nach einer Weile kam Inga und hielt den Zeigefinger vor ihre Lippen.

„Irgendwas hat sie, aber sie schläft jetzt", sagte Inga. „Geh nicht in das Zimmer, wir wollen sie schlafen lassen."

„Wir werden bald eine größere Wohnung haben, hier in der Nähe", sagte ich, „hier ganz in der Nähe."

„Schön." Und als ob sie etwas gehört hätte, ging Inga wieder zurück und schob leise die Tür zum Zimmer auf, wo das Kinderbett stand. Ich blieb stehen und sah in den abgedunkelten Raum, ohne etwas erkennen zu können. Inga beugte sich vor, verharrte eine Weile vor dem Bett und schob dann vorsichtig die Tür wieder an.

„Sie schläft", sagte Inga.

Die Nachmittagssonne schien hell in das große Zimmer, und

was sonst ein Grund zur kleinen Freude war, kam uns nun unwichtig vor.

Wir waren besorgt, aber noch nicht ernsthaft beunruhigt.

„Wie schnell kommt manches angeflogen und fliegt auch schnell wieder davon", sagte ich, um Inga zu beruhigen. „Bei Kindern ist das so."

Inga hob nur ihren Kopf und sah zu mir hoch. Sie glaubte mir nicht. Wir warteten ab und nach einiger Zeit ging ich doch in das abgedunkelte Zimmer, in dem es still war und unsere Tochter immer noch schlief.

Ich fühlte ihre Stirn und bemerkte die hohe Temperatur.

„Sie hat Fieber", sagte ich.

Inga holte sofort ein kaltes, feuchtes Tuch und legte es ihr auf die Stirn, streichelte über ihr kleines Gesicht.

In der Küche stand Essen auf dem Tisch, aber wir konnte nichts essen und auch nichts trinken und das, was wir uns zu sagen hatten, war nichtssagend.

Draußen war ein herrlicher Hochsommertag, aber auch ein unerwartet einsetzender Schneesturm hätte uns nur zu einem kurzen Blick zum Fenster veranlasst.

Abwechselnd standen wir nun vor ihrem Bett, hörten auf ihr leises Atmen und beobachteten ihren unruhigen Halbschlaf.

Als es dämmerte, stieg die Temperatur weiter an und wir kühlten ihre Stirn immer wieder mit feuchten Tüchern. Sie war sehr unruhig, unruhig wie Kinder manchmal unruhig sind, und so hofften wir und warteten ab.

Am Abend kam plötzlich das richtig hohe Fieber. Und auf einmal sah ich ihren kritischen Zustand, den ich vorher nicht gesehen hatte, weil mir in Krankheitsdingen die Erfahrung fehlte.

Ich umwickelte sie mit einer leichten Decke und Inga hielt mir die Türen auf. Ich trug unsere Tochter die Treppe hinunter, übersah die letzte Stufe, stolperte und ging in die Knie.

Auf meiner Kopfhaut begann es zu kribbeln und hörte nicht auf, wurde stärker und kroch bis zum Nacken hin, und ich fühlte, wie mein Rücken nass wurde.

Ich fuhr schnell und unkonzentriert. Jeder notwendige Halt und jede rote Ampel machten mich halb verrückt. Vor mir fuhren senile Autofahrer und verschlafene Fahranfänger.

Inga beobachtete mich flüchtig, sagte aber nichts, sie hielt die Kleine im Arm und tupfte ihr das Gesicht ab, redete beruhigend und küsste ihre Stirn.

In der Klinik gingen Inga und ich so schnell wir konnten zur Aufnahme und Inga sprach mit den Schwestern. Eine von ihnen war älter und erfahren und erkannte mit einem Blick, dass etwas nicht stimmte.

Sie nahm den Hörer in die Hand und telefonierte.

Etwas später kam ein Arzt. Er guckte, prüfte und gab sofort Anweisungen und dann nahm er mir meine Tochter vom Arm, und wir mussten mit ansehen, wie das große Bett mit dem kleinen Körper darin zum Fahrstuhl geschoben wurde.

Ich fragte, wohin der Pfleger unsere Tochter gebracht hatte, und die Schwestern nannten uns die Station und beschrieben uns den Weg dorthin.

Als wir die Station gefunden hatten, suchte ich nach dem Pfleger und eine Schwester sagte, dass wir uns gedulden müssten.

Inga und ich setzten uns auf eine Bank, und als ich mich umsah, fiel mir auf, wie sauber es hier war, der Fußboden glänzte und der ganze helle Flur roch nach dosierter Hygiene.

Auf einem der Stühle saß ein kräftiger Mann mittleren Alters. Er saß gebeugt, blickte vor sich auf den Fußboden und beachtete uns nicht, als wir uns setzten. Sein Oberkörper zitterte. Er weinte, lautlos, als sollte niemand bemerken, dass er weinte.

Ich kam mir vor wie ein ungebetener Zuschauer.

Einige Minuten später kam eine junge Ärztin. Sie setzte sich neben ihn, redete mit ihm und legte ihre Hand auf seine Hand. Nach einer Weile stand der Mann wortlos auf und ging den langen Flur entlang zum Ausgang. Die junge Ärztin sah ihm hinterher, mit hilflosem Gesichtsausdruck, und es war ihr nicht möglich, zu vermeiden, dass wir es sahen.

Einen Augenblick blieb die junge Ärztin noch sitzen, dann ging sie fort.

Mein Mund war trocken. Ich nahm Inga in den Arm und streichelte ihre Wange.

„Hast du Durst?", fragte ich und als Inga nickte, sagte ich, dass ich gleich wiederkäme. Der Fahrstuhl brachte mich nach unten, aber die Cafeteria hatte schon geschlossen.

Ich fuhr wieder nach oben, im Personalraum fragte ich eine Schwester und bekam zwei Gläser mit kaltem Wasser.

Inga trank ihr Glas sofort aus. Die leeren Gläser wollte ich zurückgeben und anschließend nach dem Arzt suchen, aber Inga hielt mich zurück. „Bleib hier, wir hören es, wenn sie etwas wissen."

Wir warteten, und ich tat, was ich sonst nie tat. Ich betete leise und immer wieder flüsterte ich: „Bitte nicht, lass es bitte nicht zu."

Inga und ich waren von der Sitzbank aufgestanden, weil wir zu ruhelos waren, um sitzend auf Nachricht zu warten. Niemand mehr war auf dem Gang, es war still, und es schien, als wären wir allein.

Manchmal, wenn es nicht auszuhalten war, ging ich im Flur auf und ab, blieb bei Inga stehen und ging langsam wieder zum anderen Ende des langen Ganges.

Inga und ich sagten kein Wort. Beruhigen konnte ich sie nicht, ich wusste nur, dass ein unbedachtes Wort von mir alles noch schlimmer gemacht hätte.

Das lange Warten glich einer Folter. Meine Gedanken bewegten sich im Kreis, und die Sorge machte mich zu jemanden, der ich nicht war.

Dann hörte ich, wie die Tür geöffnet wurde, und sah sie kommen, in weißen Kitteln. Sie gingen geradewegs auf uns zu und ich dachte an Flucht. Arzt und Schwester brachten die Kälte mit. Die Kälte kroch über meinen Körper und betäubte mein Denken. Dann kam der erste Schmerz, wurde furchtbar und umklammerte mich. Meine Beine wurden weich, im Kopf hämmerte es und jeder Schlag bewies mir die Verwandlung der Wirklichkeit für unbestimmte Zeit in eine Unwirklichkeit, weil die Wirklichkeit zu grausam war.

Ich hatte es ihren Gesichtern angesehen. Der Arzt hob die Schulter, machte eine Kopfbewegung des Bedauerns.

Inga stand mit dem Rücken zum Arzt, hatte ihre Augen auf

die weiße Wand mit den Bildern gerichtet. Ich nahm Inga in den Arm, drückte sie fest an mich und ließ sie nicht los.

„Sie konnten nichts mehr tun", sagte ich leise.

Inga begriff nicht sofort. Und als sie begriff, öffnete sie ihren Mund, aber sie schrie nicht, sie hielt die Reaktion ihres Schmerzes zurück, biss sich heftig in den Handrücken, bis die Abdrücke ihrer Zähne sichtbar wurden. Nach einer Weile sah sie mich an, als hätte ich fantasiert, und als sie erkannte, dass ich nicht fantasiert hatte, da sah sie mich an, als müsste der Überbringer eines Unglücks auch der Schuldige des Unglücks sein.

Die Schwester nahm Inga am Arm und führte sie in einen Nebenraum. Sie musste sich setzen und die Schwester schob Ingas linken Ärmel hoch. Dann kam der Arzt, fragte sie etwas, was ich nicht verstand, und gab ihr eine Beruhigungsspritze. Als er damit fertig war, ging ich zu ihm hin.

„Ich möchte sie sehen", sagte ich und er bestätigte meinen Wunsch mit der Bewegung seines Kopfes.

Zusammen mit ihm und der Schwester ging ich einen langen Korridor entlang. Der Arzt bemühte sich, verhielt sich untadelig und vorschriftsmäßig, aber das, was er zu sagen hatte, kam ihm schwer über die Lippen. Er verfiel schnell in seine Terminologie, gab mir Erklärungen, die ich nicht verstand und die ich in diesem Moment auch nicht verstehen wollte.

Im Zimmer war das künstliche Licht gedämpft, es gab keine Fenster und kein Geräusch drang von draußen herein.

Sie lag in einem viel zu großen Bett. Ich sah ihre schweißnassen, hellen Haare in ihrem zarten Gesicht, ihre zierlichen

Ärmchen und ihre zu Fäusten geballten, zerbrechlichen kleinen Hände.

Ich legte meine Hände auf ihre Ärmchen und küsste sie auf die Stirn.

„Das dürfen Sie nicht", sagte die Schwester.

„Gehen Sie bitte", sagte ich, „ich möchte mich verabschieden, lassen Sie mich allein."

Die Schwester zögerte, aber der Arzt nickte, ging zur Tür und wartete, bis die Schwester bei ihm war.

Ich sah meine Tochter an und hielt ihre kleinen Hände, konnte an nichts denken und spürte eine tiefe Traurigkeit, in der noch die Trauer fehlte. Aber die Trauer würde kommen, dessen war ich mir sicher.

Ich sah in das Gesicht meiner Tochter und bewegte mich doch schon in der Erinnerung. Ich würde weiterhin ihre Stimme hören, mich erinnern, wie sie niedlich gelacht hatte, sehen, was sie getan hatte, und mich erinnern, wie sie war.

Unsere Tochter wurde nur zweieinhalb Jahre alt.

Ich weiß nicht mehr, wie lange ich unbeweglich vor ihr gestanden hatte.

„Wo bist du?", hatte ich gefragt und noch einmal zurückgeblickt und gleichzeitig gewusst, dass meine Suche begonnen hatte, eine Suche, die voraussichtlich niemals enden würde.

Langsam fühlte ich die Trauer kommen.

Inga saß apathisch auf einer schmalen Liege. Sie brachte es nicht übers Herz, von unserer Tochter Abschied zu nehmen, aber allein die Nähe zu ihr gab ihr die Illusion einer bislang noch nicht erfolgten Endgültigkeit. Inga weigerte sich, die Klinik zu verlassen.

Ich aber wollte fort von hier, raus aus der Klinik, und doch wollte ich nicht zurück in unsere Wohnung, in unsere vorher beschauliche und jetzt schrecklich leere Wohnung.

Irgendwann verließen wir die Klinik. Gemeinsam mit unserer Tochter waren wir gekommen, und jetzt fuhren wir zurück, ohne sie. Auf dem Rücksitz lag die Decke, mit der ich sie umwickelt hatte. Ein einziger Blick genügte, und die Bilder waren wieder da und wiederholten sich.

Ich sah geradeaus und vermied es, zur Seite zu sehen.

Ich hörte, wie Inga weinte.

Wir fuhren durch die Stadt, planlos und ohne ein Ziel, weil es uns nicht möglich war, einfach dorthin zu fahren, wo wir zu Hause waren.

Inga saß starr neben mir, hoch aufgerichtet, bleich und wie ohnmächtig, mit offenen Augen, eine Statue.

Die Straßen waren allmählich seltener befahren, und es gab welche, in denen es ganz ruhig und menschenleer war. Wir sahen niemanden auf den Gehwegen und nichts bewegte sich im Licht der Straßenleuchten, und es schien, als ob sämtliche Menschen schliefen.

Nessun dorma, nessun dorma, niemand schlafe, niemand schlafe.

Auf einmal waren sie da, die Klänge dieser Arie, und gingen mir nicht aus dem Kopf, aber sie linderten nichts und gaben keinen Trost.

Unser Unglück war nicht das Unglück der anderen, niemand

beachtete uns, niemand bemerkte etwas und das Leben ging weiter, als wäre nichts geschehen.

Nessun dorma.

„Ich frage nicht nach dem Warum", sagte Inga, „frage nicht, warum es uns treffen musste, ich frage nur, warum ich es nicht verstehe. Bei jedem Unglück verliert der Glaube oder wird ganz begraben, und jetzt fühle ich gar nichts mehr und es ist, als wäre ich tot."

Als ich Ingas Stimme hörte, war das wie ein Erwachen aus der Ohnmacht. Immer wieder berührte ich ihren Arm und griff nach ihrer Hand. Ich wünschte mir, dass sie wach bliebe. Aber sie sollte nicht sehen, dass alles in mir aus einem einzigen Chaos bestand.

Wir fuhren zu einer Tankstelle, und ich holte etwas zu trinken und Zigaretten. Ich tankte, reinigte meine Hände, ging ein paar Schritte, stand abseits und rauchte. Aber ich empfand keinen Genuss, es war oberflächliche Beschäftigung.

„Es tut so weh", sagte Inga, als ich wieder zu ihr in das Auto stieg. Sie lehnte sich an mich und ich hielt sie ganz fest, aber antworten konnte ich nicht.

Ich lenkte den Wagen wieder auf die Straße, stellte leise das Radio an und drückte Ingas kleine, kalte Hand, so oft es mir beim Fahren möglich war.

Diesmal fuhr ich nicht in entlegene Straßen, wir fuhren dorthin, wo es noch das meiste künstliche Licht gab, wo noch niemand schlief und wo wir für kurze Zeit vielleicht ein wenig vergessen konnten.

Es wurde bereits hell, als wir nach Hause kamen.

Ich legte meinen Arm um Ingas Schulter und dann gingen wir die Treppenstufen hoch zu unserer Wohnung, zögernd und sehr langsam, und auf den letzten Stufen ließ ich Inga los, ging voran und blieb vor der Wohnungstür stehen. Ich wartete und schob die Tür zur halbdunklen Wohnung weit auf, aber das Hineingehen fiel mir schwer.

Ich hoffte auf Geräusche, auf irgendwelche Zeichen, aber ich hörte und sah nichts. Unser Unglück war kein furchtbarer Traum. Ich suchte Ingas Hand und dann gingen wir hinein.

Ich zogen die Vorhänge auf und öffnete sämtliche Fenster.

Später duschten wir, nahmen uns frische Wäsche und legten uns aufs Bett.

In der ganzen Wohnung war es still und entsetzlich leer.

Ich hatte gehofft, nie erfahren zu müssen, wie es ist, wenn aus tiefer Sorge tiefer Kummer wird.

Wir waren wie zerschlagen und übermüdet, aber einschlafen wollten wir nicht, weil wir Angst vor dem Aufwachen hatten.

Ich öffnete die Eingangstür zu Mikes Café, sah Fritzi am Buffet, wie sie Sahnetorten auf einzelne Teller schob, nickte ihr zu, bestellte mir einen Kaffee und ging weiter nach hinten.

Alfonso saß im letzten Raum, in der hintersten Ecke. Ein Schachbrett mit umgekippten Figuren lag vor ihm auf dem Tisch, halb verdeckt von einer Zeitung, und daneben stand seine halbleere Tasse mit kaltem Kaffee. Er drehte gelangweilt eine Figur zwischen seinen Fingern und als er mich bemerkte, stellte er den Springer aufs Brett und machte Platz auf dem Tisch.

„Hab' davon gehört", sagte Alfonso, „tut mir leid."

„Was soll man auch dazu sagen, man kann nichts machen."

„Du siehst schlecht aus, richtig hager."

„Weiß ich selber, sag mir lieber eine bessere Zukunft voraus."

„Okay, wollt' dich nur auf andere Gedanken bringen." Alfonso nahm wie zufällig den Turm in die Hand und hielt mir gleichzeitig seine Zigarettenschachtel hin. „Wollen wir spielen? Es wäre gut für dich. Ich gebe dir einen Turm vor."

„Wenn du unbedingt willst. Aber wir spielen regulär, du musst mir keinen Turm vorgeben", sagte ich und schob ihm einen blauen Schein rüber.

„Wieso, was soll das?"

„Was ich auch anfasse, zurzeit misslingen mir die einfachsten Sachen, und du gewinnst ja doch."

Fritzi kam mit dem Kaffee, stellte die Tasse auf den Tisch, blieb vor mir stehen und legte ihre Hand auf meine Schulter. Sie hatte tränenfeuchte Augen. „Armer Kerl, der Kaffee ist umsonst." Es war ihre Art der Anteilnahme.

„Also, was ist jetzt, spielen wir?" Alfonso hatte mir den Geldschein wieder zugeschoben.

Wir stellten die Figuren auf, Alfonso drehte das Brett und überließ mir die weißen Figuren.

Gegen Alfonso zu gewinnen, war für mich aussichtslos, aber ich lernte von ihm. Ich lernte von ihm, wie Alfonso wahrscheinlich gleichermaßen von Gero gelernt hatte. Ich hatte sie oft gegeneinander spielen sehen. Wenn die beiden spielten, waren sie keine Freunde, sie waren hungrige Aasgeier und absolut rücksichtslos. Alfonso blieb meistens der Verlierer. Ich habe gesehen, wie er einmal nach einem solchen Spiel zur Toilette ging und dort seine ganze Wut und Enttäuschung herauskotzte. Es war nicht der Verlust des Geldes, es waren seine begrenzten logischen Möglichkeiten und die damit zusammenhängende erfahrene Demütigung, die ihn fertig gemacht hatten.

Alfonsos Strategie war im Grunde jedes Mal neu, oft schon hatte er Gero am Haken und sah wie der sichere Sieger aus. Aber Gero spielte mit ihm Katz und Maus, ließ ihn kommen und hatte am Ende doch die besseren Ideen. Sein selbstgefällig wirkendes Lächeln reizte Alfonso bis aufs Blut, aber ein Mittel dagegen kannte er nicht. Ich jedoch erfuhr dadurch, dass ein schwieriger Schachzug meistens verständlich wird, wenn man die Lösung kennt. Dabei ist es immer einfacher, wenn man die Lösung kennt, es ist oft so im Leben.

Alfonso sah an mir vorbei. „Da kommt Bernward."

Bernward beachtete Alfonso nur kurz und kam gleich zu mir, blieb mit seinem Schuh am losen Teppichende hängen, stolperte und wurde ungewollt schneller.

„Wenn ich Inga und dir helfen kann ...", sagte Bernward, gab mir die Hand und sah mich mit einem Blick an, der durchdringend sein sollte und den ich nicht mochte.

„Nein, kannst du nicht." Sein Blick war der Blick, der mich an den Blödsinn im Raubtierhaus erinnerte. Wir standen damals im Tierpark vor dem Tigerkäfig und Bernward hatte auf einmal meine Tochter auf den Steinfußboden gesetzt, ihre Händchen losgelassen und sich allein vor die Gitterstäbe gestellt.

Der Tiger, der in der Ecke gelegen hatte, war unruhig geworden und fauchte, strich mit drohenden Lauten aus seiner rauen Raubtierkehle an den Eisenstäben entlang, ließ Bernward nicht mehr aus den Augen und sprang plötzlich brüllend mit ganzer Raubtierkraft vor Bernward an das Gitter. Das plötzliche, dumpfe Vibrieren des Gitters und das Brüllen der Raubkatze ließ uns zusammenfahren. Inga und Lisa schrien auf, und unsere Tochter begann zu weinen und klammerte sich verängstigt an mein Bein.

Wir stürzten nach draußen und blieben erst in einiger Entfernung vom Raubtierhaus stehen, hatten weiche Knie und suchten nach einer Erklärung.

Bernward war die Ursache und hatte die Erklärung. „Es war der Führerblick", sagte er. „Ich hab's ausprobiert, habe dem Tiger zwischen die Augen gesehen, genau auf die Nasenwurzel, wollte mal sehen, ob das Tier mich fürchtet."

„Imponierend, dein Mut aus sicherer Distanz", hatte ich gesagt. „Schade, die gleiche Vorstellung ohne Eisenstäbe, und du wärst geradezu unsterblich geworden."

„Kann ich Inga und dir wirklich nicht helfen?"

„Nein, kannst du wirklich nicht", antwortete ich.

„Schade, naja, das Leben muss weitergehen", sagte Bernward. „Wir sind sowieso nur zufällig auf dieser Welt, unbedeutend und mancher von uns bleibt eben nur kurz. Aber was soll's, das ist nun mal der Lauf der Dinge." Bernward reihte sich ein.

„Berni, wie kommt es: Immer, wenn ich dich sehe, muss ich daran denken, dass man einen Idioten nicht konditionieren kann."

„Unser Leben muss weitergehen, und ich kann das sagen, weil ich nicht betroffen bin."

„Du solltest zur Behörde gehen."

Alfonso zwinkerte mir zu und ich sah zu Bernward hinüber.

„Bernward, weißt du, was Tina über dich gesagt hat?"

„Nein, weiß ich nicht."

„Tina sagte, sie hätte mit dir ja schön in die Scheiße gegriffen."

„Interessiert mich nicht. Was ist mit dir? Verdienst dir grade dein Abendessen?"

„Setz dich, könntest mir dadurch helfen, indem du gegen mich spielst."

„Schade, du verspielst dein Leben, Alfonso. Man muss doch ein Ziel haben."

„Muss man? Lohnt sich das für eine kurze Lebenszeit?"

„Todsicher, es lohnt sich immer."

„Berni, letzten Sonntag hab ich den Spaziergängern vor meinem Fenster eine Freude machen wollen und mal eben meinen blanken Arsch aus dem Fenster gehalten. Und weißt du, was passiert ist?"

„Woher soll ich das wissen?"

„Hallo Berni, haben sie hochgerufen, schön, dass du dich um deine alte Tante kümmerst."

„Alfonso, du bist krank, hoffnungslos krank."

„Pass auf, Bernward, halt doch einfach dein kluges Maul und lass die Leute in Ruhe."

„Nicht böse werden, ich nehme euch sogar auf in meine Statistik."

„Und, was haben wir davon?"

„Nichts, Alfonso, gar nichts, solange, wie er seine wahren Absichten nach alter Tradition unter einem freudschen Vollbart versteckt."

„Meinst du?"

„Meine ich. Ich muss los", sagte ich.

„Wo willst du hin?", fragte Alfonso, „bleib hier. Sich zu verkriechen, wäre ein Fehler."

„Verkriechen werde ich mich nicht", sagte ich und schob meinen Stuhl zurück, „bin nur zurzeit ein bisschen ganz unten."

„Verstehe." Alfonso nickte und Bernward hob derart lässig seine Hand, dass es schon komisch wirkte. „Wenn du mich brauchst ..."

Auf dem Wege zur Tür winkte ich Fritzi kurz zu und stand schon auf der Straße.

Autos fuhren schnell an mir vorbei und die Leute auf den Gehwegen gingen schnell. Es war später, als ich gedacht hatte und eigentlich wollte ich längst wieder zurück sein. Aber zu Hause war ich nur noch ein Besucher ohne ein Zuhause. Ich täuschte mich nicht.

Mit Lisa würde ich telefonieren.

Ich ging zum Auto, setzte mich hinein, kurbelte die Fensterscheibe herunter und zündete mir eine Zigarette an.

Das Leben geht weiter? Selbstverständlichkeiten hatte ich in letzter Zeit genug gehört. Gedankenlos geäußerte Worte, die helfen sollen und einen nur wütend machen. Soweit helfen sie sogar, weil sie die Trauer betäuben. Die allgemeinen Selbstverständlichkeiten bedürfen nun mal keiner Beweise, genauso wenig wie die mathematischen Selbstverständlichkeiten, die Axiome, die Gero mir früher einmal erklärt hatte.

Das Leben geht weiter, hörte ich, als wäre das die allgemeingültige Lösung für die Ewigkeit.

Was aber fange ich mit den Dingen an, die man mir sagt und die ich sowieso schon weiß?

Was aber ist mit dem Schmerz? Der psychische Schmerz ist doch keine Sache des Verstandes.

Was hilft, ihn zu ertragen und wer könnte ihn beenden? Man kann nichts tun, nur abwarten. Und auch nach langer Zeit würde der Schmerz nicht geringer werden, er würde da sein und sich hinter einer großen Müdigkeit verbergen.

Das Leben geht weiter. Sicher, es geht weiter, das Leben, es ist nur anders, weil man es mit anderen Augen sieht, weil man es anders empfindet, und es ist, als wäre man allein und in der Fremde.

Es war still geworden in unserer Wohnung. Manchmal hörte ich nur das Ticken der Uhr an der Wand und dann wieder hörte ich nur mein Herz schlagen.

Ich wollte mein Herz nicht schlagen hören, ich wollte nur, dass es funktioniert und mich bei meinem Tun nicht hindert. Es beunruhigte mich, wenn ich mein Herz schlagen hörte.

Daher achtete ich auf andere Geräusche, hörte zur Tür hin, auf ein mögliches Öffnen der Wohnungstür, und wünschte, Inga käme.

Aber Inga kam nicht.

In letzter Zeit sahen wir uns immer weniger. Es war kein Zufall, wir gingen uns aus dem Weg. Aus unserem einst behaglichen Zuhause waren kühl anmutende Räume geworden, in denen bald nichts mehr an uns erinnern würde.

In unseren letzten Gesprächen ging es uns nicht um Schuld, und es gab keine Zuweisungen unserer Fehler. Doch wenn wir uns ansahen, dann sahen wir unsere Tochter und das Unglück und ich konnte Inga nicht helfen, weil ich selbst ohne Hilfe war.

Wir machten uns nichts vor, wir gingen nicht in bester Freundschaft auseinander, es gab aber auch keine unbedachten Vorwürfe und keine Gemeinheiten, und es gab nicht viele Worte, weil wir das, was gesagt werden musste, längst vorher gesagt hatten.

„Also, was ist?", fragte Arno, „Inga kommt auch."

„Ich wäre sowieso gekommen."

„Wirklich?"

„Ja, wirklich. Was feiert ihr?"

„Ich habe einige Bilder verkauft."

„Schön, und an wen?"

„Banken und Versicherungen."

„Ich freue mich für dich, wirklich. Waren das deine abstrakten Bilder?"

„Nein, nicht mal das. Sie bevorzugten etwas Gegenstandsloses, so etwas wie einen bunt abgestuften Wandanstrich."

„Musstest du überzeugen?"

„Nein, brauchte ich nicht, sie haben nur nach einem Namen für die Bilder gefragt."

„Und?"

„Ich nannte ihnen Roter Oktober, Mann Nach Atomarem Angriff, solche Sachen eben, und nur einer von denen zog's Maul quer."

„Recht so. Sage mir einer, die Kunst des Verkaufens wäre nichts für Künstler."

„Meint Hedy auch."

„Wenn Hedy das meint, dann haben sie dich gut bezahlt."

„Ja, sie haben sich wirklich nicht lumpen lassen. Und jetzt möchte ich einen ausgeben."

„Gut, Arno, wir sehen uns später, bis heute Abend. Schön, dass du an mich gedacht hast."

Ich legte den Telefonhörer aus der Hand, zog meine Jeans aus, ging ins Badezimmer und duschte. Während des Duschens ließ ich das warme Wasser über mein Gesicht und über meine Haare laufen. Wenn ich den Kopf zurücklehnte, reichten meine nassen Haare bis zur Schulter.

Nachdem ich mich abgetrocknet hatte, zog ich zur Jeans ein frisches, verwaschenes Baumwollhemd an und nahm die leicht taillierte Nappalederjacke aus dem Schrank.

Gesehen hatte ich die Jacke in einer Eppendorfer Boutique. Ich ging hinein, ließ mir die Jacke aus dem Schaufenster geben, zog sie an und wieder aus und zählte in Gedanken mein Geld. Ich zögerte, war abwesend und nahm wie selbstverständlich die mir angebotene Tasse Kaffee entgegen. Ich wurde wach. Es war nur ein Blick, ein zufälliger, nur kurz anhaltender Blick, dessen unmissverständliche Lieblichkeit mich sofort in Bedrängnis brachte. Sie lächelte mich an mit ihren roten Lippen, und nur die eigene Schwerfälligkeit bewahrte mich vor einer sprachlichen Peinlichkeit.

Es war eine dieser Begegnungen, die man manchmal im Leben hat. Ein flüchtiges Ereignis, bei dem nichts passiert, bei dem es keine Berührung gibt und kein einziges Wort gesprochen wird. In der Erinnerung bleibt nur dieser eine zufällige Blick, und diesen Blick vergisst man nicht.

Wer war diese schlanke Brünette mit dem wirklich schönen Gesicht?

Illusionen leben länger, wenn man sie als Illusion bestehen lässt. Ich hätte mich damit zufrieden geben können, für eine schöne Erinnerung. Leichtsinnigerweise lastete ich eine Idee der späteren Stunden der halbleeren Flasche Rotwein an. Es war ein Fehler. Am nächsten Tag ging ich in die Boutique und reklamierte. Eine Scheinreklamation. Die Mädchen antworteten ausweichend und es fiel ihnen leicht, mich wie einen jungen Mann zu behandeln, der wegen seiner ungünstigen Position nicht das fragen konnte, wonach er gerne gefragt hätte.

Ein unbeabsichtigter Blick in den vertikalen Spiegel zeigte mir ein verlegenes Gesicht und machte mir schlagartig klar, dass nur mein unglückliches Verhalten seit einiger Zeit meine Tage bestimmt hatte.

In der Abenddämmerung fuhr ich in die Milchstraße. Ich stieg aus dem Auto und blieb einen Moment stehen. Es war angenehm warm und windstill und kein Regen würde die kommende Nacht abkühlen.

„Schön, dass du hier bist", sagte Arno. Er hatte schon ein paar genommen. Sein viel zu großes Hemd hing ihm weiter als sonst aus der Hose, in der rechten Hand hielt er sein halbleeres Glas und in der anderen Hand verglimmte die Zigarette zwischen seinen Fingern.

„Wer ist das?", fragte ich Arno.

„Der da hinten, das ist Ottomar, ein lieber Freund aus Berlin."

Weil Arno mit seinen Flaschen und Gläsern hantierte, ging ich hinüber, sagte „Tach" und gab ihm die Hand. „Sind Sie schon länger in Hamburg?"

„Ein halbes Jahr."

„Und, gefällt es Ihnen in Hamburg?"

Er antwortete nicht und ich hatte den Eindruck, als würde ihn die Unterbrechung erheitern. Ich kam mir wie ein Idiot vor.

„Wir duzen uns", sagte er nach einer Weile. Er setzte mein Einverständnis voraus, und ich hatte die Gewissheit, dass er es gewohnt war, für seine Belange entschlossen zu handeln. „Doch, mir gefällt Hamburg sehr gut, mir geht es hier ausgezeichnet und ich sehe keinen dringenden Grund, mich weiter über mein Leben zu äußern."

„Ich leg' auch keinen Wert drauf", sagte ich kurz. „Ich wollte nur freundlich sein."

„So schnell beleidigt? Eine Klarstellung zur rechten Zeit beugt möglicherweise Missverständnissen vor."

Ottomar hielt mir seine Zigarettenschachtel hin. Es waren Orientzigaretten.

„Die vertrage ich einigermaßen", sagte er, als er meinen Blick sah. „Zweifellos, Hamburg hat viele schöne Stellen. Zurzeit habe ich eine Wohnung in Volksdorf. Vielleicht nehme ich eine Wohnung in Rissen, vielleicht aber gehe ich bald nach München. Sicher ist nur, dass meine Unruhe stärker ist als mein Wille.

Kennst du dieses Gefühl des genetisch bedingten Getriebenseins?"

„Nein, kenne ich nicht", sagte ich und guckte zur Tür. Hedy kam herein, hielt eine breite, flache Porzellanschale mit tiefbraunen, übereinanderliegenden Frikadellen in ihren Händen und hinter ihr schoben sich Friedrich, Etna und Dido durch die Tür. Sie redeten laut durcheinander und Thomas hatte von hinten seine Hände auf Didos Hüften gelegt. Sie winkten, als sie auf Ottomar und auf mich aufmerksam wurden.

„Ich hole uns etwas zu trinken. Was möchtest du?"

„Einen italienischen, herben Rotwein, wenn er hat."

„Hat er", sagte ich und ging zur Etagere.

Etna sah mich kommen und stellte ihr leeres Glas ab. Ich nahm die offene Flasche mit Rotwein in die Hand, hielt sie gegen das Licht, prüfte auf Kork und füllte drei Gläser. Ich fühlte mich beobachtet.

„Ein neues Gesicht, wer ist das?", fragte Etna.

„Ein äußerst liebenswürdiger Freund von Arno, aus Berlin. Ein schwieriger Fall von selbst auferlegter Überspanntheit."

„Und er sieht gut aus", sagte Etna, „ich komme mal mit."

Ottomar hatte sich nicht von der Stelle gerührt und abgewartet. Eine verständliche Reaktion, wenn man fremd ist.

„Guten Abend." Ottomar verbeugte sich leicht vor Etna und Etna gab ihm die Hand.

„Du lebst in Berlin?"

„Nein, ich wohne in Volksdorf."

„Ach so." Etna sah mich vorwurfsvoll an.

„Schon sehr lange?"

„Nein."

„Hm."

„Du studierst noch, nehme ich an."

„Ja, Sozialwissenschaften", antwortete Etna, „im Sinne eines empirischen Beitrags zur positiven Veränderung unserer gesellschaftlichen Verhältnisse."

„Dachte ich mir", sagte Ottomar.

Ich begann, mir um Etna Sorgen zu machen.

„Lebt deine Frau auch hier?"

Ottomars Lippen wurden kurzzeitig schmal.

„Direkte Fragen deuten meistens auf mangelndes Selbstbewusstsein hin."

Etna sah mich an und zuckte mit den Achseln. Sie begriff augenblicklich Ottomars distanzierte Zurechtweisung und resignierte. Etna sagte kein Wort mehr und wandte sich ab.

„Etna, warte", sagte ich und ging ihr hinterher.

„Verdammt, was war das eben? Der ist aber lustig."

„Jedenfalls war es die falsche Taktik."

„Es war Neugier, einfach Neugier, ohne Taktik und Strategie."

„Strategie und Taktik, ist das nicht ein und dasselbe?", wollte Arno wissen, der nur die letzten Worte mitbekommen hatte und jetzt scheinbar interessiert fragte. Er war ein aufmerksamer Gastgeber und bemüht, keinen seiner Gäste zu vernachlässigen.

„Pinsel du man schön deine Bildchen und störe uns nicht."

Ottomars Brüskierung hatte etwas Leidenschaftsloses an sich gehabt, und das gab Etna zu denken. So etwas kannte sie nicht.

„Holz. Wie war das gleich mit dem Holz? Ach ja, jetzt fällt es mir wieder ein", sagte Thomas, „Dummheit und Stolz wachsen auf einem Holz."

„Wo ist da der Zusammenhang?"

„Dummheit und Stolz liegen dicht zusammen, in dem Sinne, wie sich Strategie und Taktik ergänzen."

„Liebe Güte, wo nimmst du das bloß alles her?"

„Etna, reiß dich gefälligst zusammen und denke nach."

„Was meint ihr", fragte ich, „was ist, wenn ein Spieler seine Dame opfert, um seinen König zu schützen? Gehört das zur Strategie, oder ist das Taktik?"

„Einer der weltbesten Spieler hatte in jungen Jahren in einer seiner Partien die Dame geopfert – und gewonnen. In den meisten Fällen aber bedeutet solch ein Opfer das Ende. Frag Alfonso. Der hat zig Partien, Eröffnungen und Endspiele im Kopf", sagte Thomas und nippte an seinem Glas.

„Wie im Spiel, so im Leben." Etna hatte Ottomars abweisendes Verhalten fast vergessen.

„Ich", sagte Etna, „ich ändere ständig meine Strategie, wenn es die Situation erfordert. Ich glaube an die einzelnen Strategien als Teilstrategien einer Gesamtstrategie."

Thomas wiegte seinen Kopf, trank bedächtig sein Glas aus und langte neben seinem Stuhl nach der Flasche.

„Marx und Lenin hätten ihre Freude an dir."

„Freude? An mir Freude gehabt? Marx hätte mich wahrscheinlich lieber nackt gesehen", sagte Etna.

Thomas füllte sein Glas und als er die Flasche wieder auf den Boden stellte, bemerkte er Dido neben sich. Er legte seinen Arm um ihre Taille, und bald glitt seine Hand wie zufällig von der

Taille und an Dido hinunter und wir alle sahen seine tastenden Berührungen, sahen, wie Dido ihre Augen zur Decke richtete und ihn gewähren ließ.

Es war keine sinnliche Hingabe, es war Didos Vergeltung. Friedrichs blasse Gesichtsfarbe wechselte in eine graue Blässe, wobei sich sein Gesichtsausdruck nur geringfügig änderte.

Wer ihn länger kannte, der wusste, dass er in Wut geraten und dennoch imstande war, auf einzelne Herausforderungen mit kontrollierter Zurückhaltung zu reagieren. Es war typisch für ihn, wie er in solch einer Situation fragend über seine Brille in die Runde blickte, weil sogar er mitunter nicht ohne unsere Antworten auskam.

Jetzt aber sahen wir den Riss, der sich durch seine kontrollierte Zurückhaltung zog. Erstaunlicherweise schleuderte er seine Galle nicht in Didos Richtung, Thomas war das Ziel.

„Dreckskerl."

Thomas hob seinen Kopf.

„Man glaubt nicht sofort, was wahr sein könnte, sondern das, was einem gefällt oder nicht gefällt." Friedrich wurde ungewöhnlich laut. „Und ich bin gewohnt, das zu glauben, was ich sehe, und jetzt nimm sofort deine Pfoten da weg, du obszönes Arschloch. Solche Berührungen sind ihr sowieso ein Gräuel."

„Was soll ich?", fragte Thomas und zog seine Hand zurück.

„Sei vorsichtig, deine hergeholten Mutmaßungen grenzen allmählich an Verleumdung. Du brauchst eine neue Brille."

„Ihr bechert wieder zu viel." Hedy deutete auf die Porzellanschale. „Wisst ihr eigentlich, wie Frikadellen zubereitet werden?

Und wisst ihr, wie viel Mühe mir grade diese Küchenarbeit gemacht hat?"

Niemand antwortete ihr, weil wir abgelenkt waren und zur Tür sahen.

Inga hatte das Atelier betreten.

Einen Augenblick war ich überrascht, denn es war spät geworden und ein bisschen hatte ich erwartet, dass Inga mir ausweichen und nicht kommen würde.

Hedy wischte sich ihre Hände am Handtuch ab. Arno aber stand auf, ging Inga entgegen und nahm ihr den leichten Sommermantel ab.

Ich war betroffen, Inga sah umwerfend aus.

Arm in Arm kamen sie in die Mitte des Ateliers und Inga lächelte und winkte uns zu.

Sie war die Rettung des Abends. Friedrich und Thomas konnten gar nicht anders. Als sie Inga bemerkten, beendeten sie ihre Feindseligkeit, und wenn es auch nur vorläufig war.

Ich nahm ein Weinglas von der Anrichte, schenkte einen kühlen, herben Weißwein ein, und als ich sah, dass Arno nicht mehr bei ihr stand, ging ich zu ihr hinüber.

„Für dich", sagte ich, „deine bevorzugte Marke."

„Oh, danke."

Wir standen uns gegenüber und ich wünschte mir, ihre Gedanken lesen zu können, erhoffte mir frühere Gemeinsamkeiten und vielleicht gleiche Empfindungen in einer Situation, die neu für uns war, aber ich sah ich nur kühle Reserviertheit in ihren schönen blauen Augen.

„Wir sind weit voneinander entfernt, nicht wahr?"

„Sehr weit, ja", sagte Inga, und wie sie es sagte, konnte es darüber keine Zweifel geben.

Ich spürte eine größer werdende Niedergeschlagenheit und hätte mich gern zurückgezogen, hätte mich gern in eine stille Ecke gesetzt, um sorgfältig nachzudenken und ihr später einmal erklären zu können, was ich ihr bislang noch nicht erklären konnte.

Inga stand dicht vor mir. Wir hatten uns längere Zeit nicht gesehen. Das, was ihr widerfahren war, hatte man ihr damals angesehen, aber mittlerweile war das vergessen. Sie sah so schön aus und begehrenswert, und in gleicher Weise, wie sie begehrenswert aussah, hatte ich das Gefühl, dass sie für mich unerreichbar geworden war.

„Frag mich mal, wie's mir geht."

„Die Frage wäre dir lästig gewesen, dachte ich."

„Wirklich, du denkst wie früher. Aber wenigstens siehst du ganz passabel aus, und nicht verkommen wie die meisten Männer, denen etwas weggebrochen ist und die wieder alleine leben."

„Ach Inga, lass uns nicht in die Nähe von Leuten kommen, die wie weitläufige Freunde reden und höflich sein wollen, und denen Freundschaft eigentlich wenig bedeutet."

„Doch, oh doch, deine Freundschaft ist mir immer noch wichtig."

„Du meinst diese übliche Freundschaft mit demonstrativer Verbundenheit, aber ohne den gewissen Reiz."

Inga wartete mit ihrer Antwort. Sie sah von mir weg und hin

zu den anderen und wir hörten beide, wie die anderen lachten und mit erhobenen Gläsern laut durcheinander redeten.

„Du musst mir nicht antworten, wenn du nicht willst." Meine Stimme klang ungewollt spröde.

„Schön, dass du dort warst", sagte Inga. „Sieht alles gepflegt aus. Ich habe deine frischen Blumensträuße gesehen, der Rasen ist geschnitten und wächst schon ganz dicht."

„Wenn ich nur deine Begabung hätte", antwortete ich. „Wie doch zwei ungeschickte Hände ungewollt der buntesten Vielfalt schaden können."

„Keine Sorge, du lernst es noch", sagte Inga und trank langsam ihr Glas aus. „Anfangs wusste ich auch sehr wenig. Zweimal musste ich pflanzen, weil sich nicht jede wunderschöne Blume eignet. Die vielen Kaninchen kommen, wenn es dämmert und kein Mensch sie stört." Wieder sah Inga zu den anderen hin, und es schien, als würde sie jemanden suchen.

„Wenn wir zusammen zum Grab gehen könnten, irgendwann?"

„Nein, jeder geht besser für sich, es ist auch so schon schwierig genug." Inga wehrte sich noch immer gegen Gemeinsamkeiten, gegen Gemeinsamkeiten, die sie an unser Unglück und an unsere Verzweiflung erinnern. Nichts war vergessen.

Nochmals spürte ich die Niedergeschlagenheit, die sich langsam in eine eine beginnende Hoffnungslosigkeit verwandelte.

„Ist Lisa nicht hier?", fragte Inga. „Ich sehe sie nicht. Ich vermisse sie und mache mir Sorgen. Levi ist nicht gut für sie. Das fühle ich."

„Ich habe Lisa einige Tage nicht gesehen, aber das hat nichts zu bedeuten", antwortete ich und sah, wie Inga zur Seite blickte, dorthin, wo Ottomar stand und mit seinem Glas in der Hand freundlich zurückgrüßte.

„Der da hinten, wer ist das?"

„Der da hinten wohnt in Volksdorf, sucht eventuell eine andere Wohnung in Rissen, oder geht sogar nach München, und vor Kurzem wohnte er noch in Berlin."

„Jedenfalls sieht er unglücklich aus", sagte Inga.

„Na ihr?" Arno war mit einer neuen Weinflasche gekommen und wir hielten ihm unsere leeren Gläser hin. „Wenn man euch so beobachtet", sagte Arno, „sieht es aus wie früher."

„Ein alter Freund irrt sich gewaltig, es ist keinesfalls wie früher."

„Dann kann ich ihn kurz mitnehmen."

Arno und ich gingen die Treppe hinunter und betraten den Raum, in dem sich Arno und Hedy meistens aufhielten, wenn Arno nicht malte. Gegen eine der Wände hatte er das gerahmte Bild von einer halbnackten, sitzenden Frau in Lebensgröße gelehnt.

„Na, und?"

„Wunderbar."

„Das ist Mitzi von vorn", sagte Arno, „das Bild geht nach Wien."

„Sieht aus wie Hedy. Hm, eigentlich malst du nur Hedy, sieht alles beinahe nach Hedy aus."

„Du hast recht, im Gegensatz zu den anderen Modellen hält Hedy am längsten still."

„Also Arno, deine Weiber sind durchweg fast halbnackt, haben die zarte Hautfarbe von Elfen und sind bis über die Knie mit silbergrauen Seidenstrümpfen bekleidet. Du hast Wunschvorstellungen, mein Lieber."

„Ich habe keine Wunschvorstellungen, ich suche nach Visionen."

„Visionen? Wie wär's mit einem Blick vom Heinrich-Hertz-Turm auf das Schanzenviertel?"

„Das wäre eine Behinderung meines liberalen Willens. Ich dachte, du hättest Ideen."

„Lass mich nachdenken. Arno, du bist Künstler und lebst in der Milchstraße, du brauchst unbedingt eine frische Brise vom Wasser. Was nützen dir Mitzi und ihre Scham, du brauchst Orte, wo es flüchtige Begegnungen gibt, wo Schwächen und Ängste zu Hause sind und wo Tag für Tag plötzliche Verhängnisse das Leben ändern."

„Ich kenne so einen Ort", sagte Arno. „Ich habe ihn gefunden, auch unter der Vorgabe meiner künstlerischen Ansprüche. Ich werde ihn von hinten malen, ich werde Bismarck von hinten malen, wenn nur kein Unglück passiert."

„Bismarck von hinten. Begeistere dich ruhig weiter und werd nicht abergläubisch. Ein Denkmal allein bringt selten das Unglück, auch wenn du es von hinten malst."

„Wenn du meinst. Sonderbar, der Name weckt Assoziationen in mir. Komm, wir gehen wieder nach oben und nehmen noch einen."

Als wir wieder oben waren, zog ihn Hedy sofort weg von mir. Arno klopfte mir im Weitergehen auf die Schulter. Ich ging zur Etagere und füllte mein Glas, stellte die Rotweinflasche zurück, zündete mir eine Zigarette an und atmete tief ein. Ich suchte nach Inga.

Sie saßen in der hintersten Ecke des Ateliers.

Ich ging ein paar Schritte zur Seite und stellte mich neben Etna und Friedrich. Etna hatte sich mit überkreuzten Beinen vor Friedrich auf den Fußboden gesetzt und hielt seine Brille in der Hand. Sie guckte zu ihm hoch und wenn er den Mund aufmachte, bestätigte sie seine Worte mit den Bewegungen ihres Kopfes.

Ihre unermüdliche Aufmerksamkeit hinterließ einen Eindruck von gespielter Unterwürfigkeit, und es war ihr nicht mal peinlich.

Sie würde es bereuen.

Friedrich war sichtlich angetan von Etnas Hingabe. Er empfand Genugtuung und diese Genugtuung half ihm, seine angegriffene Männerwürde und Didos Entschluss zur Veränderung vorübergehend zu vergessen. Dido war für ihn schlicht zur Nebensache geworden, und ihr Verhalten entsprach inzwischen einzig und allein einem zurückliegenden Ärgernis.

Friedrichs Ego war wieder im Gleichklang, er blickte nicht mal flüchtig zur Seite, und daher entging ihm, wie sich Dido an Thomas heranmachte. Dido saß jetzt dicht neben Thomas, hatte kleine Augen und schob langsam ihre Hand in seine Hosentasche.

Ich drückte meine Zigarette aus und nahm einen kleinen Schluck und guckte über den Rand meines Glases zum anderen Ende des Ateliers, dorthin, wo Inga und Ottomar saßen und miteinander redeten.

Einen Augenblick zögerte ich, aber ich blieb stehen und ging nicht zu ihnen hinüber.

Ottomar hatte Ingas rechte Hand zwischen seine Hände genommen, hielt sie fest, ihre kleine, schmale Hand, und ließ sie nicht los. Aber das war es nicht, was mich beunruhigte, es war die Art, wie sie sich ansahen, es war die Intensität ihrer Blicke, die mir zu verstehen gaben, dass Inga sich neu verliebt hatte.

Meine Atmung war auf einmal kurz und flach und mein Herz schlug, als wäre ich eben ein paar Meter sehr schnell gelaufen.

Sie saßen nahe beieinander, hielten ihre Hände und sahen sich an, als hätten sie alles um sich herum vergessen. Die Gestik der beiden hatte etwas von Vertrautheit und diese Vertrautheit traf mich tiefer, als ich dachte.

Ich hatte Glück. Mein Glück bestand darin, dass der Anteil meiner Selbstachtung größer war als die Absicht, den beiden in die Quere zu kommen. Ich fühlte, dass ich mich in jenem labilen Zustand befand, in dem man nur allzu leicht Dinge sagt, die man besser nicht sagen sollte.

Obwohl mein Mund trocken war, stellte ich mein noch fast volles Glas ab. Es hatte keinen Sinn, weiterzutrinken, um müde zu werden. Ich würde nicht müde werden.

Als ich den Eindruck hatte, dass niemand auf mich achtete, verließ ich leise Arnos Atelier.

Die Nacht war warm und das Grün duftete intensiver als am Tage. Ich ging ein paar Schritte, aber bald änderte ich meine Meinung, ging zurück und setzte mich ins Auto.

Ich hatte mich getäuscht. Meine Vorstellungen und innersten

Wünsche waren das Ergebnis einer sentimentalen Schwäche. Ich hatte mir etwas vorgemacht. Es war vorbei, endgültig vorbei. Ich fuhr los und bog in den Mittelweg ein, wischte mit dem Handrücken über meine Augen und sah dennoch die Lichter der Straße nur durch einen Schleier. Ich fuhr in Richtung Dammtor, sah den Straßenverkehr verschwommen und konnte nichts dagegen tun.

Ich fuhr lausig schlecht, unkonzentriert und übersah eine rote Ampel kurz vor Lisas Wohnung. Es passierte nichts, weil es spät war und mir kein anderes Fahrzeug entgegenkam.

Vor Lisas Wohnung stellte ich den Motor ab, ließ die Stille der Straße auf mich wirken, wartete einen Moment und klingelte dann an ihrer Haustür. Im Haus blieb es dunkel, Lisa kam nicht an die Tür.

Langsam ging ich zum Auto zurück und öffnete eine Wagentür. Nachdem ich mir eine Zigarette angezündet hatte, legte ich meine Arme über die geöffnete Wagentür und guckte zu Lisas Fenster hoch. Es war still in den Häusern und auf der Straße und kein Mensch zu sehen.

Es war vorbei, endgültig vorbei.

Lisas Fenster blieb dunkel. Ich rauchte meine Zigarette auf, stieg ins Auto und fuhr mit geringer Geschwindigkeit nach Hause.

Inga telefonierte nicht mehr. Eine Änderung ihres Verhaltens hatte ich vorausgesetzt, aber als dann das eintrat, was ich erwartet hatte, bemerkte ich bald an mir Symptome, die einer leichten Erkrankung glichen. Abgesehen von einem undefinierten

Schmerz war es die ständige Benommenheit, die mich in einfachsten Belangen auf unbestimmte Zeit behinderte.

Ich stellte mir Fragen, und diese bedurften einer Gewissheit, einer Beseitigung restlicher Unklarheit. Obwohl doch alles klar sein sollte, blieb noch eine letzte Frage, eine Bestätigung, die eigentlich unnötig war, und doch musste ich eine Antwort haben. Manches ist eben einfacher, wenn man Gewissheit hat, auch wenn sich nichts an der Ursache ändert.

Nur aus diesem Grund fuhr ich nach Othmarschen, zu unserer früheren gemeinsamen Wohnung, ein paar Tage nach der Feier bei Arno.

Es dämmerte, als ich vor dem Haus stand, in dem ich mal zu Hause war. Oben, in einem der Zimmer, brannte Licht. Es war ein behagliches, ein gedämpftes Licht, vergleichbar mit dem Licht, das ich von früher kannte.

Ich blieb stehen und sah wieder nach oben, nur für kurze Zeit, weil ich für bestimmte Dinge nicht verdächtigt werden wollte. Der Ruf nach der Polizei gewinnt schnell an Brisanz, wenn Leute unsicher werden.

Im Weggehen sah ich am Fenster die Umrisse einer Frau, aber es war nicht Inga. Ich ging zurück zur Eingangstür und las die Namen. Ingas Name fehlte, sie wohnte hier nicht mehr.

*

Allmählich wurde es draußen hell. Ich saß in der Fensterbank und sah hinunter auf die nahezu menschenleere Straße.

Die Flasche mit dem restlichen Rotwein hatte ich ausgetrunken. Ich war scheußlich müde, schlafen jedoch konnte ich nicht. Wiederkehrende Gedanken ließen mich wach bleiben. Ich hatte an früher gedacht, an Inga, daran, wie schön es damals war, und daran, dass ich nicht wusste, dass es schön war.

In meinem Kopf zuckten kleine Blitze. Ich legte mich hin, um endlich schlafen zu können, aber ich konnte nicht schlafen, die beunruhigenden Gedanken der Nacht kamen zurück und wurden nur noch bedrohlicher.

Aber irgendwann fand ich einen Weg und es wurde mir möglich, an andere Dinge zu denken, und bald sah ich mich zwischen den grünen, halbhohen Gräsern einer hügeligen Wiese.

Ich atmete den herben Duft des Waldes und sah, wie Sonnenstrahlen durch die Blätter und gegen die grauen Stämme der Laubbäume und auf den weichen Waldboden fielen. Im Wald, den ich vor Augen hatte, war es ruhig, aber nicht still, im Wald gab es Leben, und irgendwann, in einer Phase des Hinübergleitens, träumte ich, aber schlafen konnte ich immer noch nicht.

Am nächsten Tag setzte ich mich ins Auto und fuhr in die Innenstadt. Ich parkte in einer Nebenstraße beim *Café Neumann* und ging zu Fuß weiter. Im Café wartete Alfonso auf mich. Er trank einen Kaffee am Stehtisch und las in der Zeitung.

„Was unterscheidet einen guten von einem schlechten Schachspieler?"

„Das hast du mich schon mal gefragt", sagte Alfonso, guckte hoch und ließ die Zeitung auf die Tischplatte sinken.

„Ich hab die Antwort vergessen."

„Es ist die Anzahl der gewonnenen Partien."

„Ich bitte dich."

„Schön, du brauchst psychische Robustheit, den Killerinstinkt, eine gute, körperliche Verfassung. Und es ist die Anzahl der vorausgedachten Spielzüge, zusammen mit der Fähigkeit, deine Strategie nach Erforderlichkeit zu ändern. Aber warum fragst du? Du bist und bleibst doch nur ein Kaffeehausspieler."

„Oh Torero, Cha-Cha-Cha. Sind wir missgelaunt?"

„Du musst nur die Zeitung lesen", sagte Alfonso.

„Einen Grund, sich zu ärgern, den gibt es immer. Das war so, das ist so, und das wird künftig so sein."

„Sie sind widerwärtig, einfach widerwärtig."

„Wen meinst du?"

„Ich meine die aalglatten Kerle, die sich mit ihrem Mandat vier Jahre lang den Arsch abwischen und behaupten, sie wären Abgeordnete und demokratisch. Dabei sind sie anonym und selbstherrlich und lassen jene gewähren, die das meiste Geld bringen."

„Arschabwischer gibt es überall."

„Du willst also allen Ernstes meine Meinung in seichtes Gewässer ziehen?"

„Nein, ich will, dass du dich vor dir selbst schützt."

„Und was ist mit den guten Menschen, den guten Menschen mit den bösen Augen?"

„Was mit den Heuchlern ist? Heuchelei ist einträglich, und die Taktik der Heuchler funktioniert ohne großen Aufwand, niemand wagt sich richtig an sie ran, weil ihnen meistens aus Bequemlichkeit geglaubt wird, und, in Gottes Namen, diese Bequemlichkeit macht sie stark."

„Muss ich mich etwa damit abfinden?"

„Wenn man sich abfindet, wird man zwar auch belogen, aber immerhin nicht gleich überheblich belächelt und intrigant kaltgestellt."

„Weiß ich, sie nehmen sich das Recht, weil sie meinen, die besseren Menschen zu sein und mit dieser Überzeugung ihr Handeln rechtfertigen. Das Böse ist nicht böse, wenn es dem angeblich Guten dient. Verflucht noch mal, es gibt zu viele von ihnen und es werden täglich mehr. Sie sind einfach widerwärtig, es ist zum Kotzen", sagte Alfonso laut in wachsender Rage. Die Leute wurden aufmerksam und sahen zu uns herüber.

„Alfonso, reiß dich zusammen, Mann aber auch. Deine Radikalität macht dich nur unglaubwürdig, auch wenn du im Recht bist. Wenn du Glück hast, kriegste nur eins aufs Maul, und wenn du Pech hast, dann machen sie dich wirklich fertig, bei deinem hitzigen Temperament. Sie sind gefährlich."

„Sie sind gefährlich, wie sie langweilig sind, und das macht mich ja so wütend."

„Schrei nicht so, ich bin nicht schwerhörig."

„Ach, Scheiße, es hat ja alles keinen Sinn."

„Scheiße sagt man hier nicht, man sagt herrjemine, beispielsweise."

„Schluss jetzt, es reicht. Mir ist es ernst und du ziehst es ins Lächerliche." Alfonso faltete mit schnellen Handgriffen seine Zeitung zusammen, nahm einen Schluck von dem kalt gewordenen Kaffe und guckte an mir vorbei zur Tür. „Auch das noch. Da kommt Hedy, erhitzt und heute mal in Eile. Fehlt nur noch die Hellebarde zu Wagners schweren Klängen."

Hedy war nahe am Eingang hinter den anderen Wartenden am Tresen stehengeblieben, sah uns, machte Handzeichen und wandte sich dann der Verkäuferin zu.

„Zur Zeit der Nibelungen gab es Lanzen und Schwerter, aber keine Hellebarden", sagte ich, „und für eine Walküre ist sie außerdem zu pummelig und zu klein."

„Egal", sagte Alfonso, „ich verschwinde, bevor das artige Mädchen mich wieder langweilt."

„Brötchen und Hefestücke, die brauchte ich grade." Hedy war zu uns an den Tisch gekommen und hielt eine große Tüte in ihrem Arm.

„Was macht Arno bloß den ganzen Tag?", fragte Alfonso. „Ist er deiner überdrüssig und holt sich seine Modelle anderswo?"

„Nein, ist er nicht. Er steck in seiner Arbeit, er malt Bismarck von hinten." Hedy schien nicht beleidigt. „Spendiert mir einen Kaffee, Jungs."

„Na sicher", sagte ich und ging zum Kaffeeausschank am Ende des Tresens. Als ich mit drei Tassen Kaffee zum Tisch zurückkam, wirkten Alfonsos Längsfalten am Mund tiefer als sonst, und Hedy hatte das Gesicht eines kränkelnden Mädchens, dem grade ein Esslöffel voll Lebertran eingeflößt worden war.

„Bismarck von hinten, Arno ist doch ein Spinner", sagte Alfonso.

„Du bist hoffnungslos fantasielos. Arno sucht eine Geschichte hinter dem Denkmal, eine mystische Geschichte um verlorene Menschen."

„Und wie will er das malerisch umsetzen?"

„Das weiß er ja auch noch nicht so genau, und deswegen ist er ungeduldig und übernervös und hat mich schnell zum Bäcker geschickt. Aber inzwischen hat er eine Idee, glaube ich."

„Und die wäre?", fragte ich bevor Alfonso eine weitere Frage stellte.

„Woher soll ich das wissen. Arno erklärt mir nie etwas, er malt mich, und damit basta."

„Er erklärt dir nichts, auch nicht, wenn du ihm was Appetitliches kochen würdest?" Alfonso grinste und tat harmlos.

„Er mag doch so gerne Nuttennudeln", sagte ich.

„Ihr seid ja süß, aber ihr nehmt mich nicht auf den Arm."

„Hedylein, wir nehmen dich nicht auf den Arm", sagte ich, „wir haben uns nur gefragt, weshalb Arno sich in Tinas Bar ungeniert nach lasziven Weibern umguckt."

„Besonders nach den Weibern mit den wulstigen Lippen."

„An deiner Stelle wär ich ganz ruhig, Alfonso", sagte Hedy. „Zufällig begegnete mir vorgestern Doktor Schanker in der Feinkosthandlung."

„Wer? Und?"

„Doktor Schanker. Er kaufte Wild und Trüffelpastete, aber das ist jetzt unwichtig. Er erzählte mir dies und das und wusste, dass wir uns kennen und daher erwähnte er, dass Herr Alfonso nachlässig mit der Termineinhaltung wäre, und das sei ja bedauerlich, weil sein breitbeiniger Gang kaum von einer zu engen Jeans käme, vielmehr davon, wenn man mit männlichen Absichten um die Häuser zieht."

Alfonsos Längsfalten am Mund wurden noch tiefer.

„Ich find's noch heraus, ob du durchtrieben oder nur eine vorlaute dumme Gans bist."

„Ohje, der Kleine ist beleidigt."

Alfonso klopfte mir im Vorbeigehen kurz auf die Schulter. „Ciao", sagte er und ging zur Tür, „ich hätte doch gleich verschwinden sollen."

Hedy zuckte mit den Achseln. „Gehen wir ein Stück?" Hedy sah besorgt aus. Auf der Straße hielt sie meinen Arm fest und blieb stehen. „Ihr beide seid ganz schön empfindlich, nicht wahr?"

„Ich nicht."

„Vielleicht doch, wenn's dich betrifft."

„Was willst du?"

„Mir fällt es wirklich nicht leicht, dir das zu sagen, aber jemanden im falschen Glauben zu lassen, das ist doch wohl sehr gemein."

„Wie bitte?"

„Hast du denn gar nichts bemerkt?"

Der Straßenverkehr hatte zugenommen und es war laut auf der Straße. Ich meinte, mich verhört zu haben. „Ich versteh kein Wort."

„Man könnte dich hintergangen haben."

„Du hast einen getrunken."

„Mach mich nur zur Rotweinamsel. Ich könnte dir was flüstern."

„Du sprichst in Rätseln."

„Hattest du wirklich keine Ahnung?"

„Also, was ist jetzt?"

„Ich rede von Inga und Thomas."

Mir wurde heiß, und auf meiner Kopfhaut begann es zu kribbeln. „Hedy, du kannst ein Luder sein und mochtest mich noch nie, du redest doch nur." Hedys Worte hatten ihre Wirkung, ich drehte mich um.

Ich war ein wenig überheblich gewesen, aber Hedy war schlau. Sie besaß diese Schläue, der man schlecht beikommen konnte. Hedy brachte mich so dazu, über Dinge nachzudenken, über die ich gar nicht nachdenken wollte. Ich ging am Eckhaus vorbei in die Grindelallee, vorbei an der Kiffstube und mechanisch immer weiter, um den ganzen Häuserblock herum und zurück zum *Café Neumann*.

Ich bestellte mir einen Kaffee. Es war niemand da, den ich kannte, und ich nahm mir die Zeit, über eine Behauptung nachzudenken, die mich zutiefst treffen sollte und die es auch tat. Trotz aller Mühe: Der Rest eines logischen Argwohns blieb zurück und hämmerte im Kopf.

Ich trank meinen Kaffee aus und ging die wenigen Meter zur Kiffstube.

In der Kiffstube wurde nie gekifft, nur Poolbillard gespielt, Bier und Schnaps getrunken, nie etwas gegessen, und ihr Name bedeutete nicht das, was sie vorgab, zu sein.

Neben der Tür, links, etwas versteckt, saß Freddy. Er hielt ein Glas mit abgestandenem Bier in seiner Hand und schien zu schlafen.

„Freddy, du machst einen deprimierten Eindruck."

„Ich bin deprimiert."

„Und warum?"

„Die Schlampe ist weg."

„Freddy, das sag ich dir, Männer behaupten gern, dass die

Frauen, die sie verlassen haben, nur Schlampen und Lesben gewesen wären."

„Hör auf, alles hat sie bei mir durcheinandergebracht, ich bin nur am Suchen, und das Geld ist auch weg."

„Hat sie dir Geld geklaut?"

„Sie hat es zum Fenster rausgeworfen und als nichts mehr da war, wollte sie mehr. Glaub mir, vergiss das Geld nicht, wenn du zum Weibe gehst."

„Du meinst Peitsche, vergiss die Peitsche nicht, wenn du zum Weibe gehst."

„Ach was, die Peitsche gehört einem anderen und ist hundert Jahre alt."

„Verstehe. Freddy, ich meine ja nur. Ja, das sagte damals jemand, der seinen letzten metaphysischen Weltoptimismus bereits hinter sich hatte."

„Klar, kenn ich, aber erzähl mir bei Gelegenheit mehr drüber."

„Was ist eigentlich mit deinen Texten?"

„Die sind leider auch weg und liegen nun in einem fremden Papierkorb."

„Schade."

Freddy schrieb Texte für liebliche Lieder. In regelmäßigen Abständen schickte er seine Schlagertexte an irgendwelche Musikverlage. Bisher erfolglos. Ich hatte zwar noch keine einzige Zeile von ihm gelesen, aber ich war mir sicher, dass er keinen Schund ablieferte.

Freddy war nämlich alles andere als naiv oder oberflächlich, nur boshaft. Boshaft wurde er, wenn Leute vor ihm wichtigtaten und ihm unnötige Ratschläge gaben.

„Ich habe Talent", sagte Freddy. „Mir gefällt das nun mal, was ich schreibe, und damit gebe ich mich zufrieden."

„Es reicht dir, wenn du mit dir zufrieden bist? Anderen muss es doch auch gefallen."

„In erster Linie muss es mir gefallen."

„Schön, deine Texte gefallen dir und landen garantiert im Müll. Und weißt du warum? Dir fehlen die richtigen Adressen und verlässliche Verbindungen und dann fehlt dir das Glück."

„Weiß ich, weiß ich doch alles, es ist die Hoffnung, die mich weitermachen lässt."

„Du wirst in zehn Jahren noch hoffen. Warte nur geduldig ab und begreife mal endlich, dass sich alltäglicher Schrott besser verkauft, wenn er niemanden irritiert."

„Und, was soll ich machen?"

„Lass deinen Nachtwächter stehen und komm mit nach oben."

„Auch das, wenn es nur helfen würde."

Wir gingen die Treppe hoch und betraten das Billardzimmer. Das Zimmer hatte eine niedrige Raumhöhe und machte im ersten Moment kurzatmig. Der Tisch stand in Zimmermitte, und weil die grüne Tuchfläche gut ausgeleuchtet war, konnte ich sehen, wie viele Bälle im Spiel waren. Irgendjemand hatte sämtliche Fenster weit geöffnet, aber der schwerfällig im Raum hängende, dichte Zigarettenqualm zog nicht ab und vermischte sich mit der Schwüle und dem Geruch verschwitzter Menschen, und wenn man versehentlich tief einatmete, roch man billigen Sprit.

Von draußen kamen die Geräusche des Straßenverkehrs und auf einmal durchdringend warnende Signaltöne. An der einen

Wand sah ich den Widerschein von rotierendem blauem Licht. Ein Rettungswagen passierte die Kreuzung und der Widerschein des Blaulichts wurde schwächer und verschwand wieder von der Wand.

Bis auf zwei Mädchen lehnten mehrere junge Männer an den weiß gestrichenen Wänden und geduldeten sich, beobachteten den Billardtisch, und nur manchmal beurteilten sie mit knappen Worten, was sie sahen.

Drei Burschen standen in der Nähe des Tisches, mit der Bierflasche in der einen Hand und der brennenden Zigarette und dem Queue in der anderen Hand. Sie trugen ihre karierten Hemden über der Hose, hatten die Ärmel hochgekrempelt und lachten schrill beim kleinsten Anlass.

Ab und zu redeten sie mit einer dünnen Dunkelhaarigen und taten vertraut. Die Dünne trug eine weiße Bluse, enge Jeans und weiße, saubere Turnschuhe.

Manchmal stieß sie den Jungs mit dem Ellenbogen in die Seite und machte Unsinn mit ihrem Queue. Sie war ihnen lästig. Sie schoben die Dünne einfach beiseite und gaben sich nicht weiter mit ihr ab.

Die Burschen verbreiteten Unbehagen, sie rochen nach Ärger. Immer wieder ließen sie ihre Queues hart und fest auf den Fußboden fallen.

Freddy lief rot an und wurde laut. „Hört auf mit dem Scheiß."

Widerwillig sahen die drei zu Freddy hinüber, hielten ihre Queues fest und stellten ihre Bierflaschen ab.

Ich ging zum Billardtisch und legte meine Mark an die lange Seite der Tischumrandung, hinter das dort liegende letzte Geldstück. Das regelte die Spielfolge. Vor meiner Mark lagen einige Münzen. Freddy und ich waren noch lange nicht dran. Ich schaute nochmals auf den Tisch und auf den Lauf der Kugeln und hörte das Klacken der Bälle, wenn sie aufeinanderstießen. Das war die Weitergabe von Energie.

Ich musste um den Tisch herum und an den drei Burschen vorbei. Als ich auf Höhe war, traten sie vor, stellten sich mir in den Weg und stießen ihre Queues vor meinen Füßen auf den Boden. Ich merkte, wie sich meine Kopfhaut zusammenzog.

„Nun aber, weg da." Ich trat gegen ein Queue und ging dorthin, wo ich vorher gestanden hatte. Zufällig sah ich zur Treppe und sah einen Mann in offener, schwarzer Lederjacke zusammen mit einer Rothaarigen im leichten Sommerkleid die Treppe heraufkommen. Der Mann riss die Augen auf und im selben Moment hörte ich Freddys Stimme.

„Pass auf", rief Freddy scharf. Hinter mir stand der lauteste und kräftigste der drei Burschen. Er hatte den Billardstock mit beiden Händen umklammert und holte aus. Eines von den Mädchen schrie auf. Ich zuckte zusammen und hob unwillkürlich meine Arme über den Kopf. Zugleich sprang der Mann in der schwarzen Lederjacke nach vorn, fing mit seiner linken Hand das Queue ab, schlug blitzschnell mit der rechten Hand ins breite Gesicht des Burschen und setzte nach, verpasste ihm eins aufs Kinn und das Großmaul machte kleine Rückwärtsschritte, sank in die Knie, stieß mit dem Hinterkopf an die Wand und rutschte nach unten. Er blieb liegen. Erst nach einer ganzen Weile kam er wieder hoch und stützte sich mit einem Arm an der Wand ab. Er zitterte am ganzen Körper und seine Augen flackerten.

Man sah, dass er Angst hatte. Seine Angst ließ nach, als er merkte, dass niemand über ihm stand und ihn bedrohte.

Anstelle der Angst, die gerade noch sein Gesicht verzerrt hatte, stand nun hässliche Verschlagenheit, und mit dieser Verschlagenheit im Gesicht blickte er um sich, suchte seine Kumpane und den Mann, der ihn niedergeschlagen hatte.

Es war still im Raum, und man hörte nicht mehr das Klicken von aufeinanderstoßenden Bällen.

Die Dunkelhaarige hatte sich davongemacht.

Von seiner Stärke war nicht viel übriggeblieben. Das kleingewordene Großmaul sah ziemlich mitgenommen aus, und seine Feigheit schien im Augenblick noch größer zu sein als seine langsam ansteigende Wut.

Dann stand er wieder, klopfte sich ab und gab den anderen Zeichen. Vor der Treppe begannen die drei zu fluchen, um ihr Gesicht zu wahren, und traten im Weggehen gegen den bröckelnden Putz an der Wand. Etwas später standen sie draußen auf der Straße und grölten. Im Billardzimmer war es wieder ruhig geworden.

„Danke", sagte Freddy zu dem Mann in der Lederjacke. Die beiden kannten sich.

Freddys alter Bekannter hatte seine Lederhandschuhe ausgezogen, lehnte am Geländer der Treppe und hatte seinen Arm um die Taille der Rothaarigen gelegt. Ihr karottenrotes Haar leuchtete im Schein der Deckenlampe.

„Was trinkst du?", fragte ich Freddys Bekannten.

„Ist schon in Ordnung", sagte er. „Ein andermal."

Die Rothaarige guckte mich verwundert an, und ich hatte den Eindruck, dass sie innerlich über mich lachte.

Freddy rief mich.

Wir waren dran und spielten zwei gegen zwei. Freddy legte die Bälle in das Dreieck, sortierte und machte den ersten Stoß. Sein weißer Ball traf halblinks in das Kugeldreieck, die Bälle prallten gegeneinander und verteilten sich, und die erste Kugel fiel in das obere rechte Loch.

Freddy und ich spielten die Halben.

Die Bälle lagen ungünstig und waren schlecht zu spielen. Freddy machte gleich einen Fehler, der andere Spieler machte einen Fehler und ich machte einen Fehler, aber die Kugeln lagen jetzt viel besser. Der zweite andere Spieler versenkte Ball um Ball. Es würde dauern, bis wir wieder dran waren. Ich hatte keine Lust, mit Freddy zu reden, und ging ein paar Schritte weg vom Billardtisch, zündete mir eine Zigarette an und beobachtete die vollschlanke Rothaarige in ihrem bunten, enganliegenden Sommerkleid. Mir erging es wie den meisten Männern im Billardzimmer, ich blickte ihr ungewollt hinterher.

Wenn sie sich bewegte, ging von ihr eine selbstsichere Freizügigkeit aus. Sie tätschelte Wangen, legte ihre Hand auf die Schultern mancher Männer und einige von ihnen erwiderten ihren Charme, wurden ganz lebhaft und machten Witze.

Sie bemerkte, wie ich sie beobachtete, und ohne, dass sie etwas gesagt hätte, begann ich leicht zu husten. Sie legte ihren Kopf etwas zurück, machte kleine Schlitzaugen und taxierte mich von oben bis unten.

Ich war unentschlossen, und grade als ich zu ihr hingehen,

ihr ein paar nette Worte sagen wollte, da war es auch schon zu spät. Sie ging zur Treppe, ohne besondere Eile, hübsch, in ihrem engen Sommerkleid, im Arm eines Mannes, und es war nicht der, mit dem sie gekommen war.

Sie blickte nochmals zurück, ihrer weiblichen Wirkung bewusst. Mit ihrer feuchten Zungenspitze berührte sie ihre erdbeerroten, vollen Lippen und zeigte allen damit, wie und was sie dachte.

„Sie verdient ihr Geld damit." Freddy stand auf einmal neben mir. „Wir sind gleich an der Reihe. Der da, der grade spielt, ist nicht ganz richtig im Kopf. Oder es ist seine Masche."

Ich nahm mein Queue in die Hand und ging zum Billardtisch zurück.

Es war der Gewinner des letzten Spiels. Er stand dicht vor der Bande, deutete mit seinem Queue wiederholt auf diesen und jenen Ball und redete vor sich hin.

„Ich bin Apokalyptiker", sagte er, als wir näherkamen.

„Hörst du das?", fragte Freddy. „Hab ich's nicht gesagt."

„Ich bin Apokalyptiker."

„Dann spielst du noch seelenruhig Billard?" Freddys Stimme war gleichgültig, wenig interessiert.

„Warum denn nicht? Es ist noch Zeit."

„Spiel endlich den Ball in das schwarze Loch, äh, den schwarzen Ball in das Loch und mach uns nicht verrückt mit deiner Rederei."

„Verrückt? Ich bin verdammt noch mal bei Verstand."

„Du hast mich nicht richtig verstanden", sagte Freddy, „war anders gemeint als du denkst."

„Ich bin völlig normal, ja, habe nur eine kleine Schwäche."

„Und?"

„Ich kriege zu viel mit, ich sehe alles, und das belastet mich. Aber mein Verständnis reicht dafür kaum aus und das macht mich einfach fertig."

„Dann wäre ich auch Apokalyptiker", sagte Freddy. „Vielleicht bist du auch nur ein weltfremder Philanthrop. Lebst du allein, ohne Frau?"

„Seid ihr endlich fertig? Freddy, du bist dran, wir warten", sagte ich und merkte, wie Freddy sich amüsierte.

„Tja, das Alleinsein ist hart", sagte er mehr zu sich als zu uns. Mit Glück versenkte Freddy zwei Bälle. Er spielte unkonzentriert und das hatte Folgen. Sein nächster Ball lief am Loch vorbei und wir waren raus aus dem Spiel. „Tut mir leid", sagte er.

Wir mussten warten, bis wir wieder spielen konnten, aber dann wurde es spät und es spielten nur noch wenige im Billardzimmer, und auf einmal lagen Scheine auf dem Tisch. Wir spielten um Geld und ich gewann.

„Wer Carambolage spielt, hat es einfacher mit Pool", sagte Freddy. Interessiert sah er zu, wie ich spielte und weitergewann. Ich dachte nicht an das gewonnene Geld und auch nicht an den flüchtigen Triumph des Siegers, aber für kurze Zeit konnte ich all das vergessen, was ich vergessen wollte.

Als ich ein Spiel aussetzte, kam Freddy zu mir.

„Ich habe Schulden", sagte Freddy. „Schulden, wie ein Esel voller Fürze."

Ich nickte, griff in meine Hosentasche nach den Geldscheinen und gab Freddy die Hälfte ab.

Nach einer Weile spielte ich nochmals, verlor absichtlich und gewann das nächste Spiel mit höherem Einsatz.

Als ich dann später auf der Straße stand, hatte ich ein paar Hunderter mehr in der Tasche, aber ich fühlte mich leer, und obwohl ich viele Leute kannte, war niemand da, mit dem ich reden konnte, und mir fiel auch niemand ein, mit dem ich gerne geredet hätte.

Etna war mit Friedrich nach Frankfurt gegangen. Von einem Tag zum anderen. Ich hörte es von Levi, fast nebenbei.

„Zehn kleine Negerlein", hatte er gesagt, seinen Mund verzogen und weiter Bücher sortiert.

Etnas und Friedrichs Umzug nach Frankfurt war eine äußerst unauffällige Sache, ohne Verabschiedung, und mir war es kaum möglich, mich sofort darauf einzustellen.

In meiner Vorstellung lebte Etna weiterhin hier, und ich hatte das Gefühl, sie nach wie vor an den gewohnten Stellen sehen zu können.

Über Friedrichs Weggang machte ich mir keine Gedanken. Ich dachte nicht oft an ihn und an unsere Gespräche, die seltsamerweise nur von Beliebigkeiten bestimmt waren.

„Wie demokratisch ist ein Staat, wenn er undemokratische Mittel anwendet, um demokratisch zu bleiben?"

Friedrich, naja.

Lisa sah mich mit großen Augen an, als ich ihr von Etna und Friedrich erzählte, und tat gelangweilt. Sie hatte es schon gewusst.

„Geh mir weg mit dem und seinen bekloppten Theorien, die

keiner kapiert." Lisas Desinteresse hatte das Verhalten einer überzeugten Entrüstung angenommen. „Die beiden riechen nach Luder."

„Lisa, übertreibst du nicht?"

„Keineswegs tue ich das. Erinnerst du dich an das Lokal, in dem wir von Dido und Levi eingeladen waren, weil Dido es so wollte? In den Räumen des Lokals war ein leichter Zersetzungsgrad des gelagerten Wildes zu riechen und Levi meinte, das wäre nur der typische Geruch von Edelfäule und wäre daher besonders teuer."

„Entschuldige, is' weg, ich kann mich nicht erinnern."

„Es riecht nach Luder, hatte ich gesagt, hier bleibe ich nicht, überall hängen Kadaver an den Wänden, es ist scheußlich. Und auf der Toilette dachte ich, ich müsste mich übergeben, und als ich ganz bleich von der Toilette zurückkam, hatte Levi nur gelacht. Das käme wohl von anderen Umständen."

„Daran kann ich mich erinnern, und auch daran, dass wir das Essen stehenließen."

„Und warum riecht deine Nase jetzt nicht das, was meine Nase riecht?"

„Weil sie unterschiedlich sind, Lisa. Du riechst Verderbliches und ich rieche meine eigene, furchtbar naive Leichtgläubigkeit."

„Da muss was Schlimmes vorgefallen sein, wenn du so redest."

„So redet man vermutlich, wenn man hintergangen worden ist."

„Hintergangen? Nun weiß ich auch nicht, aber du kannst es mir erklären."

„Nein. Unfähigkeit zur Wahrheitsfindung sollte man besser für sich behalten."

„Vielleicht kann ich dir doch helfen. Nun sag schon."

„Es würde sich nach Bestätigung einer Verlierermentalität anhören."

„Ich gehe gleich, wenn du so weitermachst."

„Na schön. Inga und Thomas. Die beiden standen sich näher, als ich dachte. Und kannst du dir vorstellen, was das bedeutet? Wir wohnten damals in Othmarschen."

„Wenn das stimmen würde, lieber Gott. An deiner Stelle würd' ich mich ja umbringen."

„Siehst du."

„Von wem hast du das erfahren?"

„Von Hedy. Hedy hatte giftige Pfeile im Köcher und die haben getroffen, mittenrein."

„Hedy, dieses Mondkalb? Mann, musst du durch den Wind sein, um Hedy zu glauben. Wenn dir jemand zugetan war, dann Inga. Sie hatte ihn nur ausgelacht und dann rausgeschmissen. Inga behielt es zunächst für sich, weil seine Annäherung mit dem Alkohol im Kopf einfach abstoßend war."

„Dir hat sie davon erzählt, aber nicht Hedy."

„Ja, wennschon. Hedy hörte es von Thomas. Seine Version soll dabei überaus einseitig gewesen sein. Sie hatte natürlich ihre Zweifel, aber sie sah darin die Gelegenheit zur Verleumdung. Ich frage mich nur, was da zwischen euch war? Weshalb will sie dir bloß schaden?"

„Das weiß ich nicht, sie hat eben eine rätselhafte Aversion gegen mich."

„Soll dir auch egal sein. Was ist schon los mit einer Frau, die ständig beim Arzt auf dem Pflaumenbaum sitzt und sich dort auf hundert mögliche Krankheiten untersuchen lässt."

„Möchtest du etwas trinken?"

„Ja, bestell mir bitte noch einen herben Rotwein und gib mir eine Zigarette."

Lisa und ich saßen im *Cosinus* und es war spät geworden.

„Hedy hat dich bewusst belogen", sagte Lisa, „aber deine Befürchtungen sind unnötig, ich kenne Inga länger als du, mach dir mal keine Sorgen."

„Das sagt sich so leicht, man macht sich immer Sorgen, oder man ist blöde, oder liegt im Sarge."

„Denkst du manchmal daran?"

„Woran?"

„Im Sarg zu liegen."

„Noch nicht. Aber mir graut vor dem Tag, an dem die Haut allmählich blättert und über Nacht zur Landkarte wird."

„Wir sind im besten Alter, das hat noch Zeit."

„Hat noch Zeit? In unseren Empfindungen ist die Zeit nicht frei von innerem Ermessen. Für mich vergeht diese Zeit immer schneller, je älter ich werde."

„Du bist vielleicht schon in einem Alter, in dem die Angst vor dem Alter beginnt?"

„Lisa, ich habe Angst vor der Abhängigkeit im Alter, davor, dass ich mich nicht mehr wehren kann."

„Vielleicht hast du ja Glück und die Natur zeigt sich gnädig und du bekommst gar nichts mehr mit."

„Na, ob das gut wäre? Am Ende will man ohne Schmerzen vielleicht doch noch ein bisschen mitbekommen. Aber was soll's, man ist für sich und einsam und hat Angst, seine Liebe zu zeigen. Möchtest du noch eine Zigarette?"
„Nein."
„Und suche keinen Trost im Alter, nur Kinder werden getröstet. Möchtest du wirklich keine Zigarette?"
„Nein, wirklich nicht. Du solltest jetzt nichts mehr trinken, und außerdem möchte ich wissen, was mit dir los ist."
„Was mit mir los ist? Ich habe Angst, Lisa. Ich habe Angst und weiß nicht wovor. Es ist wie eine Bedrohung, etwas, das mir im nächsten Augenblick das Genick brechen wird. Doch alles bleibt ruhig und ich warte nur ab, warte in angespannter Ruhelosigkeit und weiß, dass ich nicht flüchten kann, weil ich nicht weiß, wohin ich flüchten könnte."

Ich trank mein Glas leer, steckte mir eine Zigarette in den Mundwinkel und schmeckte den bitteren Tabak auf meiner Zunge.

Die meisten Gäste waren gegangen, und nur vorn an der Theke standen noch zwei Männer mit einer Frau. Sie tranken aus ihren Biergläsern und redeten leise und die Frau lächelte und schüttelte ihren Kopf.

Ich wich Lisas Augen aus und guckte weiter zur Theke hin, sah, wie der Mann hinter der Theke saubere Gläser sortierte, wie er einzelne Gegenstände in untere Fächer legte und wie er sorgfältig die glatten Teile der Theke polierte.

Dann sah er zur Uhr und hatte es auf einmal eilig. Er trank seinen Kaffee aus und griff hinter sich. Lou Reeds Stimme wurde leiser und erstarb dann ganz.

Der Mann beugte sich über die Theke, gähnte, sagte ein paar Worte zu der Frau, grinste und winkte Lisa und mir. Er wollte Kasse machen.

„Eben noch hat mich Lou Reed traurig gemacht, und nun hast du mich traurig gemacht", sagte Lisa und lehnte für einen Moment ihren Kopf an meine Schulter.

„Er schmeißt uns raus", sagte ich und wurde heftig. Ich war etwas betrunken. „Er schmeißt uns doch tatsächlich raus, obwohl wir ständig hier sind."

„Weil wir ständig hier sind, schmeißt er uns raus. Lass uns gehen", sagte Lisa und stand von ihrem Stuhl auf, „lass uns schnell gehen, du bleibst heute Nacht bei mir."

Ich saß vor meiner Schreibmaschine, ungeduldig, weil mir die Zeit weglief und das leere Blatt leer blieb.

Es war noch früh und doch schon warm. Sämtliche Fenster waren weit geöffnet und ich hörte die zunehmenden Geräusche der Straße, den Verkehrslärm, der allmählich lauter wurde.

Die Sonne schien hell auf das vor mir in die Maschine eingespannte leere Blatt. Ich befand mich in einem Zustand der Desillusion. Ich starrte auf das leere Blatt, auf das weiße Papier ohne Worte. Je länger ich auf das leere Papier sah, desto mehr stieg meine Achtung vor denen, die mit Worten umgehen konnten, denen die richtigen Worte spielerisch zufielen und die dennoch ihr Talent nicht so richtig ernst nahmen und ihr Geld mit anderen Dingen verdienten. Schreiben allein war für sie unwichtig, war für sie nur ein weiteres Mittel zur Verständigung. Diese Denkweise aber, die nichts mit Bescheidenheit zu tun hatte, war es, die mich nachdenklich machte.

Das Telefon klingelte. Ich ließ es durchklingeln und nahm den Hörer nicht ab, legte aber auch nicht den Hörer neben das Telefon, nachdem das Klingeln aufgehört hatte.

Die Sonne schien warm in mein Zimmer.

Ich war unzufrieden. Nochmals las ich die Seiten, die ich gestern geschrieben hatte. Seltsamerweise löste ich mich von der Vorstellung einer sofortigen Vernichtung und begann, mich mit einem imaginären Kritiker zu beschäftigen, der, völlig aus dem Häuschen, einen Irrtum über die Qualität des Geschriebenen überraschend ausschloss.

Wieder klingelte das Telefon und wieder ließ ich es durchklingeln, bis sich meine Vorstellungen von Anerkennung und Erfolg verflüchtigt hatten.

Ich war wieder in der Gegenwart und dachte an anscheinend erledigte Dinge, dachte an die Dinge aus der Vergangenheit, weil sie in der Gegenwart unerwartet wieder wichtig geworden waren.

Thomas machte ich keinen Vorwurf, es wäre auch sinnlos gewesen.

Das in die Schreibmaschine eingespannte Blatt war kaum beschrieben, aber das hatte nichts mit Vergangenem zu tun, und auch nicht mit Thomas, der Grund lag in irrtümlichen Versuchen und in gedanklicher Unbeweglichkeit.

Wieder klingelte das Telefon und es klang laut, eindringlich und so nah, als wäre jemand in der Wohnung und stände neben mir.

Widerwillig nahm ich den Hörer ab.

„Du hast ja Nerven", sagte Tina.

„Wenn ich Nerven gehabt hätte, dann hätte ich den Hörer gar nicht in die Hand genommen."

„Woran lag's?"

„Ich war auf der Suche, Tina."

„Was redest du da?"

„Doch, doch, ernsthaft. Hör mal: Ist wahr, was man sagt, oder ist wahr, was man denkt?"

„Was wahr ist, weiß ich nicht, ich weiß nur, dass manche Leute etwas sagen, ohne nachgedacht zu haben."

„Ist nicht wahr."

„Du hattest doch genug Schlaf?"

„Wahrscheinlich so viel Schlaf wie du das süße Nachtleben hattest."

„Darauf könnte ich gern verzichten, es ist immer das Gleiche", sagte Tina. „Gespräche in der Bar oder Kantinenessen, beides wiederholt sich und wird langweilig. Jeden Tag liegt dir ein stinkbesoffener Faun in den Ohren, und unwiderstehliche Schönlinge in schmutziger Unterwäsche stellen einem nach. Mir steht es zeitweise bis oben."

„Und was wolltest du sonst von mir, so früh?"

„Es ist lange her, seitdem wir uns gesehen haben."

Ich hörte, wie Tina atmete. „Hast du Schwierigkeiten mit Bernward?"

„Nein, ich möchte nur mit jemandem vernünftig und ernsthaft reden."

„Tut mir leid, ich hatte mit mir zu tun und hab's nicht bemerkt."

„Ist schon in Ordnung. Aber du könntest mich aufmuntern und mir etwas vorlesen, weil ich das Lesen verlernt habe. Meine Augen sehen nur Buchstaben und ich bin zurzeit kaum imstande, mir etwas vorzustellen."

„Möglicherweise liegt die Schwäche am Buch und weniger an deiner Fantasie", sagte ich. „Nimm einfach ein anderes Buch."

„Ich hätte von dir gern etwas anderes gehört."

„Was wolltest du hören?"

„Armes Mädchen, vielleicht?"

„Tina, was hast du, was ist denn los?"

„Meine Liebe zu dir ist so lala, aber ich würde dich gern sehen."

„Das weiß ich, wie du zu mir stehst, aber was ist jetzt mit dir?"

„Kann ich's dir sagen, einfach sagen, ohne mich schämen zu müssen?"

„Tina, wie lange kennen wir uns?"

„Ich muss mich wirklich nicht schämen? – Es ist die Traurigkeit. Seit Tagen habe ich diese Traurigkeit und keiner kann mir helfen. Ich habe keine schlimmen Dinge auszustehen und trotzdem ist alles grau und mir ist alles völlig egal."

„Und was ist mit Bernward?"

„Ach der, er ist lieb und theoretisch."

„Lieb und theoretisch? Das klingt so harmlos. Früher hattest du eine andere Meinung."

„Ja, früher. Man kann seine Meinung doch ändern?"
„Tina, mir ging's ums Verständnis. Wo ist Berni jetzt?"
„Wer weiß das schon. Bernward ist ausgezogen, seine Hosen wäscht jetzt eine andere, eine Gans aus seinem Umfeld, aber vorher habe ich ihm eine geknallt."
„Ich könnte kommen", sagte ich, „aber ohne frische Brötchen."
„Das wäre schön, aber einen Kaffee könnten wir trinken und dann könnten wir baden, ungestört baden." Tina lachte und legte den Hörer auf.

Ich kam aus der Heinrich-Hertz-Straße und ging in Richtung U-Bahn. Es war ein herrlicher, sonniger Tag, und ich dachte an Tina. Eben noch hatte sie vor mir gestanden, mit nassen Haaren und im halbgeöffneten, weißen Bademantel. Unsere Verabschiedung war kurz und auf viele Worte hatten wir verzichtet.

„Mach's gut", hatte sie gesagt und mit der Hand gewinkt, und vor meinen Augen war noch immer das Bild ihrer natürlichen Schönheit, waren noch immer die Bilder ihrer anmutigen, weiblichen Bewegungen.

Es war eigentlich wie immer, es gab keine Situation, aus der ich entnehmen konnte, dass etwas weniger in Ordnung war als sonst, und dennoch hatte ich das vage Gefühl, auf bestimmte Wiederholungen in Zukunft verzichten zu müssen.

Ich fiel vom Schlendern in einen schnelleren Schritt und näherte mich den Hochhäusern.

Schon von Weitem sah ich die Ansammlung von Menschen. Unwillkürlich veränderte sich meine normale Atmung in eine krampfartige Kurzatmigkeit.

Meistens bedeutet es nichts Gutes, wenn Menschen eng zusammenstehen, nur eine Blickrichtung kennen und durch ihr Verhalten zeigen, dass ein Umstand eingetreten war, der sie am Weitergehen hinderte.

Ich sah Feuerwehr und Polizei. Einige Meter davon entfernt setzte sich ein schwarz lackierter Wagen in Bewegung und fuhr mit leisen Motorengeräuschen von der gepflasterten Zufahrt zurück auf die Straße.

Einzelne Personen lösten sich nun aus der Menge und gingen weiter.

Mit einem Wasserschlauch wurden Blut und restliche Hirnmasse weggespült. Ich fragte jemanden neben mir.

Eine junge Frau hatte sich von weit oben aus dem Fenster gestürzt.

Ich ging an der Absperrung vorbei und ging weiter, weg von der Unglücksstelle und weg von entsetzten, aber auch von eisigen Gesichtern, ging weg von einem furchtbaren Unglück, das sich bei mir als Erinnerung eingebrannt hatte.

Nach der Beseitigung der restlichen Spuren würden bald wieder Passanten über diese Stelle gehen und nichts von dem wissen, was passiert war.

Ich wehrte mich gegen eine beklemmende Vorstellung, aber immer wieder musste ich an Etna denken. Sie sollte wieder in Hamburg sein, redete man. War es also doch möglich?

„Wie leicht verliert man doch die Übersicht, wenn man in der Bredouille ist, wenn man Fragen hat und keine Antworten bekommt", hatte Etna gesagt, bevor sie nach Frankfurt ging.

Ich hatte damals den Grund ihrer Melancholie nicht gleich

erkannt und nur begriffen, dass etwas schon vorher schiefgelaufen sein musste. Ein flüchtiger Blick in ihr Gesicht jedoch sagte mir, dass eine zusätzliche Frage zwecklos gewesen wäre. Ich wollte es mir nicht vorstellen, weil es nicht sein durfte. Etnas Vorliebe für kosmetische Pröbchen aus der Parfümerie war einfach zu lebendig, aber ich machte mir dennoch begründete Sorgen, denn Etnas Psyche war fragil, auch wenn sie sich nach außen hin anders gab.

Ihre größte Schwäche aber lag in ihrer Selbstlosigkeit, einer Selbstlosigkeit, die Friedrich frühzeitig als Überidentifikation erkannt hatte. Grade diese Überidentifikation führte vermutlich dazu, dass Etna sich in anderen Kreisen umsah und nach und nach jegliches Interesse am Zitieren fremder Erkenntnisse verlor. Ich konnte mir vorstellen, wie sie ihre soziologischen Studien vernachlässigte und sich allmählich von Forschung und Lehre löste.

Etnas Trennung von Friedrich, das war nur eine logische Notwendigkeit.

Von der Trennung der beiden wusste ich schon länger. Friedrich und Levi telefonierten regelmäßig miteinander, und Levi war mitunter mitteilsam.

Etna ging mir nicht aus dem Kopf. Sie blieb verschwunden, versteckt in der Anonymität. Und wenn sie auch nicht die junge Frau von der Mundsburg war, ich würde sie niemals wiedersehen. Ich ahnte es nicht, ich wusste es.

Lisa und ich saßen in Tinas Bar und tranken eisgekühlte Martinis. Tina stand auf der anderen Seite der Theke und füllte Gläser, und mir war es egal, ob sie uns zuhörte oder nicht.

Teach me tiger, wah wah wah.

Lisa hatte müde Augen. „Rate mal, mit wem", sagte sie.

„Behalt's für dich."

„Willst du's wirklich nicht wissen?"

„Nein. Lisa, lass mich in Ruhe mit deinen Geschichten."

„Du kennst ihn."

„Himmel, ist es etwas Besonderes, den ganzen Sonntag wegen der Lust im Bett zu liegen? Junge Bengels geben damit an."

„Du bist mies gelaunt."

„Vorhin ging's mir noch gut."

„Wenn ich nur etwas von deiner Normalität hätte und du etwas von meiner", sagte Lisa. Sie wollte mich ein bisschen aufziehen.

„Was wäre dann?"

„Dann würden wir uns besser verstehen."

Tina hatte die Gläser weggebracht und stand wieder vor uns. Sie nahm zwei saubere Gläser in ihre Hand und blinzelte mir zu. Tina flötete vor lauter Nettigkeit.

„Damals, bei Arno, als ihr euch in das Zimmer verzogen hattet, was wollte Alfonso da eigentlich von dir?", fragte ich und sah dabei kurz zu Lisa hin.

„Er fragte mich nach dem Pariser Telefon."

„Ja und?"

„Ich half ihm beim Vermitteln", sagte Tina, lachte und ging zum anderen Ende der Theke.

Ich lachte nicht und sah erneut zur Seite. Lisa verschluckte sich beinahe und stellte abrupt ihr Glas ab. Ihre Gesichtsfarbe wurde kurzzeitig fahl.

Sie musterte mich mit ungläubigem Gesichtsausdruck, starrte Tina hinterher und versuchte herauszufinden, ob wir nur komisch sein wollten.

„Natürlich, ich verstehe, Tina, diese versiffte Nutte."

„Und Alfonso?"

„Sei still. So ein widerlicher Dreckskerl. Ich könnte mich ohrfeigen. Die beiden, ach, die beiden können mich mal."

Lisa war wütend und gleichzeitig zutiefst enttäuscht.

„Das war aber mal ein kurzes Glück." Ich schlug mit der flachen Hand auf die Theke.

„Lass mich bloß in Ruhe. Ach, was soll's. Gib mir lieber eine Zigarette."

Lisa tat mir leid. Sie grübelte und sagte kein Wort. Nach einer Weile drückte ich ihre Hand, winkte Tina und bestellte noch zwei Martinis ohne Oliven.

„Es ist eine Last mit den Männern, denen der Schnaps aus den Augen kommt", sagte Tina und stellte die gefüllten Gläser vor uns hin. „Taugen zu nichts, vertragen nichts und fangen immer gleich an zu heulen. Es ist noch früh am Abend und die da hinten sind schon wieder soweit. Noch ein Glas, und sie fühlen sich wieder um ihre Jugend betrogen."

„Das hast du uns schon ein paarmal erzählt", sagte ich.

„Oh, entschuldige." Tina war ein bisschen eingeschnappt, zeigte ihre kalte Schulter und ging zu einem Gast am anderen Ende der Theke.

„Ich kann's nicht mehr hören", sagte ich zu Lisa. „Saufen und immer nur ein Thema und anschließend jammern, immer nur reden und ständig nur Fragerei. Wer bin ich, woher komme ich, und diese ganze langweilige Scheiße."

„Wenn man's weiß, fragt man nicht", sagte Lisa.

„Meinst du. Mich würd's nicht kümmern, mich interessiert nur, wohin die Reise geht und was mich am Ende der Reise erwartet."

„Diese berechtigten Fragen stellen sich viele Menschen."

Ich wollte Lisa antworten und kam nicht dazu.

Arno und Thomas kamen zur Tür reingesegelt, jeder mit einem Arm auf der Schulter des anderen. Stühle krachten gegen Tische und Gläser zerbrachen, aber niemand stellte sich ihnen in den Weg und hielt sie auf.

„Da kommt das verkörperte Selbstmitleid." Ich stand vom Barhocker auf.

„Wir waren im *Cosinus*", sagte Arno. Er wankte und musste sich an der Theke abstützen. „Haben unsere trockenen Lippen ein wenig mit Schnaps befeuchtet."

Tina machte große Augen und zog ihre Augenbrauen hoch. „Reißt euch zusammen, verdammt noch mal."

„Kusch, du kaputte Tucke."

Auf Tinas Stirn erschienen tiefe Falten. „Ich schmeiß dich raus", sagte Tina, „mit oder ohne geschriebenem Buch, es ist mir egal."

„Lass man, Tina."

Ich fasste Thomas fest am Arm. „Wenn du morgen aufwachst, wirst du alles vergessen haben, besoffen, wie du bist. Du erbärmliches Arschloch, geh einfach nach Hause und leg dich ins Bett."

„Halt die Fresse, lass meinen Arm los."

„Okay, du beleidigst mich nicht", sagte ich und fühlte das Kribbeln auf meiner Kopfhaut und im Nacken.

„Geh endlich nach Hause, du bekommst hier sonst noch bösen Ärger."

Thomas hatte seinen Mund leicht geöffnet und zeigte seine schlechten Zähne. „Geh weg", sagte er und stieß nach mir mit dem Ellbogen. Der Alkohol machte ihn stark.

Ich ließ seinen Arm los, ging zwei Schritte und drehte mich nochmals um, weil es unklug gewesen wäre, ihn sich selbst zu überlassen. An seinen Augen merkte ich, dass es keinen Sinn hatte, mit ihm zu reden. Ich setzte mich wieder neben Lisa auf den Barhocker und zündete mir umständlich eine Zigarette an. Meine Hände zitterten und ich ärgerte mich, weil man sah, dass sie zitterten.

Ich suchte nach Worten, nur um mich vom Zittern meiner Hände abzulenken. „Hat jemand von euch Etna gesehen?", fragte ich nach einer Weile.

„Wenn sie doch in Frankfurt ist." Arno griente. „So ganz alleine bist du auch nicht mehr."

„Sie soll wieder hier sein, ohne Friedrich."

„Nee, is' nich. Weder gehört noch gesehen."

„Geht mir genauso", sagte Lisa, „nicht gehört und nicht gesehen, ich hab noch nicht mal an sie gedacht."

Ich stellte mein Glas ab und sah Lisa an, blickte danach über Lisa hinweg auf den hochgewachsenen Barbesucher, der sich lautlos neben Thomas gestellt hatte. Ich kannte ihn nicht.

Er war groß, mindestens über einsneunzig. In seinem schwarzen, eng geschnittenen Anzug stand er an der Theke, kräftig und ohne Fettansatz, und wenn er sich bewegte, bewegte er sich wie ein professionell ausgebildeter Kampfsportler.

Er hatte wulstige Lippen und eine breite Nase. Auf seinem Kopf trug er schräg einen dunklen, schmalkrempigen Hut, der nicht ganz in die Zeit passte.

Er schnippte mehrmals mit den Fingern, und weil das gut ankam, ließ Tina sich Zeit. Als sie ihn fragend ansah, bestellte er sich ein alkoholfreies Mixgetränk. Er bezahlte gleich und warf mit kurzer, schneller Handbewegung seinen Geldschein wie ein Almosen auf die Theke.

Ich machte mir ein Bild aus den Augenwinkeln, und was ich nur für mich gedacht hatte, sprach Thomas impulsiv aus, vergaß, mit vernebeltem Hirn vorsichtig zu sein, fragte, ob sich der Hut zum Pilzesammeln eigne, und lag augenblicklich am Boden.

Der Handkantenschlag hatte ihn seitlich am Hals getroffen, und noch im Fallen bekam er den nächsten Handkantenschlag, diesmal ins Genick. Es hörte sich hässlich und gefährlich an, als die Handkante den Hals traf. Thomas blieb liegen, und es sah aus, als wäre er hinüber.

Ich sprang hoch und langte nach dem schweren Aschenbecher aus Glas. Gleichzeitig riss Arno bis über den Kopf seinen Barhocker hoch, ließ ihn fallen und traf mit voller Wucht die Theke. Schon als der Barhocker eine tiefe Kerbe hinterließ und Holz splitterte, war der riesige Neger blitzschnell zurückgewichen.

Er ließ sich auf keine Schlägerei ein, zog sich gewandt und lautlos zurück und verschwand.

Im ersten Moment dachte ich an Einbildung.

Die ganze Sache hatte keine zwei Minuten gedauert, und erst jetzt, als alles vorüber war, kam die Reaktion. Arnos und meine Nerven lagen blank, und erst einmal blieben wir sprachlos.

Tina kniete mit hochgerutschtem Kleid neben Thomas, hatte ein dickes, weiches Tuch unter seinen Kopf gelegt und hielt ein Glas mit Eiswürfeln in der Hand.

„Das war das reinste Ekrasit", sagte Thomas. Er kam wieder zu sich und suchte nach Tinas Hand. „Tut mir leid, wegen vorhin."

„Ich bin nicht nachtragend. Kann ich dir sonst noch helfen?"

„Lass die Eiswürfel weg und gib mir lieber einen Kognak."

Tina nickte und ging hinter die Theke.

Thomas stützte sich mit beiden Händen am Boden ab und kam langsam auf die Beine. Er klopfte seine Hose gründlich ab, bevor er sich auf den Barhocker setzte, und guckte dann in die Runde, kurz und ein bisschen verstört, als würde er sich genieren.

„Du warst weg, richtig weg", sagte Arno, „wir dachten schon, das wär's mit dir."

„Das meinte ich auch, als ich noch denken konnte. Plötzlich war alles schwarz vor den Augen und danach war alles still. Es ist merkwürdig, wenn du dann wieder zu dir kommst und zuerst gar nicht weißt, was gewesen ist."

„Mehr war da nicht?" Ich war verunsichert. „Nur Dunkelheit und Stille?"

„Mehr war nicht. Jedenfalls kann ich mich an andere Dinge kaum erinnern. Da waren keine mysteriösen Lichter, war keine überirdische Musik und war auch keine Angst. Aber vielleicht ist es anders, wenn man wirklich verreckt und die Lichter bald ganz ausgehen."

Tina stellte den Kognak vor Thomas auf die Theke, wiegte ihren Kopf, wusste nicht recht, ob er alles vertragen würde, aber Thomas griff zu und kippte den Kognak hinunter.

„Jetzt habe ich Angst", sagte er, „gib mir noch einen, gegen die Angst."

„Haben wir nicht alle Angst?" Lisa sah zuerst mich und dann die anderen an und hatte Grübchen in ihren Wangen.

„Man könnte glatt zum Säufer werden."

„Heute gebe ich eine Runde aus", sagte Tina, langte hinter sich, nahm eine neue, volle Kognakflasche und füllte unsere Gläser.

„Angst, immer wieder habe ich mit Ängsten zu tun. Gero damals hatte Tranquilizer genommen, gegen die Angst und gegen das Verrücktwerden, und nun hat Bernward auch damit angefangen und ihm ist alles, wirklich alles egal."

„Und du?", fragte Lisa, „du mit deinem unnatürlichen Hüftschwung, wie du hier in der Bar für die Männer den Hintern bewegst, hast du denn keine Angst?"

„Meine Ängste behalte ich für mich, Kindchen. Auf die bannig vielen Probleme kannst du warten, wenn du hier Schwäche zeigst."

„Danke für den Kognak, Tina", sagte ich, „mir reicht's für heute, ich bin todmüde."

„Wir wollen auch, ich kümmere mich um den da."

Arno schob Thomas ungewohnt rücksichtsvoll, fast fürsorglich vom Barhocker.

„Und was ist mit mir? Nimmst du mich vielleicht mit?"

„Lisa, ich habe dich nicht vergessen", sagte ich, und weil mich der Teufel ritt, beugte ich mich über die Theke und näherte mich Tinas roten Lippen. „Wir müssen bald mal wieder baden, sonst werde ich dich eher vergessen haben als du mich."

Neben mir wurde es kühl.

„Bring mich bitte nach Hause", sagte Lisa, als wir im Wagen saßen. Sie hatte nervöse Hände, saß kerzengrade und sagte während der Fahrt kein Wort. Ich konzentrierte mich aufs Fahren, sagte ebenfalls nichts und ging damit Lisas stillen Vorwürfen aus dem Wege.

„Lass mich hier raus", sagte sie plötzlich.

Ich hielt in der Nähe ihrer Wohnung, neigte mich nach rechts, über Lisa hinweg, und öffnete die Wagentür.

„Ruf mich bitte nicht mehr an", sagte sie und stieg aus, und ich fuhr gleich weiter, beschleunigte und bremste sofort wieder ab, setzte ein Stück zurück und blickte nochmals in den Rückspiegel.

Lisa war nicht in ihre Wohnung gegangen. Sie blieb auf der Straße stehen, wartete einen Moment und ging dann wieder in die Richtung, aus der wir gekommen waren.

„Lisa ist nicht hier", sagte Levi, als ich seine Buchhandlung betrat. Er hatte keine Kunden, machte sich Notizen und sortierte Bücher. Aus seinem Büro kam leiser, rhythmischer Jazz. „Kann sein, dass sie sich bei diesem Stadtmescalero aufhält."

„Wieso bist du derart voreingenommen, was Alfonso betrifft?"

„Ich bin nicht voreingenommen. Meine Abneigung ist rein

instinktiv und begründet sich weniger auf Begebenheiten, die unterm Strich lächerlich sind."

„Damals, euer Streit bei Arno, das war ernst gemeint."

„Ja, das war ernst gemeint, aber lange her. Nun ja, es gibt Situationen, in denen ein Wort das andere ergibt, aber es lohnt sich kaum, weiter darüber nachzudenken, es gibt wichtigere Dinge, nein, es lohnt sich wirklich nicht. Was ist?"

„Wer ist noch hinten im Büro?"

„Bernward und Thomas sind hinten, trinken lauwarmen Kaffee und freuen sich über spätbürgerliche Konspiration", sagte Levi.

Sein unbewegtes Gesicht sollte mich glauben lassen, dass seine Feststellung den Tatsachen entsprach, aber dann zuckten seine Mundwinkel doch.

„Okay. Und was machen sie tatsächlich?"

„Sie reden. Reden und bedauern ihr beschissenes Leben."

„Beschissenes Leben? Die beiden befinden sich in einem Stadium des vermeintlichen Leids. Sie kennen kein richtiges Leid, haben nicht die Erfahrung, wie das ist, einen Menschen verloren zu haben, ihn nie wieder zu sehen, ihn unwiderruflich nie mehr erreichen zu können."

„Du kennst das also", fragte Levi, „das mit dem vermeintlichen Leid?"

„Und ob, vermeintliches Leid ist furchtbar und zerstörerisch, doch es geht irgendwann vorüber, aber die Gedanken um das wirkliche, richtig erlittene Leid, die werden nie ein Ende haben."

„Aber gegenwärtig geht es den beiden nun mal schlecht."

„Levi, du bist komisch."

„Mitgefühl ist für mich kein Zeichen von Schwäche."

„Könntest du dich geändert haben, ich meine, weil du älter geworden bist?"

„In meiner prinzipiellen Einstellung habe ich mich um keinen Deut geändert. Mir geht es lediglich um eine geeignete Umgehung von Nachteilen und Schwierigkeiten durch äußerst selbstüberzeugte Leute, die ihre Bedenken ständig mit sich herumtragen und mich an meinen sämtlichen Vorhaben hindern."

„Schön, und wie schaffst du das im täglichen Leben?"

„Durch Selbstvertrauen und mit dem Mut zum Risiko. Du verringerst die eine Schwierigkeit, indem du dir eine weitere, noch größere Schwierigkeit vornimmst."

„Und die vorherige Schwierigkeit wird dadurch leichter? Wenn das man gutgeht."

„Versuch's mal", sagte Levi.

„Wie denkst du über Nachgiebigkeit?"

„Nachgiebigkeit? Ein verwirrender Fehler im täglichen Leben." Levi hatte den richtigen Platz im Regal gefunden, schob das Buch an die leere Stelle und stieg vorsichtig von der Leiter. „Wir leben in eigenartigen Verhältnissen", sagte Levi. „Man erwartet von dir Nachgiebigkeit, grade dann, wenn du im Recht bist, und diese Art von Nachgiebigkeit wird gern von jenen Leuten gefordert, die unbedingt zu den tugendhaften Menschen gehören wollen, aber verdammt noch mal selbst nichts dazu beisteuern."

„Ja, es wird eng hier durch die vielen tugendhaften Menschen. Eng, tugendhaft und gerecht. Suchst du dieses schöne, bunte

Buch hier?", fragte ich und hielt Levi ein Buch hin, das vor mir gelegen hatte, aber er winkte ab.

„Ich gehe in die Vereinigten Staaten", sagte Levi, „und Dido kommt mit, so wie es aussieht."

„Acht kleine Negerlein. Levi, das ist nicht wahr, du spielst doch nur mit dem Gedanken. Oder gibt es bestimmte Gründe?"

„Nein, nein. Pass auf, was für den einen nur ein Grund sein mag, ist für den anderen eine Herausforderung. Es ist daher müßig, über Gründe zu reden."

„Heimat ist da, wo es besser ist. Ist das deine augenblickliche Mentalität?"

„Na, gute Nacht, wenn du so über mich denkst. Langsam müsstest du mich kennen. Ich bin also weder opportun noch unbedingt vernünftig, nur der Erfolg zählt für mich."

„Schön, und was wirst du dort tun?"

„Im Osten mit Büchern handeln, mit einem neuen Geschäftsmodell. Mehr kann ich dir noch nicht sagen."

„Nach New York?"

„Ja, nach New York. Früher mochte ich New York nicht, war mir zu kriminell, und vielleicht ist es noch immer kriminell, aber ich habe meine Meinung geändert, es wird dort interessant, New York ist in mancher Hinsicht die kommende Stadt und möglicherweise werde ich dort glücklicher."

„Glücklicher? Was ist für dich Glück?"

„Glück ist für mich, wenn an besonderen Tagen das Recht auf meiner Seite ist und ich dann auch noch Gerechtigkeit erfahren darf."

„Mach dir nichts vor, dein Recht ist von der rhetorischen Begabung deines Anwalts abhängig", sagte ich. „Und die Vorstellung von Glück wird immer variabel bleiben."

„Ich weiß", erwiderte Levi, „zweckmäßiger Pragmatismus und sittliche Notwendigkeit in den Gesetzen sind lediglich Orientierungshilfen, der Rest ist richterliche Willkür im Namen des Volkes."

Irgendetwas musste mir entgangen sein. Levi prozessierte, das wusste ich, er hatte aber offensichtlich nicht die Absicht, mich über das Verfahren aufzuklären. Er blieb allgemein.

„Levi, manche Urteile sind wirklich unverständlich und ungerecht, und dennoch, nenn mir wenigstens einen plausiblen Grund für deine New Yorker Entscheidung. Hast du deinen Glauben verloren?"

„Wenn ich nicht mehr der Überzeugung wäre, dass im religiösen Fanatismus der Grundgedanke jeglicher Menschenvernichtung läge, dann hätte ich meinen Glauben verloren. Nein, es liegt an der Dummheit. Es liegt, bei aller Intelligenz, die es hier gibt, allein an der allgemeinen, grassierenden Dummheit. Mir sind hier zu viele Leute zu wichtig, und Wichtigkeit steht bekanntlich im umgekehrten Verhältnis zum Verstand."

„Ich bleibe trotzdem hier, es wäre sinnlos, zu flüchten und Probleme zu tauschen. Levi, im Grunde würde sich gar nichts ändern."

Levi zog seine Schulter hoch. „Wir gehen zu den beiden", sagte er, schloss die Ladentür ab und verdunkelte den Verkaufsraum. „Da sitzen unsere vertrottelten Idealisten."

„Ich hab's gehört", sagte Thomas.

„Was gehört?"

„Das mit den vertrottelten Idealisten."

„Levi will nach New York und nimmt Dido samt ihrer strapaziösen Attitüden mit", sagte ich und beobachtete Thomas' Gesicht.

„Gute Reise." Sein Gesicht blieb kontrolliert.

„Es ist konkret und endgültig."

„Das wäre schade", sagte Thomas. „Wirklich sehr schade. Und warum?"

„Ihm fehlt die Perspektive."

„Dann liegt er goldrichtig. Ohne Perspektive wird's schwierig mit dem Ziel. Ich weiß, wovon ich rede und wohin das führt, wenn die Perspektive zur Krise verkommt. Ihr staunt? Also, meine Freunde, ich habe mit dem Schreiben aufgehört. Es ist doch so: Die einen interessiert's wenig, was ich zu sagen habe, die anderen reißen nur alles auseinander und letztlich ist es die Untauglichkeit meiner Worte, die mich resignieren lässt."

„Sag ich doch. Perspektivlosigkeit ist desillusionierend." Levi stellte Gläser und eine halbvolle Kognakflasche auf den Tisch. „Sorgen machen ihm die künftigen Trivialisten mit Perspektive, die alles, aber auch alles mit in die Scheiße ziehen."

Thomas stimmte mir zu, indem er nickte. „Na los, schenk ein." Thomas hielt sein Glas hoch. „Auf unsere krepierten Absichten."

„Überdenke deinen einsamen Entschluss noch mal", sagte Levi und füllte unsere Gläser. „Vielleicht lohnt sich das Schreiben irgendwann wieder, wenn sich die Zeiten geändert haben und wieder genauer gelesen wird. Dann fallen dir auch wieder die richtigen Worte ein."

Bernward hatte die ganze Zeit still auf seinem Stuhl gesessen, die Augen halb geschlossen, und uns freundlich zugehört, ohne uns verstanden zu haben. Ihm war anzusehen, dass er an Tina dachte und daran, dass er Tinas Wohnung verlassen hatte, aufgeputscht von seiner eigenen Wut. „Tina ist mir ein Rätsel", sagte er auf einmal, und seine Augen gingen von einem zum anderen, schnell und fragend. „Ich glaube, ich habe einen Fehler gemacht, und nun ist's vorbei mit ihrer Liebe."

„Wenn sie dich überhaupt jemals geliebt hat", sagte Levi, „bilde dir ja nichts ein."

„Ich werde mich entschuldigen und alles wieder hinbiegen."

Bernward hatte zwar gehört, was Levi sagte, aber dessen Absicht, ihn lächerlich zu machen, blieb noch ohne Bedeutung.

Bernward dämmerte in sich hinein und suchte gleichzeitig angestrengt nach einem Ausweg. „Gefühle sind relativ", sagte er nach einer Weile. „Liebe und Enttäuschung sind relativ, eigentlich ist alles relativ."

„Manchmal glaube ich wirklich an deine relativ schwache Denkfähigkeit", sagte Levi und deutete mit der flachen Hand einen leichten Schlag auf Bernwards Hinterkopf an.

„Wenn alles relativ wäre, wozu sollte denn dann das Relative relativ sein?"

„Levi weiß alles, seine Rechthaberei hat Tradition."

„Alles, was Tradition beinhaltet, muss nicht unbedingt schlecht sein", sagte ich. Ich wollte beruhigen und beobachtete Bernward.

„Ach was, Tradition ist ein Ausdruck von Bequemlichkeit", sagte Levi. „Mehr nicht."

Bernward stand langsam von seinem Stuhl auf. Seine Lethargie war verschwunden. „Meine Tradition kennt das Töten, und töten, das werde ich, wenn ich dir gleich an den Hals gehe."

Bernwards Zurückhaltung hatte eine bedenkliche Grenze erreicht. Meine Bemühungen waren wirkungslos geblieben.

„Wir werden gemein, gemein und hässlich, wenn wir dauernd Alkohol in uns hineinschütten und aufeinander losgehen", sagte ich. „Werdet wieder vernünftig, verdammt noch mal."

Es war ein weiterer Versuch, aber Levi trat nach.

„Berni, du bist hoffnungslos dumm", sagte er ruhig und ohne Betonung, „für einen halbwegs ausgebildeten Psychologen solltest du souveräner reagieren können."

Bernward sah Levi kurz an und bebte. Augenblicklich war er nicht in der Lage, Levi sprachlich zu kontern, denn der war ihm allein schon durch sein Verwirrungstalent überlegen.

„Ihr seid allesamt großartig", sagte Thomas. Er war nicht beteiligt und behielt die Übersicht.

„Eure Bemühungen nach der passenden Meinung enden meistens in gegenseitigen Beleidigungen. Fragt euch mal, weshalb. Ich kannte mal Professoren der Philosophie, die im Streit den Anspruch einer anderen Vorstellung nicht verstehen wollten, weil sie wie Diven waren und die gegenseitigen Rechtfertigungen zum stetigen Wertverfall der Erkenntnis durch wahr und unwahr auf die Stufe kindischer Rechthaberei stellten."

„Nee, nicht schon wieder diese alte Geschichte."

„Levi, diesmal hast du recht." Bernward hatte sich beruhigt. „Die alte Geschichte hängt einem wirklich allmählich zum Halse raus."

„Alte Geschichte? Ihr dämlichen Schweineärsche, ihr werdet

noch sehen. Schenk uns noch mal ein, Levi", sagte Thomas. „Damit die alte Geschichte nicht anachronistisch wird."

„Du bekommst keinen einzigen Schluck mehr, es ist besser so." Levi nahm die Flasche und behielt sie fest in der Hand. „Ihr müsst jetzt sowieso gehen", sagte er. „Dido kommt gleich und ich habe Wichtiges mit ihr zu besprechen."

Levis Aufforderung kam überraschend. Thomas und Bernward standen sofort auf. Es lag am Alkohol und an Levis Autorität. Ich war perplex. Das prompte Reagieren der beiden wirkte auf mich wie unbewusster Gehorsam.

Bernward trank sein Glas im Stehen aus und fasste Thomas am Arm. Gemeinsam gingen sie nach vorn und Bernward schloss die Ladentür auf. Thomas blieb unschlüssig stehen, blickte zurück zu Levi und zu mir, hatte noch nicht begriffen, weshalb er so plötzlich vor der Tür stand, und Bernward sagte etwas, was nicht zu verstehen war, und schob Thomas ungeduldig auf die Straße.

Einen Augenblick später waren sie verschwunden.

Ich trank mein Glas aus und stand wortlos auf. Ich ging zur Tür, die immer noch weit geöffnet war. Levi rief zweimal und kam mir schnell hinterher, und an der Tür hielt er mich fest.

„Warte mal", sagte er, „ich weiß nicht, was das bedeuten könnte. Immer, wenn eine Situation bedrohlich wird und ich im Gefühl wachsender Anspannung den Abgrund sehe, habe ich dieses triebhafte Verlangen nach einer Frau. Was ist das bloß, gibt es dafür Erklärungen?"

„Frag Bernie, er müsste das eigentlich wissen. Vielleicht bist du nur psychisch verdorben, oder du hast Glück und bist nur eine arme Sau."

„Bernie soll ich fragen?" Levi grinste und dann lachte er, stoßweise und boshaft. Er lachte noch, als er die Tür hinter sich schloss.

„Was möchtest du?" Fritzi stand vor mir und sah niedlich aus in ihrer sauberen, weißen Bluse und in ihrer engen Blue Jeans.
„Einen heißen Kaffee bitte, ohne Milch und Zucker."
„Okay, mach ich", sagte Fritzi und blieb stehen. „Ach ja, Alfonso war kurz hier und ist wieder gegangen. Er käme gleich zurück, soll ich dir sagen."
„Und?"
„Nichts und. Aber er war nicht wie sonst."
„Ihr hattet euch längere Zeit nicht gesehen?"
„Drei Tage. Ich hole jetzt deinen Kaffee."
Ich nahm mir die Tageszeitung und zündete mir eine Zigarette an. Ich gab das Lesen bald auf, weil ich über die Zeilen hinweglas.
Fritzi verhielt sich heute anders als sonst. Sie war abwesend, mit ihren Gedanken woanders, obwohl sie so wirken wollte, wie sie sich sonst gab.
Ich rauchte noch meine Zigarette, als sie den Kaffee brachte und ein großes Stück vom Apfelkuchen auf den Tisch stellte. Der Kuchen war bedeckt mit frisch geschlagener Sahne, die flüssig wurde und langsam vom Kuchen auf den Teller lief.
„Hab ich selbst gebacken. Er ist noch ganz warm."
„Wie kann ich mich revanchieren?"

„Gar nicht, mein Lieber", sagte Fritzi, tippte mit ihrem Zeigefinger auf meine Nase, nahm eine leere Tasse vom Nebentisch und ging wieder nach vorn zum Buffet.

Ich aß noch meinen Kuchen, als Alfonso hereinkam. Er tätschelte Fritzis Arm, während seine Augen im Café suchten. Als er mich sah, kam er zu mir an den Tisch und setzte sich. „Hier geht mir alles langsam auf den Sack."

Alfonso sah müde aus und hatte eine Gesichtsfarbe, die leicht ins Gelbliche ging.

„Hier, in diesem Café?"

„Unsinn, allgemein, hier in Hamburg, auf diesem Breitengrad. Mir ist es zu kalt hier, ich habe Rheumatismus und gehe zurück nach Buenos Aires."

„Rheumatismus? Du meinst sicherlich Rheumatitmutt. Bei uns in Hamburg sagt man Rheumatitmutt."

„Noch nie gehört. Meine Knochen schmerzen deshalb genauso schlimm."

„Na klar, verstehe, jetzt weiß ich weshalb Fritzi vorhin in Gedanken war. Sie hat ihr Herz für Alfonso entdeckt und teilt seine Absichten nach Veränderung nicht."

„Meinst du? Was will sie auch bloß von einem Existentialisten, der kein Geld, aber Geruchshalluzinationen hat."

„Du hast Geruchshalluzinationen? Mein armer Freund, das kommt vom Rheumatismus. Ohne den Rheumatismus gäb's sicherlich auch keine Geruchshalluzinationen."

„Nein, ernsthaft, es ist der Geruchssinn, ein mystischer Geruchssinn, der mich am Tage beunruhigt und mich in der Nacht erschreckt, wenn ich davon träume und dann aufwache."

„Jetzt willst du mich aber hochnehmen."

„Ach was, ich werde noch mal verrückt", sagte Alfonso und gab Fritzi ein Zeichen.

„Ich kann den Tod riechen."

„Du bist wirklich verrückt, manche Tiere können das, aber du?"

„Doch, es ist leider so. Ich rieche keine Krankheiten, keine Geschwüre und solchen Kram, nicht den Eigengeruch, der vom Menschen ausgeht. Ich rieche den Tod am Menschen, wenn es um mich herum fast still ist und meine Nase ungehindert riechen kann."

„Dann verstehe ich nicht, wie dein mystischer Geruchssinn bei Gero versagen konnte."

„Damals, bei Gero, da war es zu laut", sagte Alfonso und überlegte. „Ich konnte nichts hören und auch nichts riechen und rückblickend bin ich sogar erleichtert darüber. Aber jetzt, bei Ottomar, ist er wieder da, dieser beklemmende Geruch und er wird von Mal zu Mal stärker."

Fritzi brachte uns den Kaffee, ließ sich Zeit und stellte umständlich die Tassen auf den Tisch.

„Was soll hier riechen?"

„Nichts riecht hier, hier duftet es, es duftet nach Kaffee und Apfelkuchen", sagte ich.

„Und, wie war er?"

„Sehr gut, fabelhaft."

„Bring mir auch ein kleines Stück von deinem fabelhaften Kuchen", sagte Alfonso, „wenn er noch warm sein sollte, und vergiss die Schlagsahne nicht."

„Na klar, wenn du warten kannst und mich dafür später nach Hause bringst", sagte Fritzi und ging zurück zum Buffet.

„Ich traf Ottomar bei den Alsterarkaden, vor zwei Tagen", sagte Alfonso, als Fritzi weit genug weg war. „Wir tranken draußen Kaffee, und später trank Ottomar einige Weinbrände und rauchte seine Orientzigaretten. Er war zufrieden und gut gelaunt, und trotzdem, ich konnte es riechen, obwohl ein leichter Wind wehte."

„Alfonso, das ist kein mystischer Geruchssinn, das ist eine düstere Prophezeiung und das hält mein letzter Rest von Aberglaube nicht aus."

„Du wirst schon sehen." Alfonso fühlte sich auf der sicheren Seite.

„Ich will jetzt mal los, Levi hat noch was gut bei mir."

„Tatsächlich? Du redest von Levi und meinst Lisa. Aber Lisa wird nicht dort sein, glaub mir."

„Mein guter Alfonso, du weißt weder, wo Lisa ist, noch kannst du mystisch riechen, und nach Buenos Aires gehst du genauso wenig zurück. Und wenn doch, dann schick mir mal 'ne Ansichtskarte." Ich klopfte Alfonso leicht auf die Schulter.

„Ciao, mein Lieber."

Eigentlich wollte ich nach Hause fahren, aber dann sah ich doch noch kurz bei Levi rein. Er war allein in der Buchhandlung.

„Die Sonne geht unter", sagte Levi, „ich packe schon meine Sachen."

„Alfonso geht auch, sagt er jedenfalls, er will zurück nach Buenos Aires, meint, er hätte sich hier Rheumatismus geholt."

„Ich hätte mehr auf Syphilis getippt."

„Na, Freunde wart ihr ja nie."

„So ist das nun mal, es muss kein Grund vorliegen, um sich unsympathisch zu finden. Man wünscht sich besser einen guten Tag und geht dann seiner Wege und das sollte reichen. Da fällt mir ein, ich habe mit Friedrich telefoniert", sagte Levi. „Friedrich hat überraschend geheiratet. Eine Gymnasiallehrerin, die modern kocht, aber dafür gut zuhören kann, im Bett."

„Dann hat er gefunden, was er suchte. Habt ihr über Etna gesprochen?"

„Er erwähnte nicht einmal ihren Namen. Heutzutage wirst du schnell vergessen. Unter dem zwischenmenschlichen Aspekt scheint die Sache für ihn erledigt."

„Und, und was passiert demnächst mit Lisa, wie steht's mit deiner Verantwortung?"

„Verantwortung? Herrgott noch mal, verantwortlich ist man für Kinder, Kranke und Alte und für Tiere. Verdammter Scheiß, ich weiß es nicht, ich kann keine Rücksicht nehmen und kann ihr auch nicht helfen."

„Hast du ihr jemals geholfen?"

„Es reicht ja, wenn du ihr geholfen hast."

„Levi, ja doch, ich bin auch nicht besser. Aber ich werde mich um sie kümmern, vorausgesetzt, sie will."

„Das beruhigt mich, pass gut auf sie auf, sie ist zerbrechlicher, als man denkt."

Ich ging zum Auto und hatte Levis fürsorglichen Wink schon vergessen, als ich die Wagentür öffnete. Ich fuhr zu meiner

Wohnung und war in dieser eigenartigen Stimmung, unbedingt dorthin zu müssen, aber nicht dorthin zu wollen.

Als ich die Tür zu meiner Wohnung öffnete, war dieses seltsame Gefühl wieder da, für das ich erneut keine Erklärung hatte. Benommen ging ich durch sämtliche Zimmer und für einen Moment hatte ich den Eindruck, als sähe ich vertraute Gegenstände zum ersten Mal. Ich fühlte mich wie jemand, der aus der Fremde kam und sich nach und nach an ein früheres Leben erinnerte.

Meine Bewegungen waren fahrig. Ein summender Ton im Kopf irritierte und beunruhigte mich, weil mir die Ursache unklar war.

Ich setzte mich vor den Schreibtisch, stützte meinen Kopf auf meine Hände und wartete.

Es dauerte lange, bis ich mein Fremdsein in vertrauter Umgebung als ein vorübergehendes Phänomen begriff und die Verständnislosigkeit nachließ.

Allmählich fand ich mich wieder zurecht.

Nachdem ich mir Kaffee gekocht hatte, las ich sorgfältig meine Post durch und legte für eine Weile ein ungenau formuliertes Schreiben nicht aus der Hand. Verärgert zündete ich mir eine Zigarette an, atmete ein und blies den Rauch zur Zimmerdecke.

Ich schob den ganzen Packen zur Seite, setzte mich an die Schreibmaschine und hätte mich gern selbst beeindruckt, aber mir fielen nur Aphorismen ein, die mir bekannt vorkamen.

Schließlich gab ich auf.

Es war schon spät und ich war müde, aber ein Teil von mir war noch wach. Ich schloss die Fenster, klatschte mir kaltes

Wasser ins Gesicht, steckte Geld in die Hosentasche und zog meine Jacke an. Im selben Augenblick klingelte das Telefon. Ich wollte nicht hingehen, ich hatte vor, in Tinas Bar noch einen zu nehmen, aber das Klingeln dauerte an, laut und beharrlich. Ich griff zum Telefonhörer und hörte Ingas Stimme.

„Ottomar", sagte sie, „Ottomar ist tot." Ingas Stimme zitterte und ich hörte, wie sie weinte.

„Das darf nicht wahr sein."

Es war nicht hilfreich, was ich sagte, aber ich mochte nicht glauben, was ich in aller Konsequenz erst später richtig begreifen würde.

„Er saß in seinem Sessel", sagte Inga leise. „Es sah aus, als schliefe er, ganz ruhig und mit sich im Reinen. Lange hatte er so gesessen. Aber dann war da auf einmal diese eigenartige Stille und ich ging zu ihm hin, fasste an seinen Arm, und dann schüttelte ich ihn, redete auf ihn ein und wollte nicht wahrhaben, dass er tot war, und von einem Moment zum anderen weiß man nicht mehr, wie es weitergehen soll. Man weiß nur, dass nichts so bleibt, wie es mal war."

„Es tut mir leid", sagte ich, „es tut mir zutiefst leid."

Eine Weile sagten wir kein Wort.

Manchmal können eben Worte nicht das ausdrücken, was man in solchen Momenten empfindet. Inga fing sich zuerst und gab das Schweigen auf.

„Der Arzt meinte, sein Herz hätte ganz einfach aufgehört zu schlagen", erklärte sie. „Es wäre ein schneller Tod gewesen. Ein kurzer, heftiger Schmerz und es war vorbei, und dass es vorbei war, das wusste er nicht."

„Wenn das so wäre, dann wäre es ein erträgliches Sterben gewesen. Ach Inga, es ist furchtbar und man kann nicht viel sagen, denn alles, was man sagen will, kommt einem unpassend und nichtssagend vor. Wenn ich dir nur helfen könnte."

„Ich komme schon klar." Ingas Stimme war wieder fester und sie weinte nicht mehr. „Manchmal denke ich, es wäre besser, allein zu bleiben", sagte sie. „Man liebt und denkt nicht an morgen, und eines Tages kommt doch der Abschied und dann wird es unerbittlich und schlimm."

„Möchtest du, dass wir uns sehen?"

„Ich bin nicht allein, Lisa ist hier."

„Lisa ist bei dir?"

„Ja, Lisa ist hier bei mir. Nein, du kommst besser nicht, sie mag dich nicht sehen, sagt sie."

„Und warum?"

„Darüber will sie nicht reden, aber sie spricht nicht schlecht von dir, sie will dich nur nicht sehen, auf gar keinen Fall."

„Wenn das so ist. Ich wäre sonst gern bei euch gewesen, so wie früher."

„Nein, das wäre nicht gut. Aber ich könnte zu dir kommen, irgendwann einmal, bald vielleicht. Bestimmt irgendwann."

In meinen Gedanken stand Inga vor mir und ich hörte erneut ihr stilles Weinen, ein Weinen, das sich immer weiter entfernte und dann verstummte.

Inga hatte den Hörer aufgelegt.

„Der Tod garantiert Schmerzfreiheit und das hat auch was Gutes", hatte Ottomar gesagt, und ich sah ihn genau vor mir, ruhig in seiner Art, schlank und mit der Orientzigarette in seiner Hand.

Durch Ottomars Tod und durch vage Gedanken, die mit der Endgültigkeit unseres Lebens zu tun hatten, wurde mir bewusst, wie sinnlos und unwichtig mein eigenes Tun war. Ich ging zum Schreibtisch, nahm die beschriebenen Seiten in die Hand, las mit zunehmendem Zweifel und zerriss das, was ich vor ein paar Tagen noch für richtig gehalten hatte.

Ich war deprimiert und mochte nicht allein sein. Ottomars Tod war entsetzlich. Ich trank schnell einen Brandy und widersetzte mich sofort den Augenblicken, in denen die Erscheinung Ottomars zu gespenstisch wurde. Dann ging ich zum Wagen und fuhr langsam in die Neustadt, zu Tina.

Der Sommer ging von einem Tag auf den anderen, die ersten Blätter fielen und an manchen Tagen war es schon wieder nasskalt. Und auch der Baum vor meinem Fenster würde bald kahl sein. Noch bot er Schutz für die Vögel, die sich jagten und die längst nicht mehr sangen und die, wenn sie den Winter überlebten, erst im Frühjahr wieder ihre Lieder singen würden. Oft saß ich abends in der Fensterbank, sah auf die Straße hinunter, blickte auf den Baum und beobachtete, wie seine Blätter immer weniger wurden.

Inga kam jetzt häufiger zu mir.

Sie blieb, wenn es ihr bei mir gefiel und wenn es ihr guttat. Wir waren rücksichtsvoll zueinander und aufmerksam, und manchmal stritten wir, wie früher, und dennoch war es anders, es war nicht wie früher.

Von Ottomar sprachen wir kaum und selten von unserer Tochter, weil wir Erinnerungen, die uns wehtaten, vermeiden wollten. Wir redeten über allgemeine Dinge, von Erlebtem, das weit zurücklag und uns nicht mehr berührte. Wir waren vorsichtiger geworden im gegenseitigen Umgang.

Manchmal fuhren wir in die Milchstraße, tranken Kaffee bei Hedy und Arno, blieben eine Weile und gingen von dort allein weiter zur Alster. Arno musste arbeiten und Fristen einhalten, und Hedy suchte seine Nähe und bevorzugte es, im Haus zu bleiben. Uns war das ganz recht, wir genügten uns und brauchten niemand anderen, dem wir zuhören mussten.

Inga und ich gingen oft am Alsterufer entlang, bei jedem Wetter. Wenn es regnete, stellten wir uns unter Bäume mit dichtem Laub und warteten, standen, bis der Regen von den Blättern auf unsere Kleidung tropfte, aber wir achteten nicht weiter drauf und sahen den fallenden Regentropfen hinterher und erzählten uns nette Anekdoten über bedeutende Leute, wobei Inga meistens erzählte und mir das Zuhören überließ.

Je aufschlussreicher Ingas kurze Geschichtchen wurden, desto trockener wurde mein Mund.

Dabei hätte ich nur den Kopf unter den tropfenden Blättern ausreichend nach hinten neigen und meinen Mund ein wenig öffnen müssen, um wieder mithalten zu können.

Nun wusste ich, weshalb sie so beliebt war.

Manches, was mit Inga zu tun hatte, lag in der Vergangenheit, und doch bestimmte Vergangenes die Gegenwart. Mitunter genügte nur ein einziger Blick, und ich wünschte mir ihre Liebe.

Einmal, völlig unvorhergesehen, hatte ich das Gefühl, als kämen Gedanken von sehr weit her, flüchtig und nur von kurzer Dauer, um gleich wieder zu verblassen. Zurück blieb ein rätselhafter Rest an Erinnerungen, und es kam mir vor, als hätte ich mein gegenwärtiges Leben schon einmal gelebt.

Vielleicht aber waren das nur meine Träume aus der Nacht, die mich am Tage täuschten, weil ich sie für wahr hielt.

„Woran denkst du grade?" Inga sah mich an und lächelte.

„Ich versuche, mich zu erinnern", sagte ich. „Zuerst dachte ich an dich und dann an mich und dann an uns, und etwas später dachte ich, wie so oft, an gar nichts, und grade in diesem Moment fingen die befremdenden Gedanken an, die für mich unverständlich blieben und die ich daher nicht erklären kann. Niemandem, und sogar dir nicht."

„Dann lass es ganz einfach." Inga rückte von mir ab. „Brauchst du eigentlich jemanden? Es scheint dir zu reichen, wenn du jemanden in deiner Nähe weißt, jemanden, der für dich da ist und der dich nicht stört."

„Einsam, bis der Tod uns scheide. Könnte sein. Womöglich bin ich, wie du mich siehst, und ich kann gar nicht mal was dafür."

„Nein, du kannst nichts dafür. Und romantisch veranlagt warst du eigentlich auch nie", sagte Inga. Durch mein dummes Gerede fühlte sie sich im Vorteil. „Ich erinnere mich genau. In unserer ersten gemeinsamen Nacht bestand deine Vorstellung von Romantik darin, pausenlos die Mondscheinsonate aufzulegen und viel zu viel Rotwein zu trinken."

„Ich konnte noch nie zwischen Romantik und Melancholie unterscheiden", sagte ich. „Jedenfalls nicht in solchen Gemütsverfassungen."

„Weißt du eigentlich, wie sehr meine kleine Schwester dich mochte und wie groß ihr Konflikt war? Allein meinetwegen? Levi war nebensächlich, für Lisa eine unbedeutende Beziehung, weil sie durch Abhängigkeit bestimmt war. Er hatte das eines Tages begriffen und sich darauf eingestellt. Aber wie war das mit dir?"

„Levi hat das begriffen? Täusch dich mal nicht. An gewissen Tagen ist Levi ziemlich sadistisch veranlagt, er hat sie schikaniert", sagte ich, nahm Ingas Arm und zog sie zu einer Sitzbank. Ich zog ein Taschentuch aus meiner Jackentasche und wischte über das nasse Holz.

„Setz dich bitte."

Wir saßen dicht beieinander und ich hielt Inga im Arm, beugte mich über sie und wäre ihr gern nähergekommen, aber Inga sah mich nur an und hielt Distanz.

„Lisa und du, ihr seid Schwestern, gleicht euch in vielen Dingen und seid doch so unterschiedlich."

Inga strich mir die Haare aus dem Gesicht.

„Ich habe Lisa in mancher Hinsicht ausgenutzt, aber ich wollte ihr nicht schaden."

„Meinst du wirklich?"

„Ich habe Fehler in der Vergangenheit gemacht. Das kam ungewollt und ohne mein Zutun, weil der größte Teil des Lebens im Einstecken und Austeilen liegt. Mit dem Austeilen habe ich nie angefangen, behauptet mein Gedächtnis, aber es könnte sich täuschen und macht mich besser als ich bin. Gerechtfertigt habe ich mich meistens mit den gängigen Verhältnissen unserer Moralvorstellungen", sagte ich und streichelte Ingas Wange. „Ich wollte Lisa nicht weh tun."

„Du hast keine alten Rechte. Ich küsse dich nicht", sagte Inga, als ich ihre Lippen berührte.

„Nur mich nicht, oder überhaupt?"

„Du stellst Fragen. Mir genügt inzwischen ein Leben ohne zusätzliche Verwicklungen."

„Wirklich? Aber lieben wir uns möglicherweise doch noch, hätte unsere Liebe eine Chance, wenn wir über unsere kleinen Schwächen und Fehler ernsthaft nachdenken und dann ändern würden?"

„Menschen ändern sich in den seltensten Fällen. Wir würden uns nur selbst belügen. Und es gibt noch andere Gründe."

„Wir sind fähig, mehr zu ertragen, als wir uns vorstellen können."

„Nicht immer." Inga erwiderte meine Blicke nicht und sah von mir weg auf das graugrüne Wasser, das in leichten Wellen gegen die Böschung lief.

Sie weinte.

Ich war ein Idiot. Ingas Zweifel hatte ich mit oberflächlichem Gerede abgetan und nicht ernst genommen, und nun fühlte ich mich beschämt, war niedergeschlagen und spürte eine tiefe Verlassenheit in mir.

Der Regen hatte längst aufgehört und die Sonne war durchgekommen. Die letzten Sonnenstrahlen wärmten uns und nahmen unserer Kleidung die klamme Feuchtigkeit.

„Die Sonne geht bald unter", sagte ich und gab Inga mein Taschentuch.

Sie weinte nicht mehr. „Erinnerst du dich?", fragte sie. „Wir saßen auf der Terrasse des *Quisisana* und es dämmerte bereits. Warum es dort eher dunkel werden würde als bei uns, hatte ich dich gefragt, aber keine Antwort bekommen, weil du in Gedanken warst."

„Beim besten Willen, daran kann ich mich nicht mehr erinnern. Aber morgen gehen wir sofort in einen Obstladen und kaufen einen Apfel und eine Melone."

„Und dann?"

„Dann werde ich versuchen, dir zu erklären, weshalb das so ist, bildhaft."

„Nett von dir", sagte Inga, „und jetzt möchte ich nach Hause. Mir ist kalt."

Ich war immer noch niedergeschlagen. Inga hatte recht. Es genügte mir, wenn ich spürte, dass jemand in meiner Nähe war, und ein Heuchler war ich auch.

Ich sah aus dem Fenster auf den von der Sonne beschienenen Baum, dessen graue Äste inzwischen fast kahl geworden waren.

Inga saß vor dem Schreibtisch und hielt mein Manuskript in den Händen. Sie blätterte darin und hatte ihren Kopf abgestützt. Manchmal bewegte sie ihre Lippen und manchmal bildeten sich Falten auf ihrer Stirn. Offensichtlich missfiel ihr, was sie da las. Dabei lag der Grund dafür wahrscheinlich nicht darin, dass die festgehaltenen Erinnerungen etwas mit ihr zu tun haben könnten.

Auf einmal dachte ich an früher, an die Zeit, als ich keine Zeile mehr geschrieben hatte, als ich mir weiter keine Fragen zum Sinn des Schreibens stellte, als sämtliche Beweggründe des persönlichen Mitteilens hinfällig geworden waren.

Das war, als das Unglück mit unserer Tochter passierte.

Es dauerte sehr lange, bis ich mich wieder an die Schreibmaschine setzte und schrieb, und das nur, weil ich mir selbst helfen wollte.

„Was halte ich hier in meinen Händen?" Inga stand vom Schreibtisch auf.

„Du hältst ein ziemlich mittelmäßiges Manuskript in den Händen, das ungelesen in den Papierkorb gehört."

„Und warum?"

„Weil ich nicht das in Worten darlegen kann, was ich fühle und möchte, und mir dennoch erhoffe, dass ich es besser könnte. Aber weil ich weiß, dass Schreiben immer mit dem jeweiligen derzeitigen Leben zu tun hat, wird womöglich gar nichts besser werden."

„Dann ändere doch einfach dein Leben", sagte Inga.

„Ich hab's versucht und nichts wurde besser, nur anders."

„Glaubst du daran, dass es weniger menschliche Ängste und Schwächen gäbe, wenn der Mangel an Liebe geringer wäre?"

„Zumindest wäre es sinnvoll und dafür würde es sich lohnen, die richtigen Worte zu finden."

„Wie lange wirst du dafür noch brauchen?"

„Wahrscheinlich solange ich lebe."

„Schön." Inga war nur wenig interessiert und legte das Manuskript zur Seite. „Das Wetter ist herrlich, ich muss unter Menschen." Sie schloss das Fenster und blieb vor mir stehen. „Lass uns heute mal einen anderen Weg gehen."

„Siehst du, ich hätte schon gestern gern nach den Landungsbrücken gewollt."

Wir nahmen unsere Jacken und ich zog die Wohnungstür hinter uns zu. Im unteren Teil des Treppenhauses war es zwielichtig, und auf der Straße blendete uns für einen Moment das weiße Licht der Nachmittagssonne.

Wir setzten uns in den Wagen, kamen unerwartet gut durch den Verkehr und hielten in der Nähe des Alten Elbparks.

„Warum hier? So weit weg von den Brücken."

„Das weiß ich auch nicht", antwortete ich und griente. „Ich kann's nicht begründen."

Wir gingen durch den Park, ohne viel zu reden, und dann sahen wir das Denkmal, blieben andächtig stehen für den historischen Augenblick, und als wir nach einer Weile weitergegangen waren, drehte ich mich nochmals um: „Bismarck von hinten. Ich habe das halbfertige Bild in Arnos Atelier gesehen."

„Aber warum von hinten?" Inga wiegte ihren Kopf.

„Eine Frage der sinnbildlichen Perspektive. Hier spielt sich das andere Leben ab, hier passieren die Geschichten, die das Leben schreibt. Jedenfalls meint Arno das."

„Wie schön. Arno als Visionär. Gut, dass es Künstler wie Arno gibt."

Inga war für das Konkrete, künstlerische Symbolik wirkte beunruhigend auf sie.

Wir gingen langsam weiter, nebeneinander her, wortlos und ohne die sonst wider- spruchslosen flüchtigen Berührungen.

„Siehst du dort links dieses außergewöhnliche Bauwerk?",

fragte ich. „Im Unterschied zum Eiffelturm wurde St. Michaelis nicht auf einem Massengrab der Hugenotten gebaut."

„Auf einem Massengrab der Hugenotten? Dass alte Knochen überhaupt so etwas aushalten."

„Wie man sieht, jedenfalls steht der Eiffelturm bis heute."

„Wirklich auf einem Massengrab der Hugenotten?" Inga war stehengeblieben und sah mich erstaunt an. Ihre Frage war nicht rhetorisch gemeint.

„Jetzt bin ich auch unsicher", sagte ich. „Wo denn nur, wo habe ich das bloß gelesen?"

„Lass nur." Inga griff nach meiner Hand.

Ich hatte mich getäuscht. Unsere Distanziertheit war nur das Ergebnis meiner Einbildung.

Unser Schweigen von vorhin hatte nichts zu bedeuten gehabt. Es hatte an mir gelegen, nur an meiner übersteigerten Empfindlichkeit.

Ich nahm Inga in den Arm und hielt sie lange fest.

„Die Michaeliskirche", sagte ich, „das ist norddeutsches Spätbarock und ein wenig Klassizismus, das ist die sinnvolle Gemeinsamkeit von architektonischer Ästhetik und reiner Vernunft."

„Warst du schon mal drinnen?"

„Nein. Ich weiß, es ist beschämend. Ich sehe St. Michaelis fast jeden Tag, und jedes Mal denke ich, jetzt gehst du hinein und siehst dir alles genau an, aber weil ich meine, noch genügend Zeit zu haben, verschiebe ich meinen Entschluss jedes Mal auf den nächsten Tag. Aber morgen, das sag ich dir, morgen mache ich es wahr."

Inga lachte. Es war ein angenehmes Lachen, und wenn sie lachte, wurde sie noch hübscher.

Diese Augen, liebe Güte, dieser Blick.

Ich liebte Inga. Durch ihr Lachen, das jetzt zu einem sympathischen Lächeln geworden war, wurde mir bewusst, wie sehr ich sie liebte. Dabei wusste ich, dass ich für meine Zuneigung eines Tages bezahlen würde. Durch einen Umstand oder einen Zufall. Man muss immer bezahlen, wenn etwas schön ist oder wenn man glücklich ist, aber erst einmal war es mir egal.

Inzwischen hatte sich der Himmel bewölkt, und es begann leicht zu regnen. Durch die Wolken und den Regen war es kühler geworden, und wegen des Regens gingen wir schneller.

Die Landungsbrücken waren nicht mehr weit entfernt und in meiner Vorstellung sah ich bereits das Wasser, wie es im Hafenbecken schwappte, und bildete mir ein, den eigentümlichen Geruch von salzigem Seewasser riechen zu können.

Im Gehen zündete ich mir eine Zigarette an, meine letzte, die ich hatte. Ich atmete den Tabakrauch ein paarmal tief ein und schnippte anschließend die Zigarette in die Gosse. Ich gab kein gutes Bild ab, mit der brennenden Zigarette in der Hand.

„Schade, dass sie sich davonmachen", sagte ich.

„Wen meinst du?"

„Na, Etna war die erste, Dido und Levi verfolgen neuerdings kosmopolitische Ziele, und Alfonso zerbricht an Heimweh."

„Wäre das so schlimm? Sie verändern sich ja nur und sind nicht tot."

„Aber es ist so als ob. Morgen sind sie weg und wahrscheinlich sehen wir sie nie wieder."

„Woher willst du das wissen? Du redest, als würdest du sie suchen wollen und ebenfalls bald auf Reisen gehen."

„Nein, ich möchte auf keine Reise gehen, mir gefällt es hier und ich will endlich zu den Landungsbrücken."

„Nun wirst du wieder normal. Othmarschen wäre aber auch eine Möglichkeit gewesen. In der Waitzstraße, im Café gegenüber der S-Bahn-Station war ich immer gern mit dir, besonders im Winter, wenn es kalt und drinnen schön warm war."

„Mir ging es doch genauso, und ich erinnere mich nur zu gut. Du hattest in den Katalogen geblättert und immerfort auf die bunten Abbildungen gezeigt, weil du unbedingt den Harz sehen wolltest. Und ich habe währendessen die Männer an der Theke beobachtet, wie sie in ihren langen, dunklen Mänteln dort standen, zu Witzen aufgelegt, ihren Schnaps mit steifem Handgelenk kippten, und weil die Stimmung gewöhnlich schnell umschlug, ihren Feierabend mit Streitigkeiten begannen."

„Wir hatten eine schöne Wohnung in Othmarschen, nicht wahr?"

„Die hatten wir und ich erinnere mich gern an unsere Zeit dort, bis zu diesem einen Tag, dieser einen Nacht, die wir niemals vergessen werden, und drüber reden kann ich noch immer nicht, und das wird so bleiben."

Ich tastete meine Hosentaschen nach Geld ab.

„Nein, das werden wir nie vergessen können, aber wir sehen nach vorn."

In Ingas Gesicht bildete sich eine kleine Andeutung von Unsicherheit.

„Stimmt, es ist vorbei und wir sehen nach vorn, nicht?"

„Ja", sagte ich, „wir müssen nach vorne sehen."

Meine Antwort kam von selbst, weil meine Augen woanders waren.

„Siehst du den kleinen Tabakladen dort drüben?"

„Sehe ich. Glaubst du an innere Stimmen?"

„Manchmal, ich bin nur manchmal unglaublich abergläubisch."

„Bleib bitte hier, bei mir."

„Aber warum denn?"

„Ich möchte nicht drüber reden."

„Du hast ja so recht, mit Prophezeiungen sollte man wirklich nicht leichtsinnig umgehen, sie könnten sich tatsächlich erfüllen."

„Ich prophezeie nicht und für Leichtsinn bin ich schon gar nicht zu haben."

„Gut, ich auch nicht. Ich will nur kurz dort rüber in den Tabakladen und bin gleich wieder hier."

Nach ein paar Metern drehte ich mich um und winkte ihr zu. Sie stand da, klein, ein wenig verloren und freundlich, drohte mir, lächelte dabei und ich lächelte zurück.

Das Winken hatten wir uns erst in letzter Zeit angewöhnt, und anfangs war mir das etwas albern vorgekommen. Wir winkten, auch wenn wir uns nur kurz trennten, und waren doch ein bisschen enttäuscht, wenn wir es mal nicht taten.

Ich winkte nochmals und war in Gedanken schon in dem kleinen Tabakladen. Schnell wollte ich wieder zurück sein, ihr versichern, dass ich es nicht so gemeint hatte, ihr sagen, dass der Grund meines Verhaltens unnötige Ungeduld gewesen war.

Ich hatte ihn nicht gesehen. Ich sah nur einen grauen Schatten, der auf mich zukam, unerwartet schnell und fast geräuschlos.

Dann hörte ich das Bremsen des Wagens, die blockierenden Reifen auf dem Asphalt und bekam einen furchtbaren Stoß. Glas splitterte, und der Atem blieb mir weg und in einer scheinbar verlangsamten Bewegung sah ich, wie der Wagen schleuderte und sich drehte.

Gleichzeitig dachte ich, Inga stände neben mir und würde von mir fortgerissen.

Ich fiel hart auf die Straße und wurde bewusstlos.

Um mich herum war es still, nur in meinen Ohren hörte ich das Blut rauschen.

Langsam kam ich wieder zu mir, ich hörte Stimmen, undeutlich und weit weg.

Jemand redete mit mir.

Dann wurde es wieder still. Ich war müde und fühlte mich wohl in der Stille, niemand sagte, dass ich endlich aufstehen müsste.

Irgendwann beugte sich jemand über mich und ich hörte eine männliche Stimme, deutlicher als vorher: „Hören Sie mich?"

Ich wollte antworten, aber meine Lippen formten nur lautlose Worte und es schien, als wären meine Zunge und mein Mund vereist.

Zum Teufel, dachte ich, was war los mit mir.

„Können Sie mich hören, wo haben Sie Schmerzen?"

Ich fühlte keinerlei Schmerzen, aber mir war kalt, sehr kalt. Ich lag auf dem Asphalt und wusste nicht warum. Eben erst stand ich doch noch. Mir fehlte ein Teil meiner Erinnerung und ich wusste nur ungenau, was passiert war.

Mein Zeitgefühl war verloren gegangen.

Irgendetwas in mir war zerrissen. In meinem Mund war eine Flüssigkeit, die ich kannte, ich schmeckte warmes Blut in meinem Mund.

Ich lag im Schmutz der Straße und konnte mich nicht bewegen. Ich fluchte leise, weil mein Blickwinkel eingeschränkt war. Zuerst sah ich Beine und dann Gesichter, regungslose, neugierige Gesichter. Die Leute standen nur ein paar Schritte entfernt von mir, blieben stehen und starrten mich unentwegt an.

Fremdes Leid muss etwas Magisches an sich haben, wenn das eigene Leben zu erbärmlich ist, dachte ich und hätte mich nur allzu gern fortgeschlichen.

Ich fühlte mich hilflos und in dieser Hilflosigkeit sollte mich niemand sehen.

Wo war Inga?

Ich suchte nach Inga und fand sie nicht gleich, weil sie in meiner Nähe stand. Sie hatte ihre Augen weit geöffnet, presste für einen Moment ihre Hand vor den Mund und hielt dann die Hände vor ihr Gesicht.

Ein Mann stand bei ihr und griff nach ihrem Arm.

Ich versuchte zu rufen, mein Mund aber formte wieder nur lautlose Worte, und sie hörte mich nicht.

Die Straße drehte sich vor meinen Augen, und als ich meine Augen wieder öffnete, sah ich nur noch den Mann, der Inga zurückgehalten hatte.

Ich spürte eine langsam steigende Übelkeit und fürchtete zu fallen, obwohl ich doch schon flach auf dem Asphalt lag.

Vorübergehend sank ich in einen Halbschlaf und glaubte an eine Täuschung, dachte, ich wäre nur der abseits stehende Beobachter eines entsetzlichen Traumes. Aber es war kein Traum, denn Träume sind geräuschlos, und ich hörte Stimmen und hörte die Geräusche einer weiter entfernten, dicht befahrenen Straße.

Verdammt noch mal, ich hätte den Wagen sehen müssen.

Die Übelkeit war geringer geworden, aber ich war jetzt sehr müde und hoffte, dass sie mich nur liegen und in Ruhe lassen würden.

Unter meinen Kopf hatten sie ein weiches Kissen geschoben und mein Gesicht lag nicht mehr auf dem nassen, schmutzigen Asphalt.

Meine Hand ertastete Jacke und Hemd, beides war zerrissen.

Rot gekleidete Sanitäter bemühten sich. In meiner Benommenheit begriff ich nicht, was sie taten und was sie vorhatten.

Ich hatte Angst, und die Angst drückte meine Brust zu einer flachen Atmung zusammen und ließ konfuse Gedanken entstehen.

Immer wieder die gleichen Fragen gingen mir durch den Kopf: Was war vor meiner Geburt, und was würde mich erwarten?

In meinem Körper war etwas passiert, und bald würden Schmerzen durch meinen Körper jagen. Und wenn die Schmerzen endlich vorüber wären, was würde dann geschehen, würde aus mir Energie werden, eine sich verflüchtigende Energie?

Und wenn es nach dem Tod doch etwas gäbe?

Ich erinnerte mich an meine Schulzeit, als ich ein Junge war und in den Ferien zu meinen Großeltern aufs Land fuhr, heilfroh über jeden Tag ohne bedrückende Schulstunden. Ich war ein stiller, zurückhaltender Schüler und nahm mich in Acht vor den lauernden Lehrern, vor den ungerechten Lehrern, die mich unbeirrt für Dinge bestraften, die ich nicht getan hatte.

Gäbe es eine Strafe nach dem Tod und gäbe es Gerechtigkeit? Ich fantasierte.

Meine Gedanken waren unbestimmt, kamen und gingen unwillkürlich, und manche von ihnen blieben als Frage unklar. Ich erinnerte mich an diejenigen, die im Gegensatz zu anderen nur ein kurzes Leben hatten und erkannte noch immer keinen Sinn im ungleichen Wert des Lebens.

Meine Lethargie wurde größer und ich sah zeitweilig sich verändernde Bilder mit unwirklichen Vorstellungen, die ich nicht begriff und die mich müde machten, aber einschlafen durfte ich nicht.

Ich dachte an die Unendlichkeit, im Halbschlaf, um nicht über die Endgültigkeit nachdenken zu müssen.

Die Funktion des geometrischen Kreises hatte ich verstanden und wusste von seiner Unendlichkeit, einer einfachen, anspruchslosen Unendlichkeit, in der die Wiederholbarkeit lag. Und ich hatte davon gehört, dass Parallelen sich im Unendlichen schneiden.

Was aber hinter der Unendlichkeit liegen würde, das wusste ich nicht. Mein Denken hatte Grenzen und ich wusste, dass ich nur innerhalb dieser Grenzen denken konnte.

Die Schmerzen kamen schnell und stechend. Sie brannten

im Körper, unendlich lange, und betrafen auch meine Augen. Alles, was ich um mich herum sehen konnte, raste hin und her.

So schnell, wie die Schmerzen gekommen waren, verschwanden sie auch wieder. Der fürchterliche Druck im Kopf ließ nach und meine Augen sahen wieder Bilder in gewohnten Bewegungen. Ich beruhigte mich, doch die Angst blieb.

Ich hatte Angst vor dem, was kommen würde und danach sein könnte.

Was also wäre, wenn es nach dem, was kommen würde, noch etwas anderes gäbe? Und wenn es etwas anderes gäbe, würde ich mich in der Unendlichkeit verlieren, in einem lichtlosen Raum und müsste ich mich vor dem fürchten, was nach dem Tode wäre?

Gravitation würde es nicht geben.

Die stechenden Schmerzen kamen erneut und ich begann, krankhaft zu fantasieren, ich erfand Erklärungen aus Angst vor der Endgültigkeit.

Mittlerweile glaubte ich nicht mehr an eine Rückkehr, an eine bisher von niemanden beobachtete und bewiesene Rückkehr.

Die Schmerzen hatten nachgelassen und mein Körper beruhigte sich. Mit dieser Ruhe kamen auch die Gedanken zurück. Ich hatte Wünsche, ich hatte wieder Vorstellungen, und für einen kurzen Moment schien mir das Leben sogar als virtuelle Daseinsform möglich.

Ich träumte, aber war vielleicht der Traum nur ein Traum im Traum?

Zu gern wäre ich jetzt zu Hause, in meiner Wohnung. Ich sah mich in der Fensterbank sitzen, wie ich auf die Straße hinuntersah, auf die Menschen dort unten und auf ihr Tun, beobachtete, wie sie vorübergingen und ihre Ziele hatten.

Für mich würde es keine Ziele mehr geben.

Sanitäter legten eine Decke über mich, aber mir war nicht kalt.

Die Kleidung der Helfer sah ich auf einmal als rote und weiße, flimmernde Punkte und die Bilder vor meinen Augen begannen sich ein weiteres Mal zu bewegen, wurden schneller und rasten bald wieder hin und her.

Warum half mir niemand und warum brachte mich niemand in die Klinik?

Die Angst lähmte mich.

Ich wartete ab, schloss und öffnete meine Augen, wartete, bis ich wieder normal sehen konnte und mein Herz nicht mehr hämmerte.

Meine Angst erinnerte mich daran, wie ich mich manchmal verhalten hatte, weil ich schwach gewesen war.

Aber ein Mittel zur Wiedergutmachung gab es nicht.

Ich suchte Inga, aber sehen konnte ich sie nicht. Ich hätte es ihr gern gesagt, hätte es ihr gern bewiesen, wie sehr ich sie liebte.

Es war zu spät, zu spät für die Worte, die ich ihr noch gern gesagt hätte.

Ich verfluchte die verschwendete, meine durch mich verschwendete Zeit, in der nichts geschehen war und die allein zum Vergessen taugte.

Man vergisst sie schnell, die flüchtigen Besucher, die keine Spur hinterlassen und keiner Erinnerung wert sind.

Sterben wollte ich noch nicht, ich war jung und nicht alt. Man ist alt, wenn niemand mehr fragt, womit man sein Geld verdient.

Würde ich meine Tochter sehen?

Meine Angst vor dem, was kommen würde, war zuerst panisch und ließ keinen klaren Gedanken zu. Dann verringerte sich die Angst nach und nach, wurde nebensächlich und endete in einem apathischen Abwarten.

Ich fühlte die Ohnmacht kommen.

An gütige Wesen im sanften Licht, die mich freundlich empfingen, glaubte ich nicht, ich hoffte auf gnädige Trugbilder in der Agonie.

Ich hatte weiter keine Zuversicht und war müde, dennoch verbarg sich in der Müdigkeit ein Wunsch, ein unerfüllbares Verlangen nach einer höheren Macht, die sich jenseits meiner mir möglichen Vorstellungen befand, ich wünschte mir eine Daseinsform, in der mich niemand mehr verletzen konnte, in der ich glücklich war, glücklich und ohne Angst.

Mir wurde schwarz vor Augen.

Nessun dorma, niemand schlafe, niemand schlafe.

Turandot kam mir entgegen, schemenhaft und geheimnisvoll. Sie hielt ihre Arme nach vorn gestreckt, abweisend, als wäre ich eines Rätsels nicht würdig. Nein, sie würde kein Rätsel für mich haben und kein Geheimnis.

Wer war ich denn schon? Ich war nur ein flüchtiger Besucher dieser Welt, ein flüchtiger Besucher, der den Wert der Zeit nicht erkannt, der seine Zeit leichtfertig vertan hatte.

Ich suchte nach Inga und hätte gern ihre Hand in meine Hand genommen, ich suchte sie zwischen den anderen, immer wieder, aber ich sah sie nicht. Ich sah fremde Gesichter, die langsam undeutlich wurden und verschwammen, bis ich zuletzt niemanden mehr sah.

Schmerzen hatte ich nicht, meine Augen waren geöffnet und obwohl ich jetzt unendlich müde war, schien ich wach zu sein.

Ich fühlte es, die Verantwortung für meinen Körper wurde mir abgenommen und ich konnte nichts dagegen tun. Etwas Unabänderliches in mir setzte sich in Bewegung und ich fiel in einen traumähnlichen Zustand. Aber sekundenschnell an mir vorüberziehende Bilder meines Lebens sah ich nicht. Ich empfand eine beginnende Leere und spürte die Furcht vor der Endgültigkeit.

Doch meine Furcht vor der Endgültigkeit ließ nach, und dann, von einem Moment zum anderen, wurden sie unwichtig, die Dinge meines Lebens, und ich bildete mir ein, der Beobachter meiner selbst und außerhalb meines Körpers zu sein.

Es gab keinen Blick in die Ewigkeit, und Liebe war nicht das erhoffte Licht.

Nein, keine Wiedergeburt für ein bedeutungsloses Leben, nur fort von der Wiederholung des abendlichen Einschlafens und des morgendlichen Aufwachens, der Wiederholung des Sterbens und des Geborenwerdens.

Mit meinen Gedanken befand ich mich nun in einer diffusen Vorstellbarkeit und außerhalb des erlernten Wissens, und es schien, als käme ein dichter Nebel immer näher. Meine Gedanken wurden einfach und schlicht, und mit den schwindenden Gedanken verblassten Erinnerungen und verloren sich meine Ängste.

Ein dunkles Tuch senkte sich über mich und meine Augen erblindeten.

Meine Augen vermochten nichts mehr zu sehen, aber ich wusste mich in einer tiefen, unendlichen Lichtlosigkeit.

Ich war allein. Um mich herum war es still geworden, ganz still, und alles war ohne eine einzige Erinnerung.